KB167932

사람은 ♥ 사랑이어라

수정 구슬에 비친
나의 가족,
나의 삶 이야기

People
are
Love

사람은 사랑이어라

초판인쇄	2023년 11월 22일
초판발행	2023년 11월 27일

지은이	김수정
발행인	조현수
펴낸곳	도서출판 프로방스
마케팅	최관호 최문섭
IT 마케팅	조용재
교정교열	이승득
디자인 디렉터	오종국 Design CREO

ADD	경기도 파주시 초롱꽃로17 305동 205호
물류센터	경기도 파주시 산남동 693-1 1동
전화	031-942-5364, 031-942-5366
팩스	031-942-5368
이메일	provence70@naver.com
등록번호	제2016-000126호
등록	2016년 06월 23일

정가 17,800원

ISBN 979-11-6338-343-9 03810

※ 파본은 구입처나 본사에서 교환해드립니다.

사람은 ♥ 사랑이어라

수정 구슬에 비친
나의 가족,
나의 삶 이야기

김수정 지음

People
are
Love

 프로방스

나의 이야기를 시작하며

코로나와 함께 우울을 만나며 삶에 지쳐가던 2022년 여름 어느 날.
나는 나와 연결되어 있던 삶과의 이별을 준비하였습니다.
일명 버킷리스트라고 하는 목록을 작성하였고, 가족과 잘 이별하고
싶었습니다.
나의 부모, 형제, 친구들...
내가 사랑했던 추억과의 이별을...

남편에게는 헤어져 살아보자고 제안했고 언니들에게는 살고 싶지
않은 마음의 소리를 내고 있었지요. 나의 이별 통보에 낭떠러지로
떨어지는 충격과 혼란을 겪는 남편에게 냉담한 모습으로 서 있었
고, 성인이 되었지만 홀로서기가 안된 아들과 딸은 엄마 아빠가 이
혼을 할 수 있다는 현실에 적잖이 괴로운 시간을 보내고 있었지요.

언니들은 나를 위해 주말마다 만날 거리를 만들었고 광명에 사는 큰언니와 세종시에 사는 작은 언니는 나를 태우고 그동안 가보지 않았던 이곳저곳을 다니며 나의 기분을 상기시켜주기 위해 애를 썼습니다. 종달새처럼 말도 잘하고 웃기도 잘하던 나는 언니들의 이야기나 웃음을 들으면서도 감정이 굳은 사람처럼 애써 미소지을 뿐 어떤 에너지도 나오지 않았습니다.

그때 작은언니는 나에게 살림 마을에 가고 싶으면 데려다주겠다고 했습니다.

가늘게 몸 안을 들락날락하던 나의 호흡이 깊게 숨을 쉬고 싶어 가슴을 힘껏 앞으로 내밀었습니다. 그렇게 시작한 언니들과의 여행이

나의 삶을 다시 살게 했습니다.

엄마 자궁에서 열 달을 살고 태어나 살아가던 나는 나의 알에서 깨어나 내가 나를 낳는 산고를 겪었고, 다시 태어난 나의 한걸음에서 열 걸음의 여정을 담아보았습니다.
지금 여기에서 이곳 나 되어가는 나를 배경 자아로 바라보기도 하고 기억 자아 속의 나를 바라보기도 했습니다.

나의 뒤뚱거리는 걸음에 동행 해주신 사랑하는 가족, 스승님, 친구, 도반님들에게 감사드리며 이곳에서 경험하고 살아가는 모든 나에게 이 글이 신비한 삶, 고마운 삶, 선물 같은 삶이 되길 소망하며 나의 삶의 이야기에 초대합니다.

2023년 11월

저자 김수정

삶을 예술로 가꾸는 김수정

30여 년 만에 내 앞에 나타난 김수정. 20대 초반의 아가씨가 중년 부인의 모습으로… 얼마나 반갑던지요. 많은 이들이 그러하겠지만 중년의 위기, 가정의 위기, 정체성의 위기… 그녀는 위험한 기회를 타고 있었습니다. 30년 전부터 제가 진행하는 집단상담프로그램인 ALP로 우리는 다시 만났습니다. 아니, 김수정이 김수정을 다시 만 났습니다. 그녀는 새롭게 태어났습니다. 의식의 수준과 질이 바뀌 고 새로운 에너지를 만났습니다.

그녀는 새롭게 태어난 모습으로 수련을 했습니다. 일상을 다시 만났 습니다. 가족들을 ALP에 안내하고 가정을 새롭게 탄생시켰습니다. 그리고 그 변화의 일상들을 소상히 글로 적어 갔습니다. 매일 올라 오는 그녀의 글을 만나는 재미에 저와 함께 수련하던 친구들은 빠져

버리고 말았습니다. 소소한 일상을 아주 음미하게 해주었습니다.

김수정이는 참 착합니다. 20대 초반에도 그러했고 지금도 그녀는 참 착합니다. '마음씨가 저렇게도 곱네' 하고 저절로 터져 나오게 하는 그녀입니다.

김수정이는 내적 탐구심이 많습니다. 세상일도 잘하지만 늘 영성에 관한 탐구가 있습니다. 그런 책을 읽고 그런 사람들을 만나고 그런 분위기를 좋아합니다.

김수정이는 아주 끈질깁니다. 무엇을 시작하면 매일 조금씩 꾸준히 하는 성공습관을 갖고 있습니다. 그래서 그녀에게는 오래된 친구가 많습니다.

김수정이는 살림을 정말 잘합니다. 같이 수련을 하다 보면 압니다. 스텝으로 참여해서 2박 3일 같이 생활을 하다 보면 압니다.

그녀가 얼마나 배려심이 깊고 정확히 잘 챙기고 준비하고 정돈하는 지를요. 실력이 있는 김수정입니다.

김수정이는 삶의 예술가입니다. 어떻게 태어난 인생인데, 주제 없이 낙서하듯이 내 인생을 끄적거리며 살 수 없다는 듯이 그녀는 삶을, 일상을 아름답게 가꿉니다.

말하는 것이나, 걷는 것이나, 옷 입는 것이나, 여행하는 것이나, 음식 하는 것이나, 직장생활하는 것이나, 자태나…. 그녀는 우아하고 품격있게 가꿉니다. 대충대충 하는 법이 없습니다.

일상을 예술로, 삶을 예술로 가꾸는 김수정.

이제 이렇게 작가가 되다니요! 오랜 꿈이 이렇게 이루어집니다. 축하합니다. 그 어느 문학보다도 자기 일상을 소상하게 적어 내려간 중년의 에세이. 그 무엇보다도 가치가 있다 저는 생각합니다. 이렇게 시작된 김수정 에세이.

두 번째 책, 세 번째 책…. 계속 나오기를 기도합니다.

ALP삶의질향상센터 아침햇살 **장길섭**

가족은 누구에게나 인생의
첫사랑입니다

첫사랑은 삶 속에 가장 소중한 기억으로 남습니다.

그러나 첫 마음, 첫사랑을 지켜내기란 얼마나 어려운지요.

계절의 변화처럼 태풍이 불고 천둥 번개가 여러 번 지나가지만 언제나 봄이 오듯이 때를 기다리는 수련을 거쳐 가며 단단해집니다.

울타리가 있는 정원을 만들어 새싹이 피어나는 기쁨을 맛보지만 한계절 내내 잡초를 뽑아주어야 하는 수고를 해야 합니다.

그리하여 튼튼하고 예쁘게 잘 자란 꽃들이 이제는 잡초와도 어울려 더불어 살아갈 수 있는 여유를 알게 합니다.

책 속에 가족애가 가득합니다.

저자는 또한 자기애(愛)가 가득합니다.

자신을 잘 가꾸고 바로 서는 것이 가족과 주위 사람들에게 평안과
위로가 된다는 것을 말해 줍니다.

저자의 글씨 공부를 응원합니다.
글씨 공부란 또 얼마나 지난 한 일인가요.
아마도 매일매일 수없이 글씨를 써도 달라진 것 같지 않은 결과에
많은 좌절을 겪을 것입니다.

글씨 공부란 정원을 가꾸는 것과 다르지 않습니다.
잡초를 뽑듯 잘못된 습관을 고치고 다듬어 예쁜 꽃을 얻는 것입니다.
섣불리 덜 자란 꽃을 꺾어 화병에 옮기면 씨를 얻기 어렵습니다.
글씨쓰기는 마음을 가다듬는 지면 위의 명상입니다.
또한, 깊은 사유의 산물이기를 권합니다.

글씨를 쓰는 일과 글쓰기가 저자의 삶 속에 향기로 피어나 어느 곳,
어느 사람들에게 꽃으로 피어나길 기대합니다.

글씨 쓰는 이 이 산

생기 그득한 고운 글이 되어
자리하기를 바라봅니다

生이 건네는 이야기에 흠뻑 기울여 머무르다 보면
만나지는 소리들이 있습니다.

살아내는 소리   짊어지는 소리   품어 안는 소리
감내하는 소리   고뇌하는 소리   인내하는 소리

때로는 아픔으로   때로는 기쁨으로   때로는 사랑으로
때로는 견딤으로   때로는 감동으로   때로는 고마움으로

소리들은 고유한 이름을 만납니다.
예민한 기울임과 섬세한 바라봄으로 담은
귀하디 귀한 살음 이야기들을 찬찬히 읊어 담아봅니다.

꼬옥 꼬옥 새겨진 발자욱들이

모르는 새 고유한 길이 되고 알음다운 글이 되어 숨을 쉽니다.

어느 날 어느 꽃자리에 연이 되어 닿아 스며들 때

생기 그득한 고운 글이 되어 자리하기를 바라봅니다.

엮어진 글과 함께 더 자유롭고 더 자연스러운 여정 되시기를 소원

합니다

글연지 문화공동체 글씨 작가 정현수

차례 | Contents

• 프롤로그 • 04
• 축하하는 글 • ① 장길섭_07 ② 이 산_10 ③ 정현수_12

Chapter 01
뒤뚱거리며 한 걸음

01 삶과 연애를 시작하며 • 26
02 나 살리려고 만드신 쫌 633클럽 • 27
03 김장 파티를 준비하며 • 28
04 청국장 • 30
05 아침 리츄얼 감사기도 • 31
06 나를 떠나 나에게로 가는 여행 • 32
07 딸이 자퇴한 고등학교 운동장 • 35
08 미쳐 더 미쳐야지 • 36
09 동생아 힘내!! • 38
10 말대로 생각대로 • 40
11 운동화가 찢어졌어요 • 42
12 남편이 되어보는 아내 • 49

Chapter 02

뒤뚱거리며 두 걸음

01 엄마가 될 준비가 안 된 나에게 온 아기씨 • 54

02 먹이 사슬. 사랑 사슬 • 60

03 '화가 날 일' 입니까? • 62

04 사랑하는 나의 엄마 언니 • 66

05 나의 꼬꼬마 율이 • 76

06 아빠 왔다 • 80

07 엄지 척 • 82

08 사랑의 편지차 • 84

09 사랑하는 동생 보아라 • 91

10 최고의 선생님 • 94

11 우리 가족에게는 주치의가 계십니다 • 97

12 나의 감사가 딸에게 울려 퍼지다 • 100

13 아빠 왔다 • 102

14 남편의 아침 리츄얼 • 104

15 그대로 멈춰라 • 107

16 춤 신 • 109

17 나의 한의원 • 110

18 매일 크리스마스 • 112

19 나의 아담! 나의 쉼! • 114

20 사랑하는 나의 아버지 • 116

21 어릴 적 많이 먹었던 김치국수 • 118

22 검이불루 화이불치 • 120

Chapter 03

뒤뚱거리며 세 걸음

01 화장품 선물 받았어요 • 124

02 내게 나타난 브라더 미싱 • 125

03 사랑하는 나의 친구 70세 자매님 • 127

04 지윤아 잘 지내고 있니? • 132

05 해순 언니를 생각하며 • 135

06 1001호 언니 • 138

07 다문화 가정 아이들 • 141

08 남편과 데이트 • 143

09 졸업의 계절 • 145

10 엄마보다 더 성장한 딸 • 147

11 가족은 선물입니다 • 150

12 나의 길동무 친구들 • 153

13 선물로 받은 사랑하는 딸 • 156

14 날마다 다이나믹한 딸 • 159

15 우리 집 명절 풍경 • 162

16 철부지와 철인 • 165

17 엄마 역할은 엄마가 • 167

18 목욕탕에서 경험한 신비한 세상 • 170

19 엄마 딸로 태어난 건 내 인생 로또 • 174

Chapter 04

뒤뚱거리며 네 걸음

01 대청소 • 178

02 볼에 빨간 동그라미가 생겼어요 • 180

03 삶의 연출자, 조양 스승님 • 182

04 나는 울보입니다 • 184

05 뚝배기 되어가는 나 • 186

06 장보기 • 187

07 요리하는 착한 아들 • 189

08 처음 만나는 오늘 길 • 191

09 소리 없는 아우성으로 • 193

10 딸과 데이트 • 194

11 미야코에게 온 편지 • 195

12 딸의 사고 • 197

13 딸의 졸업식 • 199

14 나는 항해사입니다 • 202

15 예술의 섬 장도 • 204

16 소박하지만 원대한 꿈 • 208

17 배울 수 있어 고마운 오늘 • 210

18 딸에게 삶을 배웁니다 • 213

Chapter 05

뒤뚱거리며 다섯 걸음

01 글씨 학교 첫걸음 • 218

02 그냥 성의껏 해요 • 218

03 찢어진 책은 나에게 오라 • 220

04 感을 알아차립니다 • 222

05 제약도 제한도 없는 분을 만납니다 • 223

06 제자 입문 24기 하티를 시작하며 • 224

07 가족이 뭉칩니다 • 226

08 나의 스승이 딸의 스승이 되는 고맙고 신비한 삶 • 228

09 딸을 통해 배우는 오늘 • 229

10 붕어빵 할아버지 • 231

11 세종대왕님 감사합니다 • 233

12 사랑하는 조카 소영이에게 • 235

13 나의 산책길 친구들 • 237

14 아플 만도 하지 • 239

15 오! 통합 비전 • 241

16 거거거 중지 행행행 리각 • 243

Chapter 06

뒤뚱거리며 여섯 걸음

01 결혼기념일 • 246

02 거경궁리 하티 첫 모임 • 248

03 정리 정돈 • 250

04 널브러지다 • 252

05 무엇이 있느냐 물으시는 주님 • 253

06 책이 귀했던 어린 시절 • 255

07 기억이 사라지는 날 • 257

08 자택 격리를 마치고 첫 출근 • 258

09 행복이란 • 259

10 추억 한 보따리 • 260

11 어머니의 터진 손등 • 262

12 저는 복이 많습니다 • 263

13 아들과 걷는 길 • 265

14 대단한 울음 • 266

15 제자리 • 268

16 나에게 엄마라는 이름은 • 270

Chapter 07

뒤뚱거리며 일곱 걸음

01 사랑하는 나의 5월을 맞이합니다 • 274

02 배짱이 언니 • 276

03 사랑하는 나의 아들 딸에게 • 277

04 멈춤 • 279

05 글씨 학교 10주년 • 280

06 내 생애 처음 맞이하는 스승의 날 • 283

07 5월 그 초대에 입 맞추러 • 284

08 네가 감꽃이구나 • 286

09 사랑이어라 • 288

10 세월의 이름들 • 290

11 엄마를 단속하는 아들 • 292

12 세 자매 • 294

13 삶이 나에게 준 가장 큰 선물 • 296

Chapter 08
뒤뚱거리며 여덟 걸음

01 꽃들은 계절이 궁금해 핀다지요 • 298

02 좋은 만남 • 300

03 덕수궁 하티 소풍 • 301

04 아빠와 딸 • 303

05 죽음 명상을 하며 • 305

06 내가 맨발 걷기를 좋아하는 것은 • 307

07 '아침 햇살 장례축제에 대하여'를 읽고 • 309

08 망고 속에 비친 어린 시절 • 311

09 유전된 습관 • 313

10 메밀 싹 • 314

Chapter 09

뒤뚱거리며 아홉 걸음

01 53년 걸어온 삶 • 318

02 이 문제의 좋은 점은 무엇인가? • 319

03 내 어릴 적 함께 뛰놀던 친구들 • 320

04 나의 외갓집 • 322

05 포도나무 넝쿨을 보며 • 324

06 중복 • 327

07 지하철은 글씨 세계로 안내하는 완행열차 • 329

08 신비를 만납니다 • 330

09 아들과 데이트 • 332

10 잘 흘러가기를 • 334

11 여름 김치 • 336

12 포항에서 만난 달 • 338

Chapter 10
뒤뚱거리며 열 걸음

01 질투쟁이 율이 • 342

02 나를 가슴 뛰게 하는 사람을 만나 • 343

03 오 나의 친정 살림 마을 • 345

04 나의 낭만에 대하여 • 347

05 계곡에 발 담그고 • 349

06 칭찬으로 싹트는 가족애 • 351

07 사랑하는 나의 집밥 • 354

08 물 만난 그녀 • 356

09 남편 딸과 데이트 • 357

10 아름답고 찬란하다 • 360

11 언니의 마음이 열린 날 • 362

12 허당 궁전 • 365

13 궁전의 아비투스 • 367

14 나에게 숲길은 숨길입니다 • 368

• 에필로그 • 370

뒤뚱거리며
한 걸음

스승님께 감사한 이야기로 꽃 피우는 우리

우리를 여기 이곳에 나타나게 해 주심에 감사

감사한 일이 너무 많아 아름다운 삶

삶과 연애하는 나

나의 나 됨은 하나님 은혜입니다.

은혜로 오늘을 삽니다.

고맙습니다.

미안합니다.

용서해 주세요.

사랑합니다.

제가 모를 수 있습니다.

제가 틀릴 수 있습니다.

제가 잘못 들었을 수 있습니다.

제가 잘못 알았을 수 있습니다.

02 나 살리려고 만드신 뫔 633클럽

저는 출산 후 몸과 마음 관리를 잘못하여 늘 체력이 다운되고 아프고 기력 없이 살았습니다. 체력이 떨어지고 항상 아프다 보니 심력도 약해져서 우울감을 달고 살았지요.

2020년 코로나로 국민 우울증이 시작되면서 저 또한 우울증을 겪으며 상담과 약물치료를 병행했지요. 살려고 애를 썼습니다. 약 먹고 지인들 만나고 가족과 여행 다니고 다이어트와 운동도 하고요. 그러나 마음을 잡지 못하고 우울감이 가득했지요.

그러던 중 ALP 조양 스승님께서 몸과 마음 건강을 위해 클럽을 창립하신다는 복음을 듣게 되었지요.

"나를 위해 만드시는구나, 나 살리려고, 나 살라고."

무조건 참가하기로 결심했습니다. 기쁨과 감사함을 안고 캠퍼스를 찾았지요.

기대 이상의 프로그램에 감동과 감격으로 내 몸과 마음은 새 포도주를 담을 새 주머니가 되어가고 있었지요.

지금 저는 "뫔 633 1기"에 참가하여 뜻밖의 행운을 받아 목표한 체중을 만들고 건강을 지켜가고 있습니다. 클럽을 창립해 주신 스승님, 후원해 주신 봄빛골님, 함께 불 지펴 주시는 산파님, 하티님, 도반님들께 감사합니다. 혼자만 하던 맘 살리기를 서로 응원하고 격려하며 함께 하니 쉽고 신나게 연애하듯 합니다.

몸과 마음은 하나, 몸도 튼튼, 마음도 건강해지는 지금 여기 삶이 은혜로 가득합니다. 주저하지 마시고 "맘 633클럽"에 놀러오세요. 삶의 변화는 내가 선택하고 내가 지금 합니다.

---

03 김장 파티를 준비하며

주말에 김장을 합니다.

봄에 새우젓을 담그고 여름에 마늘 가을에 고춧가루를 준비해 두었지요.

드디어 1년 양식 김장을 하려고 월요일부터 채소 하나씩 손질해서 냉장고에 보관합니다. 올해는 남편이 쉬고 있어 함께 밑 손질을 해주는 덕분에 김장이 아주 쉽게 진행됩니다.

김장을 하는 과정과 마친 후에 근육통으로 힘든 과정을 거치며 20년 넘게 해온 겨울 리츄얼. 힘듦과 신남이 함께 하기에 처음에는 나 혼자 하다 남편이 거들고 아들이 거들면서 가족 리츄얼로 자리매김 하였습니다. 언니들과 나누어 먹을 김치가 잘 만들어지길 기도하며 감사한 마음으로 신나게 김장 파티를 하려 합니다.

퇴근 후 집에 나타나니 남편의 수고로 김치 양념을 위한 재료 손질이 완벽히 갖춰져 있습니다. 나의 부탁을 남편(바람의 노래)이 잘 듣고 잘해준 덕분입니다. 귀가 후 합류한 아들(구름)까지 완벽한 삼인조가 뭉쳐 자정 넘도록 김장을 합니다.

김장을 해야 한 해가 마무리되는 것 같다며 이렇게 할 수 있어서 감사하다는 아들의 말에 '그동안 김장을 끝내야 하는 숙제로 생각했지 감사로 받지 못했구나' 알아차리며 감사한 마음을 가족과 나누었습니다.

김장을 마치고 새벽 2시 30분경 잠이 들었는데 일어나는 시간은 평소와 같이 몸이 스스로 챙깁니다. 개운하고 맑은 정신, 뫔 633이 나에게 준 선물입니다. 오늘을 선물로 받을 수 있어 얼마나 감사하고 행복한지 김장을 하고 몇 주간 앓던 나는 사라지고 쌩쌩한 나가 나타났습니다. "하하하" 오늘은 삶의 질을 향상하기에 아주 좋은 날입니다.

나의 잔소리를 받아주면서도 부탁한 일을 묵묵히 완수해 주는 고마운 남편과 자기의 일보다 가족의 일을 우선하여 엄마, 아빠의 애정전선을 수비와 방어로 적재적소에 침투하여 윤활유가 되어주는 기특한 아들. 자기와의 싸움을 고군분투하며 이겨내고 있는 사랑하는 딸에게 "예쁘다", "고맙다", "덕분이다", "사랑한다"는 말을 전하는 오늘입니다.

나는 참 행복합니다. 나는 참 운이 좋습니다.

 청국장

어릴 적 엄마의 청국장은
메주콩을 삶고 따뜻한 아랫목에 눕히고 덮고
덥고 더워 살 부비며 서로 엉기어 끈끈한 실타래 나오고
집 안 가득 쿰쿰한 내 날리면
가족 모두 둘러앉아 숨소리도 안 내고 밥 위에 비벼 먹던 청국장

오늘 나의 청국장은
메주콩, 강낭콩, 병아리콩 어떤 콩이든 압력솥에 찌고
24시간 숙성 기계에 넣으면 구수한 향내 풍기며 실타래 또한 예술이다.

묵은지 뭉근히 익혀 청국장 듬뿍 넣어 밥에 비벼도 좋고 그냥 먹어도 좋다.

오늘 간편해진 나의 청국장 속에 엄마의 깊은 청국장이 들어있다.

엄마의 노고 숨결 땀내를 느낀다.

나도 푹 익어 어떤 이와도 잘 어울려 향기 날리고 사람 살리는 청국장 되고 싶다.

아침 리츄얼 감사기도

정신이 깹니다. 맑고 개운합니다. 마른세수로 얼굴을 만납니다.

몸의 감각을 알아차립니다. 나를 위한 가족을 위한 이웃을 위한 기도를 올립니다. 살림 마을에 다녀오고 스승님 말씀 듣고 도반님들과 얼싸안고 삶을 나누면 좋은 기운을 받습니다.

이런 친정이 있어서 참 좋습니다.

이런 경험이 배움이 좋습니다. 행복합니다.

잘 때와 깰 때를 압니다.

말할 때와 잠잠할 때를 압니다.

일할 때와 쉴 때를 압니다.

알음과 다음을 배워갑니다.

모르는 것이 많습니다. 오늘도 배웁니다.

나를 떠나 나에게로 가는 여행

오늘은 딸에게 받은 편지로 감사일기를 써 봅니다.

자녀를 낳고 양육하는 부모에게, 자녀들이 말하지 않아도, 부모를 향한 진심은 이 편지와 같을 거라 생각됩니다. 자녀를 낳고 양육하며 부모가 되어가는 것이 저에게는 세상에 와서 한 일 중 가장 힘들고 가장 복된 일이었습니다.

부족했기에, 모르는 것이 많았기에, 어떻게 해야 할지 고민하고, 걱정하고요.

나를 떠나 나에게로 가는 여행을 내가 했듯이, 자녀도 그 길을 갈 것이고 나를 만나고 존재와 현상을 분별하며 이미 잘 되어진 세상에서 삶을 살아갈 것입니다. 신비하고 놀라운 경험을 하며 모든 것이 주님의 은혜임을 고백하겠지요.

그날을 바라보며 그것을 보며 오늘 감사합니다.

가족은 선물입니다. 삶은 풀어야 할 문제가 아니라 경험해야 할 신비입니다.

엄마! 안녕하세요.

오늘은 엄마의 52번째 생신이네요. 40대 같은데 벌써 50대라니 믿기지 않아요.

제가 마지막으로 편지를 썼던 게 고등학생 때였던 것 같아요. 그래서 이번 생일엔 무엇보다 제 진심이 담긴 편지를 드리고 싶었어요.

엄마 오랜 시간 동안, 아픈 몸과 마음으로 인해 고통스러워하는 저를 볼 때마다, 얼마나 힘드시고 괴로우셨을까요?

그리고 그런 저를 도와주시려고 얼마나 애쓰셨을까요?

저로 인해 많은 고난의 눈물을 흘리지요. 엄마가 지난번에 그러셨죠.

태어나서 가장 기쁘고 잘한 일은 너를 낳은 날이라고요.

그 사랑이 얼마나 컸으면… 그 고난을 다 겪고도 그런 생각을 하실 수 있을까요.

제가 올해 좋은 사람들을 만나 도움을 받아서 많이 회복하고 다시 살아갈 힘을 얻었잖아요. 그분들에게 감사한 마음이 들면서 나를 제일 많이 도와준 사람은 엄마였다고 생각하니, 너무 죄송하고 감사했어요. 저는 그동안 엄마가 주시는 사랑이 당연한 줄 알았기에 감사함을 모르고 살아왔던 것 같아요. 저의 이기적이고 무지했던 지난날들을 용서해 주세요.

엄마를 사랑하는 마음이 크면서도 미안함도 너무 크고, 항상 속상하게 하는 자신이 부끄러워서, 사랑한다는 말도 많이 못 했네요. 하지만, 전 엄마를 많이 사랑해요.

저를 낳아주시고, 저의 엄마가 되어주셔서 저는 정말 행복했어요. 그리고 엄마의 사랑을 본받아 따뜻한 마음을 가질 수 있었고, 모난 저를 사랑과 지혜로 양육해 주심에 감사합니다. 미국에 있을 때 모녀가 대화하는 모습만 봐도 너무 부러웠는데, 지금 제 곁에 계셔서 감사해요. 엄마와 함께 하는 이 순간을 소중히 보내겠습니다.

사랑합니다. 나의 어머니.

2022. 11. 20.

딸 예진 올림.

07 딸이 자퇴한 고등학교 운동장

정신이 새벽이 나를 깨웁니다. 아주 짧게 생각이 멈춥니다.

생각을 멈추려고 하면 생각이 더 많아짐을 알아차립니다. 몸의 감각과 호흡을 느끼며 숨 쉴 수 있음에 감사합니다. 새벽 어스름 캄캄한 거리를 걷습니다. 맨발 걷기 좋은 땅을 찾습니다. 무릎이 아픈 나에게 산길만 흙을 내어줍니다.

그런데 오늘은 다릅니다. 남편이 평지 흙길을 발견하여 안내합니다. 딸아이가 자퇴한 고등학교 운동장. 딸이 자퇴한 뒤에 밟아보지 않은 운동장 모래흙길을 맨발로 걷습니다. 차갑고, 보드랍고, 폭신하고, 평평한 대지를 발바닥에서 온몸으로 느낍니다. 묘한 감정이 오갑니다. 담임선생님은 입학 4개월 만에 공부가 하고 싶어서 자퇴를 선택한다는 제자의 마음을 읽으시고 믿는다며 잘할 거라며 꿈을 이루라며 응원해 주셨지요.

기도합니다. 이곳에 폭력으로 아픈 그가 없기를, 학대로 고통받는 그가 없기를, 가난으로 절망하는 그가 없기를, 평화, 위로, 따스한 기운을 모아 보냅니다.

마음이 따뜻해집니다. 감사함으로 밝아오는 아침을 맞이합니다.

신비한 삶. 거룩한 삶. 고마운 삶. 삶은 선물입니다. 모두 하나로 연결되어 나에게 옵니다.

08 미쳐 더 미쳐야지

딸이 논문을 쓰고 있는 잠긴 방 안에서 신음이 들립니다.

"아", "우이", "꺄", "으악" 알 수 없는 괴성들.

시간이 흐른 뒤 조용한 듯싶더니 다시 소리를 냅니다.

조심스럽게 방문을 두드려봅니다. "똑 똑 똑 괜찮니? 문을 열고 나온 딸의 첫마디는 "엄마, 나 미칠 거 같아요. 점점 미쳐가는 거 같아요." 절규하듯 몸서리칩니다.

"그래 잘하고 있네, 더 미쳐 완전 미쳐야지 미치지 않고 어떻게 글이 써지겠니?

미쳐라! 우리 딸 미치고 미치면 술술 써 질거야."

웃으며 미치라고 응대하는 나를 보며 딸도 안심한 듯 웃습니다. 웃는 딸의 모습이 너무 예뻐서 카메라 셔터를 눌러대니, 못생겼다고 찍지 말라지만, 내 눈엔 너무 예쁘고 눈에서 빛이 나는 딸이 너무 사랑스러웠지요. 엄마의 행동에 딸도 이런저런 포즈를 잡아줍니다. 다시 방으로 들어간 지 두어 시간이 흐른 뒤, "엄마 나 거의 다 썼어요. 24페이지 내가 봐도 신기해요."

하고 싶은 공부를 하겠다며 고등학교 입학 4개월 만에 자퇴를 선택한 후, 수영, 요가, 피아노, 기타, 바이올린, 영어, 독서 등 독학을 하더니, 미국으로 유학 가겠다며 필요한 자격 조건을 갖추기 위해 홈스쿨 증빙자료와 방송통신고등학교에 입학하여 전 학기 성적 증명서를 갖추고 영어 자소서를 암기하여, 심사관 앞에서 자기를 증명하고 홈스쿨링 학생 최초로 버지니아고등학교로 10개월 유학을 하고 왔지요.

고등 검정고시와 독학으로 영문학 학사를 취득하고 편입시험을 보고 입학한 대학 생활...

아픈 맘을 견디고 견디며 지나온 시간 속에 번 아웃과 우울감으로 휴학을 반복하느라 몸도 마음도 지쳐, 어려운 고비를 많이도 견뎌 낸 고마운 딸.

하고 싶은 게 너무 많았지만, 아프고 지친 시간 속에 하고 싶은 게 없어진 딸.

길을 잃고 주저앉아 울 힘도 없이 눈뜰 기운도 없이 신음하던 딸.

죽고 싶다고 살기 싫다고 아니 살고 싶다고 손짓하던 딸.

나를 떠나 나를 찾는 여행을 하며 나를 만난 딸.

나는 누구인가? 물음을 찾고 찾던 딸이 발견한 삶!

고마운 삶! 신비한 삶! 어떻게 태어난 인생인데!

오늘은 삶의 질을 향상 시키기에 아주 좋은 날입니다.

오늘은 진리를 따라 행하기에 아주 좋은 날입니다.

오늘은 감사하기에 아주 좋은 날입니다.

오늘은 기뻐 춤추기에 아주 좋은 날입니다. 감사의 축제가 일어납니다.

---

09 동생아 힘내!!

"가족분들. 제가 지금 몸이 너무 안 좋은데 음성메시지로 기도 좀 보내 주세요."
가족이 응원 메시지를 보냅니다.

"예진이를 만드시고 이 땅에 보내신 하나님께서 함께하시고, 너의 모든 것을 준비하심 가운데 있음을 믿고 압니다. 너의 어려움 속에서도 주님을 의지하며 주님의 도움을 간구할 때 지혜와 힘을 주실 것을 믿고 기도합니다."
"예진아, 좀 더 힘내고 나아가 길 응원한다."
"넌 할 수 있어! 잘할 거야."

삶은 언제나 지금 여기 오늘! 가보지 않은 길을 가며 창조하는 것! 가슴 뛰는 일! 감사한 일! 너에게 펼쳐질 무한한 일을 기대하며 기뻐하렴!
학창 시절 홈스쿨링 중 독서를 통해 품게 된 유학. 유학 갈 때도 퇴학 상황이어서 자격 조건을 만들어야 했지.

다시 정규고등학교에 입학해야 했고 요구하는 서류 모두 만들었고, 대학 갈 때도 고등졸업증이 없어서 검정고시 봐야 했고, 있는 힘 다해 공부해서 독학사 합격했지.

편입시험 또한 가보지 않은 길. 가장 사랑하는 친구와 헤어지는 아픔 겪으며 번 아웃 상태였지만 이겨내고 대학 편입에 성공했지.

운전면허 딸 때도 출발과 동시에 액셀을 밟았지만, 포기하지 않고 재도전해서 합격했고, 메이크업 자격증 또한, 엄마를 모델 삼아 수없이 연습해서 자격증 취득했지.

컴퓨터 실용능력 자격증 두 번의 고배를 마신 후에 취득했지.

논문 또한 여러 번의 아픔 겪고 재도전하며 너의 한계를 넘을 수 있었잖니?

도전할 수 있고, 경험할 수 있고, 배울 수 있어서 감사한 인생!

인생 살면서 만나는 까다로운 사람과 일을 통해 한 단계 더 성장하고 배우게 되는 거지.

네가 원하는 것은 다 할 수 있어. 어려운 순간마다 그래도 넌 해내고 말았잖니?

눈앞에 보이는 장애물만 보지 말고 누구도 원망하지 말고 일어나는 모든 일을 통해 사랑을 배우자. 모두 네가 잘 살길 바라고 응원하고 있어. 넌 할 수 있어. 잘 되게 되어있어. 얼마나 감사한 일이니……

⑩ 말대로 생각대로

말 대로 됩니다. 생각대로 됩니다. 우리 가정에서 실감하고 현실로 이뤄진 이야기로 감사일기를 적어보는 오늘입니다.

2015년 뜨거운 5월. 8년간 운영하던 사업을 정리한 남편.

남편의 마음에 '이 일은 사양길이다', '하고 싶지 않다' 생각이 들었다지요.

이어 허리 수술로 2년간의 재활 치료와 휴직 생활.

저는 그동안 고생한 남편에게 안식년이 선물로 주어졌다고 생각하며 남편이 편안히 쉴 수 있도록 병간호를 하고 가족 여행을 하며 가족에게 미안한 마음 갖지 않도록 아이들과 함께 남편을 위로하고 응원해 주었지요.

그해 딸은 원하던 유학을 떠났고, 아들은 배우가 되겠다며 진로를 변경하여 재수하며 알 수 없는 인생의 낯선 여행을 하느라 각자의 자리에서 고군분투했지요.

적지 않던 남편의 고정 수입이 끊겼고 저 또한 허리디스크로 휴직 중이었지만, 수술한 남편보다 내가 일하는 게 낫겠다 싶어 일자리를 구했고 딸의 유학비를 위해 10년 저축한 연금을 해약했지요.

시간이 지날수록 몸도 마음도 약해져 가는 남편은 '운전을 하면 입에 풀은 칠하겠지' 생각하여 마을버스 운행을 하더니, '내 차를 사서 해야겠다' 생각해 노란 버스를 사서 운행을 하더니 수입이 너무 적다며, 25톤 덤프트럭을 사서 폐기물 처리 일을 하다 공황장애로 헐값에 차량을 넘기게 되었고, 적더라도 고정 수입만이라도 벌어야 겠다는 생각에 부품대리점 배달직원으로 근무하게 됐지요. 모든 과 정이 남편의 말대로 생각대로 되었지요.

그런 과정을 겪으며 수입이 없는 시간 속에서 자녀들 교육과 생활은 유지해야 했기에 20년간 절약하며 미래를 위해 장만한 저의 노후 고 정 월급(월세)을 받으려 했던 빌라와 오피스텔을 떠나보냈지요.
목표한 대로 이뤄지지 않는 삶에 지치고 병도 앓았지만, 지금 만난 삶에서 나는 말합니다. "돈은 필요한 만큼 술술 들어온다." "일은 쉽고 재밌게 놀면서 한다."
"내가 갖고 싶은 걸 사는 게 기쁘고 즐겁다. 적정 체중을 만들어 원 하는 옷을 입는다. 뱀 633으로 건강을 유지하니 삶이 즐겁고 감사 하다. 말대로 된다."

돈이 술술 들어왔습니다. 딸이 생일 선물로 돈다발을 주더니 남편 이 용돈을 줍니다. 일은 재밌고 놀면서 기쁘게 하고 있습니다. 갖고 싶은 옷과 가방 신발을 채소 마켓과 동네 구제 가게에서 마음껏 사 고 있습니다. 누군가 애정과 사연이 담긴 물건들 외국 여행길에 사 왔다거나 가족과의 추억이 담긴 물품들, 고가의 옷 신발 가방을 나는 나의 안목으로 선택하면 됩니다. 나도 사용하지 않는 물건과 옷 신발 등을 나눕니다. 모두 돌고 돕니다. 하나로 연결되어 있습니다.

쇼핑이 즐겁고 감사합니다. 백화점 쇼핑에서 아울렛 쇼핑으로, 동네 가게 쇼핑으로, 쇼핑의 영역이 넓어지고 있습니다.

적정 체중 유지하니 원하는 옷을 맘껏 입고 예쁜 핏이 나옵니다.

남편과 아이들이 부정적 말을 할 때마다 긍정적 언어로 바꿔줍니다.

세심하고 다정하여 걱정이 많은 남편에겐 걱정하는 말을 할 때마다 긍정의 말로 바꿔주고, 눈 뜨면 힘들다는 딸에게 "아 잘 잤다. 좋은 아침이다. 오늘도 기쁘고 즐거운 일이 많이 생길 거야."

돈 나갈 때가 많아서 일을 많이 해야 한다는 아들에게는

"일할 수 있어서 정말 좋아! 돈을 벌어서 맛있는 것도 사 먹고 필요한 일도 할 수 있어서 정말 좋아."

오늘도 감사의 말, 행복의 말, 축복의 말을 합니다.

11 운동화가 찢어졌어요

드디어 운동화가 뜯어졌습니다.

언젠가 어느 방송인이 미국 생활 중 얼마나 많이 걸어 다녔는지 운

동화 몇 켤레가 닳아 버렸다고 했습니다. 얼마나 걸으면 운동화가 터지고 바닥이 닳아 버리는 걸까? 그렇게 걸을 수 있다는 것이 부러웠습니다.

그 당시 저는 무릎에 물이 차고 연골 파열로 수술을 해야 한다는 의사의 진단으로 입원을 했으나, 수술 당일 아침 '이건 아닌거 같아'라는 생각이 들어 자연치료를 결심하고 연골이 재생될 때까지 무릎에 힘을 가하지 않으면서 회복될 수 있도록 재활 치료를 받고 있었지요.

남편의 수입은 줄고 아이들은 한창 공부해야 할 때였고 허리통증으로 정교사 근무는 무리였기에 보조교사를 하며 가사를 병행하던 시기였지요.

학생통학 차량과 유치원 차량운행을 병행하는 남편과 독학사 공부를 하느라 점심 먹으러 오가는 시간도 아깝다는 딸을 위해, 매일 새벽에 김밥 싸는 일로 하루가 시작되었지요.

아침 점심 저녁을 김밥으로 먹어도 질리지 않고 맛있다는 남편과 딸. 고맙기도 대견하기도 하여 힘든 줄도 모르고 내가 구할 수 있는 온갖 재료를 넣어 매일 질리지 않고 맛있게 먹을 수 있도록 만들었지요.

1년을 하루 같이 매일 매일...

그러던 중 10년 전에 퇴사했던 출판사 국장님의 연락을 받았습니다. 마포지점 지점장으로 와 달라는 제안이었지요.

10년 전 모 출판사 공부방 운영과 주임 교사를 병행하다 원당으로 이사 오며 퇴직했던 직장이었지요. 아이들이 초등학교 입학하면서 어차피 학원에 보낼 바에 육아와 돈벌이를 함께 할 수 있는 좋은 선택이었지요. 부업으로 30만 원 만 벌어도 좋겠다는 생각에 시작한 공부방에서 초등 전 과목과 영어, 한자, 논문을 지도했기에 아이들을 밖으로 돌리지 않아도 됐고 하교 후에 군것질 한 번 시킨 적 없이 모든 간식을 집에서 만들어 먹였지요. 그 혜택은 공부방 학생들에게도 주어졌고요.

하교 후 배가 고픈 시간 4층 공부방으로 뛰어 들어온 아이들은 "배고파요." 하며 주방에 놓인 음식들을 먹는 것부터 시작됐지요. 어떤 아이는 재료로 꺼내놓은 고추까지 먹고 맵다며 입에 불이 나 물을 찾기도 했지요. 집보다 더 편한 공부방이고 놀이터였지요.

그러다 보니 아이들도 급증가하고 저는 수입 0원에서 시작하여 6개월 지나자 200만 원 이상 수입이 늘었지요. 원형탈모가 생긴 줄도 모르고 밤잠 안 자며 어떻게 하면 잘 가르칠지 연구하고 공부했지요.

길을 가다 만나는 초등생만 보면 내가 데려다 가르쳐야겠다는 열정에 집이 어딘지 물어보고, 부모님을 찾아가 공부방 소개 커리큘럼 안내를 하며 신나게 재밌게 회원을 확장해 나갔고, 회사에서도 실력을 인정받아 6개월 후 주임 교사를 맡겨주었고 4년이 지나 지점장을 권유하셨지만, 한 일에 빠지면 몸을 불사르는 성격을 알기에 거듭되는 제안을 사양하며 원당으로 이사를 왔고, 자연스럽게 공부방도 정리가 되었지요.

그런데 10년이 지나 공부방도 교육시스템도 완전 잊힌 어느 초겨울 날.

국장님은 두 세분의 지점장님까지 대동하고 오셔서 지점장 제안을 하셨고 한두 번 거절했으나 밤마다 찾아오시는 수고를 더 이상 거절 못하고 지점장 제안을 받아들였지요. 어린이집 보조교사 계약 기간이 두 달 남아 있었기에 두 달간은 오전에는 마포지점에 출근하여 조회 후 공부방 지원하고 오후에는 행신동 어린이집에서 근무 했지요. 때론 퇴근 후 다시 마포로 가서 교사 단합 차 회식도 하고요.

그해 겨울은 눈도 역대로 왔고 많이도 추웠지요.

당시에 운전을 안 하던 저는 대중교통을 이용하여 출퇴근했기에 모두 다리로 뛰어다니며 매일 공부방 지역 순회를 하며 전단지 작업을 하며 은평구 마포구 서대문구 골목골목 눈 쌓인 얼음길을 뛰어 다녔지요. 때론 신고도 받고 경찰에게 주의도 받았지만, 회원 수를 늘려야 하는 지점장 책임감과 공부방 교사의 수입이 직결되는 일이었기에 지원을 멈출 수가 없었지요.

노력한 결과 제가 취임한 후로 우리 지점 휴회율이 전국 1위 한 자릿수 내외를 거듭하게 되며 사장님 타 지역 국장님들까지도 저에 대한 기대와 칭찬이 많으셨지요. 겨울을 그리 뛰어다녔으니 무릎이 성할 리가 없었지요. 절뚝거리는 무릎을 알아차리지도 못하고 지내다 진단을 받고 무릎에게 너무 미안했지요. 안방에서 거실을 배로 기어 다니며 울기도 많이 했습니다. 이대로 평생 살아야 하는 건가? 내 나이 47살.

변기에 앉고 일어설 때마다 고통을 참기 어려웠지요. 무릎이 아프고 나니 모든 일을 무릎이 했더군요. 치료 잘 받고 다시 근무하라며 병문안 오셔서 격려해 주신 사장님 상무님 국장님 지점장님들의 기대를 저버리고 퇴사를 결정했습니다. 가정과 일 어느 쪽도 대충해서는 안 되고 그렇게 안 할 성격을 알기에 일을 내려놓고 내 몸과 가정을 선택했지요.

병원 생활 8개월. 무릎뿐 아니라 자궁 적출까지 이어져 몸이 쇠약해져 갔지요.

그래도 가족에 대한 책임은 감당해야 한다고 생각했지요.

아직 딸이 독학 과정 1년을 남기고 편입시험을 앞두고 있었기에 주말이면 남편에게 부탁해서 일주일간 먹을 반찬 재료를 적어주어 사오게 했고 집으로 외출하여 앉아서 요리를 하고 서서 할 일은 남편에게 가르치며 일주일 반찬을 가득 채워놓고 병원에도 가지고 와서 함께 입원하고 있는 환우와 나누어 먹었지요.

나와 동갑내기 환우는 10년 전 버스 충돌 사고를 당했고, 두 달 후에 깨어나니 반신마비가 되어있었다지요. 수없이 자살 시도를 했으나 실패했고 사고 당시 5살이었던 딸아이가 15살이 되도록 병원 생활을 하고 있었지요. 친정 부모도 시부모도 없는 그녀는 오로지 병원 식사로만 끼니를 채우고 있었지요. 요양병원 식사로만 10년을 얼마나 지겨웠을까요. 그 환우에게 외부에서 만들어 온 음식은 그야말로 꿀맛이고 귀한 음식이었지요. 매주 집에서 만들어 온 반찬을 꺼내서 식사를 하는 즐거움이 병원에서의 지루한 일상과 밤마다 찾아오는 통증도 견딜 수 있게 도와주었지요.

병원에서 금지된 일탈도 해가며 간호사 눈을 피해 오이피클 깻잎장아찌 오이장아찌 등 간단하게 요리하는 법도 가르쳐주고 환우 집에도 보내주었지요.

한 손으로도 병원 생활을 어찌나 잘하던지 병원이 익숙하지 않은 저를 도와 저의 왼팔이 되어주었지요. 저는 그녀의 오른팔이 되어 요리를 담당했고요.

그해 여름은 참 따뜻하고 시원했습니다. 그녀의 운동화는 한쪽만 바닥이 닳아 버린다고 했습니다. 마비된 한쪽 다리는 휠체어에서 움직이지 않았으니까요.

찢어진 운동화로 시작하여 참 먼 길을 다녀왔네요. 찢어진 운동화가 고마운 사연이 바로 여기 있습니다. 걸어서 출퇴근하는 엄마를 위해 아들이 처음으로 선물한 운동화. 그 운동화를 신고 걷고 걷다 보니 마침내 찢어졌지요.

구멍 난 운동화가 얼마나 반갑고 좋던지요. 구멍 날 정도로 많이 걸었구나.

내가 이렇게 튼튼해졌구나. 감사합니다. 나에게도 구멍 난 운동화가 생겼습니다.

그 후에도 아들은 기념일마다 운동화를 선물합니다.

밑창이 닳지 않도록 본드로 깔창을 붙여주며 엄마 건강하게 오래오래 신으라고요.

고마운 아들

고마운 무릎

고마운 걸음

참 고마운 인생입니다.

⑫ 남편이 되어보는 아내

남편 마음이 되어봅니다. 떠오르는 햇살 아래 남편의 하얀 머리카락이 보입니다.

30대 중반부터 염색했던 저에게 남편의 흰머리 조금 난 것이 그리 대수로운 일은 아니지만, 60이 다 되도록 검은 머리카락이 빛났던 남편의 늙어감이 마음에 닿았던 것 같습니다.

아버지의 잇따른 사업 실패와 야밤 도주로 어머니와 사 남매는 가난한 삶을 살며 장래에 대해 꿈도 못 꾸는 청소년기를 보냈지요.

우울증과 조현증으로 고통받는 어머니와 여동생을 믿음으로 낫게 하려고 신앙에 심취하며 몸도 마음도 찢어진 20대 중반.

친구 따라갔던 신학교. 삶에 변화는 없이 내적 갈등과 혼란만 안고 삶에서 목회를 하리라 마음먹고 사회로 뛰어든 20대 후반.

뜻밖의 기회로 첫눈에 반한 소녀에게 마음을 빼앗겨 비혼주의에서 결혼에 대한 희망을 품게 된 남자.

손에 쥔 것 하나 없이 부양해야 할 부모 형제 뒤로 하고 맞이하게 된 아기와 아내.

그렇게 31살의 나이에 가장이 된 남편은 부모 아내 아기에게 죄송함과 미안함이 컸기에 자신에게 작은 원망만 와도 억눌렀던 감정이 올라와 가족과 자신을 괴롭히며 살아왔지요.

마실 줄 모르는 술 접대를 하다 본인이 취해 주점에 지하철에 길거리에 널브러져 집에서 애타게 기다리는 아내와 아기에게 미안함과 괴로움이 쌓여 일탈을 꿈꾸기도 한 남편.
새벽부터 새벽까지 일해도 나아지지 않는 형편에 엎친 데 덮친 격으로 무일푼에서 3년 만에 마련한 전셋집을 사기당해 길바닥에 나앉아야 하는 상황에 놓였던 남편.
장모님의 도움으로 처가 근처에 마련한 33평 신축아파트로 이사하고 3살 1살 아기와 세상 물정 모르는 순박한 아내를 남겨놓고 떠나야 했던 월요일 아침에 남편은 얼마나 힘들었을까요? 남편이 떠난 집에는 쓸쓸함이 남아 있었지요.
가족을 만나는 토요일에는 아침부터 얼마나 분주하게 일했을까요? 한시라도 빨리 가정으로 달려가고 싶었을 테니까요. 그러면서도 서울에서 조치원까지 고속도로 위 자동차 안이 남편에게는 힐링이었다고 하네요. 남편의 동굴이었겠지요.
사랑하는 아내와 아들 첫 돌을 갓 지난 딸과 이별을 하며 지낸 3년.
남의 회사 키우다 자기 가정을 지키지 못한 죄책감에 더 열심히 살려고 몸부림쳤을 남편.

가족은 떨어져 살면 안 된다는 아내의 말에 서울에 마련한 4층 빌라. 방 셋, 화장실 하나, 작은 주방 겸 거실이 너무 좋아서 아내와 페인트칠을 하며 우리 가족 이제 행복하게 살기로 주님 안에서 살기로 회개와 다짐했지요.

8년의 방황 마치고 섬기게 된 교회. 신앙 안에서 살려고 수요일 금요일 주일은 가족 모두 예배에 참석하며 하나님 안에서 살아온 20여 년. 어떤 어려움이 와도 아내와 아이들이 있기에 버틸 수 있었고 무슨 일이든 할 수 있었던 남편.

연이은 사업의 어려움과 가장의 무게가 버거웠을 때마다 아빠를 존경하고 지지해 주는 아이들과 응원해 주는 아내 보며 힘을 얻었을 남편.

아내의 헤어질 결심에 삶의 낭떠러지에 놓였을 남편.

엄마와 헤어지면 아빠와 살겠다며 힘이 되어준 아들의 위로에 눈물을 흘렸을 남편.

다시 살기로 결심한 아내를 위해 신념을 깨고 아내가 가는 길을 가는 남편.

오늘도 새벽에 일어나 어두운 길을 앞서 걷는 남편을 봅니다.

산책에서 돌아오는 길에 만난 정화조 차를 보며 냄새를 피해 걷자는 저에게 말합니다.

"나는 가족을 위해서라면 똥차도 운전할 수 있어."

냄새를 그대로 맡으며 걷습니다. 남편과 함께 걷습니다.

나는 최고의 남자를 선택했습니다. 나는 최고의 남편과 삽니다.

뒤뚱거리며
두 걸음

엄마 될 준비가 안 된 나에게 온 아기씨.

임신했다고 마음 편히 말할 수 없었던 엄마의 몸 안에서 자라고 있던 아기씨.

남자를 몰랐고 임신이 되는 과정조차 학습되지 않아 순진하고 어리숙한 나에게 온 아기.

선교원 교사로 기쁘고 행복하게 아이들과 놀며 일하던 스물넷 아기씨가 아기씨를 선물 받았습니다. 가진 거라곤 1년가량 저축한 200만 원 적금 통장.

신학교를 중퇴하고 취업한 지 얼마 되지 않아 하루하루 살아가던 가난한 남편.

상견례에서 처음 만난 사부인에게 "우리 집은 가진 게 없으니 우리보다 형편이 되는 사돈집에서 결혼 준비 도와달라." 며 여장부인 나의 어머니를 당황하게 만드신 시어머니.

그렇게 시작된 결혼 준비는 아무것도 가진 게 없었기에 기도밖에 할 게 없었지요.

신문광고를 통해 무료로 대여받은 웨딩드레스와 폐백용 한복과 교사로 근무하던 교회에서 꽃값만 받고 꽃디자이너 집사님이 장식해 주신 교회 예식장에서 식을 올렸고 우연히 서울역 대합실에서 만나

나의 결혼 소식을 듣고 제주신라호텔 근무한다며 저렴하게 예약해
준 신라 호텔에서 신혼여행을 보냈지요.

20살에 독립해 부모 도움 없이 공부하고 졸업해 직장을 다니던 막
내딸에게 "수정이는 똥도 버리기 아까운 애야."라며 예뻐하신 친정
엄마는 딸의 임신과 결혼에 놀란 가슴 숨기시고, 급한 대로 꼭 필요
한 살림을 준비하느라 분주하셨지요.
나를 데리고 가구점, 이불집, 한복집 등 다니시던 엄마의 표정은 밝
고 기쁨과 힘이 있으셨지요. 아무것도 없이 사람 하나 좋은 것만으
로는 살기 힘들다며 반대를 하셨지만, 결혼 후에는 사위 중 남편을
제일 예뻐하시고 안쓰럽게 여기셔서 남편이 좋아하는 음식은 다 만
들어 주시고 환대해 주셨습니다. 내가 어쩌다 속이 상해서 남편이
나 시댁 이야기를 꺼내기라도 하면 나를 나무라시고 말도 못 꺼내
게 하셨던 나의 친정엄마.
남편과 함께 보낸 시간보다 시어머니 시누이와 함께 한 시간이 더
많았던 신혼집.
모두 빚으로 어렵게 구해진 신혼집은 시댁과 10분 거리. 시누이와
함께 살아야 하는 두 칸짜리 반지하 방이었습니다.

결혼식 일주일을 남기고 신혼집에 도착한 엄마와 트럭 한 대. 눈물
이 왈칵 쏟아졌지요. 텅빈 집안을 가득 채운 엄마 아빠가 준비한 혼

수는 박스마다 꼼꼼하고 부지런하신 아빠의 손길이 느껴지듯 노끈으로 야무지게 묶여있었고, 방이 좁아 침대는 안 샀다며 11자 장롱에 가득한 이불과 직장 다니며 식사 준비하기 힘들다며 4인용 원목 식탁과 온갖 그릇에 세제, 고무장갑, 이쑤시개까지 내가 뭐라고 이렇게 정성을 담아 보내셨나 싶어서 몸과 마음에서 눈물이 흘러내렸지요. 그 외 전자제품들도 언니들과 친구들에게 선물 받았지요. 그렇게 200만 원 통장을 해지하지 않고 종잣돈으로 들고 시집을 왔습니다.

나에게는 가장 기뻤던 결혼식이었고 나에게 온 아기를 법적으로 당당하게 키울 수 있다는 것만으로도 너무 기쁘고 벅찼던 그 날.
나의 부모님과 언니들은 얼마나 마음 아팠을까요? 제가 가야 할 길을 예상이나 했는지 작은언니는 신혼여행 떠나는 나를 보며 하염없이 울었다고 합니다.
임신 9개월까지 버스와 지하철 환승을 하며 출퇴근 3시간 거리의 직장을 다녔지요. 퇴근 후 장을 봐서 요리하며 남편을 기다렸지만 매일 저녁 남편 대신 초인종을 누르고 들어오셔서 나와 식사를 하신 분은 시어머니셨지요. 12시가 넘도록 귀가하지 않는 아들을 걱정하시며 살면서 고생한 이야기를 하셨고 매일 밤 저는 무릎을 조아리고 어머니의 푸념과 옛날이야기를 들어주었습니다.

아기를 낳고도 계속되는 남편의 늦은 귀가와 시어머니 시누이와의 동거는 이어졌지요. 저는 결혼 전 천사 같다는 말을 종종 들었습니다. 시어머니에게도요. 그런데 그때 저는 깨달았습니다. '내가 사랑이 없구나. 사랑을 알라고 배우라고 사랑하라고 여기로 보내셨구나.' 힘든 고통의 시간은 연속되었고, 저는 남편에게도 저 자신에게도 좌절했습니다. 아이들만은 잘 키워야 한다는 신념으로 살았지요. 시어머니 시누이와 동거하던 저는 미치는 것 같았고, 정상적 생활 정상적 사고가 아닌 미로에 빠진 것 같았습니다. 가끔 어렵게 꺼낸 저의 하소연에 상상 이상으로 크게 화를 내는 남편은 더 이상 내가 의지하고 사랑할 수 있는 대상이 아니었습니다. 남편은 가난의 굴레를 벗어나고 싶어 했지만, 그의 가족과 더불어 생긴 가족으로 숨이 차올라 보였습니다.

저는 결심했습니다.
'이 남자 내가 잘살게 만들어 줄 거야. 행복하게 기쁘게 살게 해 줄 거야.'
'내가 느끼는 이 자유, 기쁨, 행복을 같이 누리며 살게 할 거야.'
저는 남편에게 돈을 달라거나 돈이 부족하다고 말하지 않았습니다. 여행을 가고 싶다거나 무엇이 갖고 싶다고 하지 않았고 남편의 어깨에 짐을 올리고 싶지 않았습니다. 돈 문제로 매일 부모님이 다투는 모습만 보고 자란 남편을 배려하는 최소의 마음이었지요. 남편이 가져다주는 돈을 절약하며 알뜰하게 살림하고 저축했고, 할 수 있는 상황과 조건만 되면 일을 했지요. 조치원 아파트를 살 때도 서울에 빌라를 사고 원당에 오피스텔과 아파트를 살 때도 팔 때도 남편은 동행만 했습니다. 돈 준비는 모두 내가 했고 대출을 받고 빚을 갚는 과정을 남편은 모릅니다. 지금까지도요.

저에게 저축하지 말고 그냥 쓰라고 합니다. 생활이 어떻게 돌아가는지 모르면서 그렇게 말하는 남편이 답답하고 무책임하게 느껴질 때도 있었지만, 지금은 남편의 마음을 조금이나마 알게 되어 웃음이 납니다.

아들에게 고마운 마음을 적으려 했는데 또 먼 길을 다녀왔네요. 아들이 나에게 고마운 이유는 수백 가지이지요. 엄마를 더 좋아하고 엄마 껌딱지인 걸 다 아는데 이혼하려고 하면 꼭 아빠랑 살겠다고 하여 나의 마음을 울린 아들. 초등학교 4학년 때도 위기가 왔었고 정말 같이 살다가는 내가 미칠 것 같아, 혼자서 아이들 키우면서 살려고 했는데 아들이 울면서 "동생은 엄마랑 사는데 아빠는 혼자잖아요. 내가 아빠랑 살게요." 하는 겁니다. 생각도 못 한 아들의 반응에 나는 이혼을 포기했고, 그렇게 28년을 살았지요.

저에게도 남편에게도 자유를 주고 싶었습니다. 더 잘 살 수 있었는데 나를 만나 힘들게 사는 것 같은 남편도 안쓰럽고 이렇게 살기 싫어서 헤어질 결심을 했는데 다시 아들이 내 마음을 붙잡네요.

"아빠한테 말했어요. 엄마랑 이혼하시면 그냥 나가지 마시고 재산 분할 해 달라고 하시고 저는 아빠랑 산다고요. 엄마랑은 따로 살아도 자주 만날 거 같은데 아빠랑은 자주 못 만날 거 같아서요."

대견하고 속 깊은 아들은 아빠 엄마의 사랑을 완성시키러 온 거 같습니다.

가족이 함께 하는 거, 가족과 맛있는 거 먹는 거, 가족과 함께 하는 여행 등

"가족과 함께"를 너무 좋아하는 아들. 이런 아들이 저는 참 좋습니다.

아들이 내게 온 것은 기적입니다. 아들을 통해 사랑을 배웁니다.

감사일기를 쓰다 보니 아기 때 아들의 얼굴이 떠올라 사진첩을 열어보았습니다.

늘 우울하고 웃지 않았던 내 기억과 달리 사진 속의 남편은 밝고 환하게 웃고 있었네요. 내가 힘들고 지쳐 남편의 웃음을 못 봤나 봅니다.

아들이 태어나기 전부터 4년간 기록한 육아일기를 꺼내봅니다. 지금 읽어보니 한순간도 감사하지 않은 날이 없었네요. 남편 없이 두 아이와 많은 시간을 보내던 시절에 외롭고 지칠 때면 아이 둘과 기도원에 갔습니다.

남편에 대한 원망과 설움을 토해내고 울다 보면 내 마음에 들리는

소리가 있었지요. 가슴을 치며 울부짖는 나에게 들리는 소리는 마침내 내 입에서 다시 흘러나왔습니다.

"사랑하라 사랑하라."

원망 대신 내가 사랑하지 못한 것을 회개하고 사랑을 가지고 돌아왔지요.

글을 쓰지 못했던 어린 아들과 딸에게 기도할 말을 하라고 제가 써 내려간 낡은 종이가 보이네요. 이 종이를 얼마나 폈다 접었다 하며 기도했는지 너덜거리고 낡았네요. 지나고 보니 모두 감사하고 고맙고 사랑스럽습니다.

 ## 먹이 사슬. 사랑 사슬

우리 집에는 먹이 사슬이 있었습니다.

아빠는 엄마

아들 딸을

엄마는 아빠를

오빠는 동생을

딸은 엄마를

말로 눈빛으로 죽입니다.

미안함이 올라옵니다.

사과합니다.

우리 집에는 사랑 사슬이 있습니다.

아주 꼼짝 못 합니다.

아빠는 딸에게

엄마는 아들에게

아들은 아빠에게

딸은 오빠에게

우리 집에는 사랑 생태계가 있습니다.
나가 나를
나가 너를
나가 우리를
우리 집에는 사랑이 있습니다.

사랑하는 하나님 아버지 오늘도 깨어나게 하시고 숨 쉬게 하시니
감사합니다.
이 지구별에 사는 오늘 사랑이게 하소서.

03 '화가 날 일' 입니까?

화가 날 일입니까?
평소 화를 내거나 싸우는 걸 싫어하던 나에게 온 질문 "화"
나는 화가 나 있었습니다. 아빠에게 남동생에게 "원수를 사랑하
라." 는 말씀에 순종해야 하는데 사랑하기 싫어서 '아빠 동생을 미
워는 하지만 원수는 아니야' 라며 자기 합리화를 할 정도로요. 엄
마가 세상에서 제일 사랑하는 두 사람. 엄마를 제일 아프게 하는

두 남자.

시부모 시동생 시누이와 동거하는 가난한 단칸방에 시집오신 어머니.

시집와 보니 쌀 한 톨이 없어서 첫날부터 옆집에서 먹을 것을 빌려 가족들 진지를 지어 올린 엄마는 그때 다짐하셨다지요. 다시는 빌려서 먹고 살지 않겠다고요.

가녀리고 순박한 엄마는 여장부가 되셔야 했지요.

포장마차, 구멍가게, 호떡집, 토끼털 공장, 가발 뜨기 등 눈만 뜨면 일하셨지요.

아들이 태어나며 시작하신 삼원 식품(현재 해찬들) 영업소를 38년간 아빠와 운영하시며 세 들어 사셨던 신혼 집터에 대출 한 푼 없이 땅을 사고 상가 달린 집을 지으신 나의 엄마.

일본 형사 눈에 고춧가루를 뿌릴 정도로 성격이 불같은 시어머니의 시집살이를 견디고, 아빠의 외도, 도박을 감내하며 올망졸망 세 자매를 낳고 키우시던 엄마는 딸을 낳을 때마다 시어머니에게 모진 구박과 악담을 들으셨지요.

"네 생전에 아들 낳나 보자." 엄마는 아들이 필요했습니다. 아들을 낳아야만 했지요. 어쩌면 셋째 딸인 저를 낳은 날은 서러움이 증폭된 날이었겠네요. 핏덩이를 손에 받자마자 아빠는 아기를 바닥에 떨어뜨리셨다지요. 미끄러워서... 딸인 걸 보고 놀라서... 뒤 돌아앉아 담배만 뻐끔뻐끔 피우셨다지요.

제가 처음 교회당에 가던 길은 깜깜한 새벽 엄마 등에 업혀서, 걸음을 떼고 나선, 엄마 손에 이끌려 새벽길을 걸었습니다. 깜깜한 교회 바닥에 엎드려 엄마는 얼마나 울며 기도했을까요? 엄마가 기도하면 저는 눈을 뜨고 주변을 둘러보다 엎드리고 다시 눈을 뜨고 엎드리고를 반복했지요. 엄마의 기도는 끝날 것 같지 않았고 길었습니다. 그렇게 3년을 기도하던 엄마에게 온 아들은 원하는 건 무엇이든 손에 넣어야 했지요.

입에 풀칠하기도 힘든 시절에도 아들이 원하는 건 안 사 주고는 못 베겼지요.

사진이 증명하는 3살 때 세발자전거로 시작하여 시작은 미약했으나 나중은 창대하였지요.

엄마가 불쌍해서 무서운 걸 보지도 듣지도 못하는 겁 많은 저는 다시 새벽 기도를 가야했습니다. 아빠와 동생을 위한 기도는 매일 새벽 저의 울부짖음이었지요.

사랑하기 싫고, 사랑하지 않았지만, 사랑해야 했지요. 나의 엄마를 위해 아빠와 동생이 구원받아야 했습니다. 중학생 시절, 가출과 자퇴로 엉망이 된 남동생이 목사가 되게 해달라고 기도했지요. 저도 내가 왜 이런 기도를 하는지 모르면서 기도만 하면 그렇게 구하게 되었습니다. 엄마를 살게 하기 위한 기도였는지 모르겠습니다.

그렇게 시간이 지나던 어느 날, 저는 7년을 하루 같이 매일 기도한 지도 몰랐습니다. 어느 날 담임목사님께서 설교시간에 말씀하셨지요. "수정이가 7년을 새벽 기도 나와 기도하더니 아빠가 교회 나오셨다." 막내딸이 매일 가는 교회. 뭐가 그리 좋아서 다니나 궁금해서 아빠가 교회에 나타나셨지요. 성가대에 앉아 찬양하던 저는 우느라 찬양을 하지 못했습니다. 아빠가 교회당에 엄마와 앉아계셨지요. 아빠는 한 번 마음 먹으면 하시는 분이었지요. 그날로 지금까지 아빠는 여자, 담배, 도박을 끊으셨지만, 그 당시에 아빠와 남동생은 엄마를 힘들게 하는 화의 대상이었습니다.

그런데 물으십니다. '화가 날 일' 입니까?
너 누구니? 왜 태어났니?
무엇 하러 왔니?
무얼 할 때 기쁘니?
무얼 하고 싶니?
"사랑하려고"
살면서 생각지도 못한 질문들이 나에게 왔고 나는 질문 끝에 길을 만났습니다.
아빠 남동생은 미워하고 원망할 대상이 아닙니다.
사랑할 대상입니다.

엄마가 담가주신 김치 먹고 자란 내가 김치 되어 김치를 담아 엄마에게 갑니다.

갑자기 찾아온 딸 사위 보고 식사 중이시던 엄마 얼굴에 화색이 돕니다.

다가가 안아드립니다. 항상 우리는 만나면 서로 안아주었습니다.

회복된 내가 다시 아빠 엄마를 안아드립니다. 엄마가 내게 해주시던 대로 김치 한 폭 들고 맨손으로 쭉 찢어 아빠 입에, 엄마 입에 넣어 드립니다. 맛있다고 하십니다. 까다롭기로 유명한 아빠 입에서 맛있다는 소리를 듣습니다. 엄마도 맛있게 잘했다고 하십니다. 엄마 김치 먹고 자란 내가 김치 되어 엄마를 먹입니다.

감사의 축제

사랑의 축제

삶은 축제입니다.

 사랑하는 나의 엄마 언니

맏딸은 살림 밑천이라며, 귀하게 손에 물 안 묻히고 공주처럼 자란 큰 언니와 다르게 둘째 언니와 나는 태어난 날도, 자라면서도, 엄마의 기쁨이 되지 않았습니다.

갓 태어난 둘째 언니는 먹이지도 않고 차가운 냉골에 이불을 덮어

놓았다고 합니다. 울음소리가 안 나서 죽었나 보니 살아 있어서 키웠다니 얼마나 살기 힘드셨으면...

가뜩이나 예민하고 성격이 강한 큰딸은 애지중지 잘 모셔야 했고, 귀하디 귀한 아들은 상전이요 보물이었습니다. 그렇게 둘째 언니와 나는 태어난 날도 기억하는 이도 없어 언니는 출생 1년이 지난 후에 계절만 기억하는 어느 추운 겨울에, 나도 추운 겨울에 아빠의 지인에 의해 호적 신고를 하게 되어 그날이 생일이 되었습니다. 엄마가 가장 귀하게 여기는 아빠의 생신은 온 동네 지인과 거래처 사장님들을 초대해 성대히 밤새 이루어졌습니다.

큰언니는 추석 전날 태어났기에 잊을 수 없었고 아들은 3월 30일 엄마의 기억 속에 자리 잡아 해마다 가족의 축하를 받고 생일 밥을 먹을 수 있었습니다.

반면에, 작은언니와 나는 밥을 먹을 때도 잠을 잘 때도 눈치를 봐야 했고 아빠, 아들, 큰언니 다음이었지요. 나와 언니는 일하시는 엄마를 대신해서 국민학교에 들어가기 전부터 무서운 친할머니 수발과 식사 준비, 청소, 빨래 및 엄마의 일을 맡아 하였고, 당연한 일이었습니다. 언니는 추운 겨울에도 매일 목욕하시는 할머니의 목욕물 준비하기, 요강 비우기, 가족들 식사 준비하기를 하였고, 한 살 어린 나는 청소와 아빠의 이부자리 정리, 술 심부름, 술에 취해 밤늦게 귀가하신 아빠의 세숫물을 (겨울에는 따뜻하게 데워서) 드렸고, 야식으로 드시는 계란 프라이와 식사를 준비했습니다. 잠이 들었다가도 아빠 인기척이 들리면 엄마가 깨시기 전에 조용히 나가 민첩하게 움직였지요. 엄마와 아빠가 싸우지 않도록 중간 역할을 매끄럽게 해야 집안이 조용했고 아빠의 기분이 좋아졌으니까요. 때로 노른자가 터지는 날엔 후라이팬을 던지셨습니다. 과한 약주로 취해서 그러셨지 맨 정신에는 애교 많은 막내딸을 가장 예뻐해 주셨습니다.

종일 가족을 위해 쉴 새 없이 자전거 페달을 밟으셨을 아빠의 종아리와 무릎을 주무르다 아빠 다리 밑에서 잠드는 날이 많았습니다.

폐렴 증상으로 매일 아침 터지는 코피에 바가지를 대고 있어야 할 정도로 허약했던 나를 위해 엄마는 자전거에 태우고 등하교 시켜주셨지요. 엄마가 늦기라도 하는 날에는 아무도 없는 학교 운동장이 어둑해지도록 땅 파기만 하고 있었습니다. 엄마의 등은 너무 포근하고 따뜻했지요. 엄마는 삶의 무게가 얼마나 지치고 힘드셨을까요? 등록금이 없는 국민학교까지는 좀 수월했지만, 중학교에 들어가서부터 세 자매의 등록금을 대기 버거우셨던 부모님은 야간 중학교를 보낸다느니 우리 형편에 중학교 보내는 건 대학 보내는 거랑 똑같다고 하셨고 공부를 열심히 해서 담임선생님께 예쁨을 받았던 나는 너무 빨리 공부를 포기했습니다.
딸들은 아무리 잘해도 대학은 안되었고 빨리 취직해서 집안을 도와야 한다고 하셨던 부모님에게 태어난 것도 먹는 것도 학교에 다니는 것도 죄를 짓는 것 같았습니다.

그래서 나는 내가 죄인임을 빨리 인정했고 내 죄를 사해주신 예수님을 생각만 해도 눈물이 났습니다. 나 같은 죄인을...

무엇이든 자기 하고 싶은 대로 고집대로 해야 했던 아들이 부모님 속을 썩일 때나 아빠의 외도로 엄마가 화가 나 있을 때나 동생이 가출을 했을 때는 더 죄인이 되었고 기다려도 오지 않는 엄마를 기다리다 너무 배가 고파 찬밥을 먹다가도 혼이 나기 일쑤였습니다.

죄명은 지금 밥이 목구멍에 넘어가느냐 인정머리가 없다는 것이었지요.

중학교 때부터 가출과 중퇴, 소년원 출입을 했던 동생은 우리 집안을 한 시도 평안하게 두지 않았고 나는 매일 밤, 새벽 예배당으로 달려갈 수밖에 할 수 있는 게 없었습니다. 아빠 남동생이 주님께로 와야 풀릴 거 같았습니다. 훗날 동생은 목사가 되었습니다.

부모님 바람대로 고등학교를 간신히 졸업한 세 자매는 각자의 일터로 향했습니다.

상업고를 선택한 둘째 언니는 졸업 전에 독립했고 휴가 때면 가족들 선물을 바리바리 사 왔지요. 언니에게 처음으로 핑크색 레이스 달린 잠옷을 선물 받았습니다. 언니들에게 물려받은 신발, 옷, 가방만 들다가 받아 든 핑크색 잠옷을 갖게 된 나는 방으로 들어가 무릎을 꿇고 감사기도를 드렸습니다. 그 후로도 둘째 언니는 가방, 옷, 신발 등 나에게 필요한 걸 다 사주었습니다. 마치 가장 소중한 딸에게 하듯이요.

주님의 도우심으로 서울에 위치한 신학교에 다니며 1년간 새벽 기차를 타고 통학을 하며 초등생 과외로 등록금과 교통비를 충당하던 나는 지칠 대로 지쳐있었고, 돈이 더 필요했지요. 당시 언니는 남대문 새벽 시장에서 근무했기에 언니를 찾아가 내 상황을 말했지요. 언니는 기숙사 생활을 정리하고 그동안 모은 1000만 원과 엄마에게 빌린 500만 원을 합해서 동작구 방배동 2층집에 방 한 칸을 마련했지요. 나와 언니를 위해서 마련한 우리의 첫 보금자리. 세금과 생활비를 모두 감당하던 언니. 새벽마다 남대문 시장으로 달려갔던 언니에게 더 이상 신세를 지면 안 된다고 생각했지요. 서울에는 우리가 의지할 아무도 없었고 아는 곳도 없던 나는 기도만 했습니다. 돈을 벌어야 했고 일자리를 구해야 했지요. 신기하게도 알바 구인 문구가 눈에 들어왔고 새벽에는 지하철 표 검수를 하고 1일 지하철 표도 덤으로 받을 수 있었습니다. 하교 후에는 식당으로 달려가 열심히 일했고 내가 사장인 듯 손님을 맞이했습니다.

한 달 후 사장님은 가장 바쁜 주말에는 교회에 가야 하고, 평일에만 근무하는 나에게만 파격적으로 시급을 올려주셨고 초등생 아들 과외를 맡기셨습니다. 과외비는 5일 아르바이트비보다 많았고, 초등생 과외라 식은 죽 먹기였고 즐겁게 아이와 놀이하듯 공부하고 숙제와 고민 상담까지 해주었지요. 덕분에 등록금 마련에 어려움이 없었지만 딱 그만큼 이었습니다.

생활비를 보탠다거나 옷을 사 본 적이 없고 교통비를 줄이려고 길을 익혀 웬만하면 걸어다녔습니다. 아침, 점심은 굶었고, 저녁은 감사히 아르바이트하는 식당에서 먹을 수 있었습니다. 꿀맛이었지요. 훗날 식당 직원을 통해 알았지만, 김칫국에 밥 말아 먹는 게 전부였다고 합니다. 나는 항상 고기라도 넣은 국인 양 맛있게 먹었는데 말이죠.

나의 언니는 그때부터 나에게 엄마였지요. 내가 안 사는 생필품을 모두 사주었고 나를 자랑스러워했지요. 어디를 가나 나를 데리고 다니며 보배를 선보이듯 귀하게 대해주었습니다.

언니의 지인들도 나를 귀하게 대해주고 예뻐해 주었지요. 오늘도 언니는 나를 사우나에 데려가 지인들에게 소개해 주었지요. 나는 알몸으로 언니의 언니들께 정중히 인사했고 모두 알몸으로 나를 맞이하며 어쩜 그리 예쁜 눈빛으로 대해주시던지 언니의 공덕이 느껴졌습니다.

"수정아 세신 해. 네가 네 돈 주고 너한테는 안 할 거 같아서 언니가 해줄게."

거절하고 싶었으나 언니 마음을 알기에 감사히 순종했습니다. 세신사 언니는 그야말로 명장이었습니다. "수진이 동생이라니 더 잘해주네." 하는 언니들의 소리가 들렸습니다. 전신 마사지까지 받은 나는 온탕 냉탕을 새처럼 오가며 감사했습니다.

내가 뭐라고 언니는 부모에게도 받지 못한 사랑을 주는 걸까요?

나는 알지 못합니다. 나는 언니를 따라갈 수 없습니다. 언니는 항상 내가 준 것의 배로 나에게 대해줍니다. 나는 맛있는 거 좋은 거 좋은 장소에 가면 엄마보다 언니가 생각납니다. 나는 언니에게 갚지 못할 은혜를 받았습니다.

나의 엄마 나의 언니, 나는 가장 좋은 것을 언니와 함께하고 싶었습니다.

29년 만에 꿈에만 그리고 가슴속에만 품고 살던 살림 마을에 데려다준 나의 언니. 감격스러워 흐느끼며 이곳저곳을 살피며 추억하는 나에게 다가와 안아주며

"미안해 이렇게 좋아하는데 언니가 너무 늦게 데려와 줘서."라고 했던 언니.

'언니는 나에게 새 삶을 선물한 거야.'

나는 왜 늘 언니에게 받기만 하는 동생일까요? 나는 언니에게 해 준 게 없네요.

그동안 매일 감사일기를 쓰면서 눈물을 흘리지 않았습니다. 아니 흘릴 눈물이 남아 있지 않았습니다. 그런데 언니에게 쓰는 감사일기는 눈물로 씁니다. 눈물이 멈추지 않습니다.

"언니가 내 언니여서 나는 감사해 다시 태어나도 우리 만나자 그땐 내가 언니 할게

엄마, 아빠, 나의 마음을 다해 사랑해 언니. 그동안 너무 고생 많았어. 언니가 있어서 나는 정말 행복해 감사해."

언니를 추억하다 보니 또 먼 길을 다녀왔네요.

어떤 환경에서도 긍정적 에너지로 삶을 예술로 꽃 피우는 언니.

삼 남매를 어찌나 쉽고 재밌게 키우던지 저는 놀라울 뿐입니다.

언니가 예전에 했던 말이 생각납니다. 우리 부모님은 가난하고 힘들게 살았어도 우리에게 스킨십과 사랑의 표현은 많이 해줬다고요. 자녀는 부모의 사랑을 먹고 자라지요. 아무리 힘들고 아픈 기억이 많아도 좋았던 기억, 사랑의 느낌으로도 세상 살아갈 원동력이 되어주지요. 추운 겨울 찬물에 손을 담그고 빨래를 한 후 들어오면 "손 시리지?" 하며 나의 손을 감싸 이불속에 넣어주셨던 엄마.

피곤한 생활고에 일을 마치고 나면 과한 술에 이성마저 놓아버리셨지만, 매일 새벽에 일어나 앞마당 쓸고 운동하고 개밥을 주고 부지런히 일하셨던 아빠.

기분 좋을 정도로 약주를 하신 날에는 저에게 다가와 "딸 애로사항

없어? 말해 아빠가 들어 줄게." 하고 500원을 주시며 딸이 힘든 일로 혼자 괴로워하진 않을까? 마음 써주셨던 아빠.

그 따뜻했던 기억에 엄마 아빠가 했던 모진 말과 아픔들이 사라짐을 느낍니다.

그 사랑이 훨씬 컸다는 걸 아니까요.

저도 부모가 되어 내 자녀에겐 사랑만 줘야지 다짐하고 다짐했지만, 그렇게는 안되더군요.

미안함이 크고 내가 잘못해서 이렇게 됐나. 내가 한 게 없구나. 모두 내 잘못으로 느껴져 어느 날부터인지 아이들에게 미안하다는 말을 자주 하는 나를 만났지요.

한편으로 내 부모님에게 듣고 싶었던 말이기도 했나 봅니다.

미안하다 딸아. 엄마 아빠가 미안해... 그 한 마디면 되는데...

모진 말과 모질게 하셨던 행동들도 어쩌면 외조부모께 받은 상처겠지요.

미안하다는 말을 하는 방법을 모르시는 거라고, 표현이 서툴러서 그렇다고, 내가 나를 위로합니다. 나는 사랑하기로 선택합니다.

용서하기로 선택합니다.

사랑하는 나의 언니가 부모님께 받은 상처를 털어내고 용서하길 기도합니다. 우리를 이곳에 나타나게 해 주신 것만으로 산고를 겪으

며 가난에 몸부림치면서도, 나를 낳고 키워주신 것만으로도, 충분했다고...

엄마 아빠도 언니가 삼 남매를 사랑하듯, 사랑으로 키우고 싶으셨을 거라고...

사랑의 기억 하나, 그것이 있다면 그 사랑으로 용서해 주길 기도합니다. 언니가 참 자유를 느끼며 부모님을 만나길 기도합니다. 짧은 인생. 사랑만 하며 살아도 아까운 인생. 언니 마음의 원망, 서러움, 한 모두 던져버리고 자유롭게 훨훨 날아오르길 기도합니다.

엄마 아빠 나의 마음을 다해 사랑해 언니. 그동안 너무 고생 많았어.

언니가 있어서 나는 정말 행복해 감사해.

40 중반의 아빠. 10살 차이 나는 어린 엄마.

잘 먹지도 않아서 6개월 된 몸무게가 6kg 갓 넘은 아기.

시댁과 친정을 통틀어 처음으로 찾아온 아기랍니다. 모두 예뻐 어쩔 줄 모르는데 엄마 껌딱지랍니다. 잘 먹지도 않아, 체중도 미달인 아기를 안고 땀에 흥건히 젖은 엄마와 아기가 한 몸이 되어 옵니다. 엄마 품에 쏙 안긴 아기는 아주 작고 여립니다. 엄마 외에는 아빠에게도 조부모에게도 안 간답니다. 엄마는 회사와 집 근처 어린이집을 여러 군데 방문했지만, 긴 시간 맡아줄 곳을 찾지 못했답니다. 7월 말부터 복직해야 하니 예민하고 까다로운 아기를 맡아 보호해 줄 곳을 찾아야 했지요. 그 더운 6, 7월을 엄마는 얼마나 애가 탔을까요?

정교사를 하며 상한 몸과 맘을 쉬게 해 주려고 오전 보조와 연장반 교사로 복직하게 된 나에게 온 율이는 0세 담임에게도 다른 어떤 선생님에게도 울부짖기만 하고 저에게만 마음과 몸을 맡깁니다. 1시간 출퇴근 시간을 고려해서 율이는 7시 30분에 등원해서 7시 30분에 하원합니다. 혼자 하던 오전 당직을 둘이 해야하고 율이는 앉지도 걷지도 못하는 아기여서 꼼짝없이 율이를 안거나 유모차에 태우고 다른 아이들을 맞이해야 했지요. 오후 시간에도 마찬가지로 통합하는 영 유아를 보며 율이를 함께 돌보는 일은 여간 힘든 일이 아니었습니다.

이런 선생님들 마음을 아는지 모르는지 율이는 우렁차게도 울어댑니다.

그런 아기를 어린이집에 맡기고 가야 하는 엄마의 마음과 온 세상이었던 엄마 품을 떠나 낯선 곳 낯선 사람과 종일 지내야 하는 율이의 마음이 되어봅니다. 잠시였지만, 저도 3살 아이를 어린이집에 보낸 경험이 있기에, 아기들을 맞이하는 마음에 짠함이 있습니다. 물론 적응 기간을 잘 보내고 나면 엄마만큼이나 선생님을 좋아하고 친구들과 즐겁게 지내게 되지요. 그런데 율이는 특별합니다. 안아도 무겁지도 않은 가냘프고 여린, 마치 엄지공주 같은 아기가 12시간을 어린이집에서 지내야 한다는 것이 마음이 아팠습니다. 감사하게도 율이가 저만 보면 활짝 웃어주고 폭 안긴다는 것입니다.

유아반 선생님들은 어떻게 하면 한 번 안아볼까 하며 이런저런 애교작전을 펼칩니다. 일편단심 율이 덕분에 저는 율이의 전담교사가 되었습니다. 출근해서 퇴근까지 율이와 꼭 붙어 지냅니다. 먹이고 재우고 기저귀 갈이를 하고 사진 찍고 키즈노트 쓰고, 첫 이빨이 나는 것, 뒤집는 것, 앉는 것, 서는 것, 손을 잡고 걷는 것을 함께 합니다. 나에게도 율이에게도 행운이 옵니다. 이런 행운이 오다니요. 우리 만남이 행운입니다.

율이가 보고 싶어서 주말이 빨리 지나가길 바랍니다. 아침이면 출근 시간보다 한 시간 먼저 가서 율이를 만납니다. 제가 가야 다른 선생님의 수고를 덜기 때문이기도 하고요. 선생님들이나 언니들은 율이가 복 받았다고 합니다. 나는 내가 복 받았다고 생각됩니다. 율이 엄마 아빠는 제가 이렇게 율이를 예뻐하는지 모릅니다. 고맙다는 인사도 받지 않았지만, 나는 율이가 예쁩니다. 오늘도 표현이 서툰 엄마, 아빠는 율이를 안고 사라집니다. 손을 흔들며 내 눈빛을 보는 율이가 인사합니다.

'선생님 고맙습니다. 사랑해요.' '나도 율이 사랑해. 고마워 나에게 와줘서.'

11개월이 된 율이는 담임선생님과 잘 지냅니다. 이제는 통합반 시간이나 주어진 시간에 만납니다. 나를 보면 손을 들고 흔듭니다. 내가 웃으면 웃고 표정이나 목소리가 안 좋으면 같이 심각해집니다. 너무 잘 먹어서 묵직해졌고 팔도 어깨도 아프지만, 우리 율이는 여전히 사랑스럽습니다. 우리 율이와 함께 놀이하는 오늘이 참 좋습니다.

정교사로 근무할 때와 달리 도움이 필요할 때면 어느 반이든 들어가 연령대 관계없이 아이들을 만납니다. 주로 힘든 아이들을 돌봄

니다. 아픈아이(ADHD)도 있습니다. 신기하게도 이 아이들은 나를 좋아하고 달려들어 안깁니다. 담임교사들도 제가 가면 구세주를 만난 듯 아이들을 맡깁니다. 속상해서 우는 아이, 말로 표현하지 못해서 몸부림치는 아이들은 안아

줍니다. 마음을 읽어주고 대신 말해주고 토닥여주면, 꺼이꺼이 하던 아이들도 진정하고 다시 놀이합니다. 아이들이 나를 보고 달려와 안길 때, 사랑스런 눈빛을 보낼 때, 어제 했던 말을 기억하고 해줄 때, 부끄럼 많은 남자아이가 "선생님 좋아요" 하며 간식으로 가져온 과자를 들고 와 입에 넣어줄 때, 3살 신입 원아가 "예쁜 선생님" 하며 인사할 때, 등 행복 폭죽이 팡팡 터집니다.

나는 정교사를 할 때 보다 보조교사를 하는 지금 더 큰 행복을 느낍니다.
행복은 돈의 많고 적음과 비례하지 않습니다. 행복은 직급과 직분의 높낮이와 비례하지 않습니다. 행복은 내가 선택한 한계와 비례합니다.
나는 무한대 행복하기로 선택합니다.

양손 가득 가족들 먹을 음식과 음료를 사 들고 와서 "아빠다" 외치는 소리.

아들의 장난기, 웃음기 가득한 목소리입니다.

비혼주의자였던 아들이 깨어나기 경험을 하고 알(나)에서 깨어나 결심한 두 가지. 담배를 안 피우는 것과 결혼을 하는 것입니다. 그렇다 보니 아빠 놀이를 하는 거지요. 가족들을 위해 밤늦게까지 일하고 퇴근길에 필요한 게 있는지 전화하고 장을 봐오던 아빠 흉내를 내고 있네요.

아들의 아빠 놀이에 나는 매번 "빵" 터집니다. 뭘 이렇게 많이 사 왔냐고 하면서도 대견하고, 고맙고, 사랑스럽습니다.

이런 아들의 모습 속에서 남편의 모습을 보는 것 같네요. 가족을 위해 자신을 희생하고 기꺼이 어려움을 감수하는 사람이지요. 전에 말했듯이 똥차도 끌 수 있는 마음가짐이 된 사람. 오랜 시간 병원 생활을 했던 아내를 대신해 장보고 집안 일하는 습관이 익숙해져서 내가 있어도 스스로 잘합니다. 내가 아프기 전에는 세탁기 돌리는 법도 밥 하는 법도 몰랐던 바깥 남자가 집안일 잘하는 외조남이 되었지요.

엄마가 없으면 아빠와 보내는 시간이 어색하고 셋이서는 외식도 안

하던 사이였는데 이제는 부자끼리도, 부녀끼리도 잘 먹고 잘 놉니다. 내가 아팠던 시간이 아이들과 아빠 사이를 더욱 돈독하게 만들었고 부정이 싹트는 시간이 되었겠지요.

새옹지마입니다. 세상에 완전히 나쁜 일도 완전히 좋은 일도 없지요. 가족을 위해 헌신하는 남편이 짠할 때가 많습니다. 아이들도 내 마음과 같지요. 그렇기에 엄마와 아빠의 논쟁이 시작될 거 같으면 아들은 초반부터 아빠 편을 들며 엄마를 조용히 시킵니다. 기분 상하지 않게 하는 아들만의 사랑의 기술이 있습니다. 내가 맞든 아니든 아빠를 세워주는 아들이 좋습니다.

아이들에겐 이제 예전의 아픔, 화날 일이 사라져 가는 것 같습니다. 내가 그랬던 것처럼. 자기 몸을 돌보지 않는 남편이 안쓰러워서, "자세를 바르게 하세요. 허리를 펴세요. 음식을 먹을 때는 이렇게 하세요." 등 잔소리가 많았네요. 관심이고 사랑이지요. 그런데 이 모든 것을 보는 아들은 아빠에게 잔소리가 없습니다. 맛있는 음식을 차려놓고 드시라고 하거나, 아빠에게 보고 싶은 영화가 있는지 물어보고 틀어준다거나, 듣기 좋은 소리만 합니다. 진화된 사랑입니다. 이런 아들이 신기하고 좋습니다. 배웁니다.

남편이 행복했으면 좋겠습니다.

오늘은 남편과 새벽 운동 후에 국밥을 먹었습니다.

매일 새벽 운동할 때 어두운 골목을 환하게 밝혀주는 노포 식당이 있습니다. 5시에 문을 열고 아침 식사를 대접하는 노부부의 부지런한 모습이 아름다워 언젠가 남편과 와 보리라 마음먹었는데 그날이 오늘이네요. 뜻밖의 제안에 표현력 서툰 남편의 좋아하는 기운을 느낍니다. 남편은 선지국을 나는 살코기 순대국을 먹었지요. 얼었던 손과 몸이 사르르 녹았지요. 오늘은 출근길이 든든하네요. 부지런하신 노부부의 정성을 먹고 우리도 나이 들수록 더 부지런하여 우리 가족을 넘어 이웃을 살리는 빛과 소금 되기를 소망합니다.

감사한 오늘 국밥 한 그릇에 듬뿍 담긴 사랑을 먹고 나도 사랑 되어 이웃을 살리렵니다.

07 엄지 척

일반적으로 0세에서 3세까지는 본능적으로 욕구를 충족하려 하기에 맛이 좋아서라기보다 욕구충족으로 식사량이 많습니다.

4, 5세는 음식 맛을 알기에 편식도 심하고 배가 고파도 잘 먹지 않습니다.

6세는 보호자의 재량, 즉 칭찬과 격려에 따라 식사량이 결정되곤 합니다.

7세는 활동량이 왕성해지고 음식 맛을 알기에 맛있는 건 스스로 잘 먹습니다.

(저의 경험상 그렇습니다. 개인의 특성에 따라 다를 수 있습니다.)

평소 잔반량이 식사량의 반이 넘는 5세 반 아이들이 안쓰러웠던 저는 스스로 5세 반에서 식사하며 식사 지도를 하게 되었습니다.

아이들이 고기를 안 먹는다는 교사의 말과 다르게 가위로 잘게 잘라 주니 모두 잘 먹습니다. 김치도 작게 자르고 하얀 줄기 부분을 두 개만 배식합니다.(경험이 중요합니다) 야채류도 작게 잘라서 먹을 양만 배식합니다. 식욕이 없는 아이들에게 양이 많은 식판은 부담스러워 식욕이 더 저하되고 식사시간이 곤욕일 수 있기에, 적은 양이지만 선생님의 칭찬과 격려를 받으며 모두 먹었다는 만족감, 뿌듯함을 갖게 해주고 싶었습니다. 잘 먹는 아이들에게는 양껏 배식하고요. 나와 마음이 통했는지 담임선생님은 칭찬 판과 스티커를 준비하고 남김없이 식사한 친구에게 칭찬 스티커를 나누어 줍니다. 울면서 밥을 우걱우걱 먹던 아이, 음식이 힘겨워 토하던 아이, 우는 아이, 혼 나는 아이, 아이들에게 속상해하며 많은 잔반으로 힘들어하던 선생님은 모두 사라졌습니다.

저는 식사할 때 말을 하지 않습니다. 대신 표정으로 엄지 척으로 미소로 칭찬과 격려를 보냅니다. 말하며 먹지 않는 아이에게는 손가락을 입에 대고 '쉬' 하는 흉내만 내도 고개를 끄덕이며 먹는 것에 집중합니다. 김치가 맵다는 아이에게는 국에 적셔 먹으면 안 맵다고 격려하니 국에 씻어서 먹으며 자랑합니다. 야채를 먹으며 나를 봅니다. 밥을 다 먹고 나를 봅니다. 점심시간은 즐거움과 행복 가득한 시간이 되었습니다. 저도 아이들과 엄지 척과 미소를 날리며 맛있게 식사합니다.

음식에 감사합니다. 농부님과 유통 해주신 분들께 감사합니다. 조리사님께 감사합니다.

편식 없이 잘 먹는 우리 아이들에게 감사합니다.

---

08 사랑의 편지차

2022년 우리 가족에게 찾아온 선물 중 왕 중 왕을 뽑으라면, 29년 전 깨어나기 경험을 한 나를 시작하여 가족 모두 깨어나기를 경험한 일입니다. 딸 아들 남편 언니가 깨어나기를 하면서 주고받은 편지차로 감사일기를 써 내려갑니다.

사랑하는 울딸 예진이에게...
26년 전 하나님께서 생명을 허락하시어 우리의 딸이 되어준 하나님의 귀한 선물 예진아
항상 밝고 참되게 살아가라고 지어준 너의 이름처럼 울딸은 참

밝고 참되게 살아 왔던것 같아. 아기 때부터 아토피와 여러 잔병으로 힘들어했던 너의 유년기에 엄마 아빠는 늘 마음 아파하며 네가 어떻게 될까 노심초사하며 보냈단다.

늘 너와 함께 했던 엄마는 더 맘이 아팠을 거야. 그랬던 네가 성장하며 잠시 어린 나이에 부모를 떠나 미국을 다녀오고 대학생이 되면서 많이 변해갔지. 밝고 이뻤던 딸이 어두워지고 세상을 살아가는 걸 힘들어하는 모습을 볼 때마다 아빠는 예진이를 이해하기가 힘들었단다. 내 사랑하는 딸이 아파하고 힘든 이유를 몰랐고 그러다 보니 너에게 화도 많이 냈던 것 같다. 그러나 그 이유가 예진이 너에게 있던 것이 아닌 아빠에게 있었다는 사실을 요사이에 절실히 깨달았단다. 아빠가 널 애지중지 사랑한다고 하면서도 진정한 사랑이 무엇인지 모른 채 너에게 부담만 주는 아빠였다는 사실을...

삶을 어떻게 살아야 하는지 어떻게 가정을 가장답게 만들어야 하는지 모른 채, 그저 아빠라는 의무와 책임감으로 살아왔다는 사실을 알게 되었단다. 아빠의 방만한 삶의 자태로 엄마에게 가장 많은 상처를 주며 너와 오빠에게도 보이지 않는 아픔만 남긴 것 같아 정말 미안하다.

이런 깨달음을 갖게 해 준 건 엄마의 애씀과 아빠에 대한 용서가 있었기 때문이란다. ALP를 지도하고 계신 아침햇살님의 강의를 소개받고 들으며 아침햇살님과 통화를 하는 짧은 시간 동안 많은 것을 깨닫게 되는 계기가 되었다.

깨어나기 수련에 아빠도 가길 원했지만 못가던 중에 오히려 울 딸이 간다는 소식에 네가 대견하고 고마웠단다.

예진아 아빠도 이제 새롭게 깨어나 삶의 질을 높이기 위해 노력할게.

너도 이번 깨어나기 시간을 통해 새로운 삶을 열고 너의 삶을 아름답고 행복하게 만들어 가길 바라고 기도한다.

2박 3일의 시간이 너에게 참으로 귀하고 너의 삶의 터닝포인트가 되는 시간이 되길 바란다.

아빠 그동안 너무 미안했고 이런 아빠의 딸로 태어나줘서 고맙고 사랑한다.

2022년 7월 22일 밤에.... 아빠가

사랑하는 산수유님! 깨어나신 걸 축하해요.

산수유님이 내게 얼마나 존귀하고 사랑스럽고 감사한지..

사랑한다는 말로는 다 표현할 수 없지요. 산고를 겪고 엄마의 몸에서 나왔을 때 세상에서 받을 선물을 다 받았다는 기분이 들 정도로 기쁘고 감사했지요.

인정 많고 배려심 많고 다른 사람을 잘 도와주고 사랑도 웃음도 많은 딸.

엄마에겐 친구 같고 아빠에겐 연인 같은 딸이었죠.

성장통을 많이 앓은 만큼 깨어났을 때의 감격과 기쁨은 더 컸을
거예요

우리 예쁜 딸! 지금 이 기쁨을 기억하고 삶을 예술로 가꾸며 아
름다운 인생.

눈 뜨면 이리 좋은 세상, 눈 감으면 이리 편한 세상을 살아가길
기도할게요.

영원한 나의 사랑 예진에게 엄마가

사랑하는 구름님! 깨어난 의식 세계에 오신 걸 환영합니다.

엄마 아들로 와줘서 고맙고, 고맙고, 고맙습니다.

아빠가 입원 후 어느 날부터 "아빠의 빈자리가 느껴져요?"라며
엄마 옆자리는 아빠라는 의식을 깨우쳐주고, 아빠와 엄마를 하
나 되게 우리 가족을 하나 되게 해주는 우리 귀한 아들.

늦은 귀가로 아빠 없이 긴 밤을 새워도 아들이 있어서 두렵지 않
았고 아빠의 빈자리를 대신 해주었고 엄마에게 웃음과 위로와
기쁨이 되어주었지요.

잠에서 깰 때마다 방긋 웃으며 엄마를 보고 눈 맞춰주고 식사 인
사를 하고 요리도 해주는 착한 아들.

휴일이면 다른 일정 미루고 엄마와의 데이트를 많이 해준 우리
멋진 아들.

고등학생 시절 영화제 상금으로 첫 데이트를 하던 날에 첫 데이

트를 추억하면, 어찌나 매너있고 로맨틱하게 에스코트를 하던지 아빠와의 연애시절이 떠오르기도 했지요.

부족한 엄마여서 더 잘해주지 못하고 우리 아들 마음 아프게 한 것들 정말 미안해요.

아빠, 동생과 힘들어할 때 엄마를 위로해 주고 동생과 이야기 나누며 동생의 마음도 만져줄 때 얼마나 고맙던지. 세상 수많은 엄마 중에 엄마에게 와줘서 정말 고맙고 사랑합니다.

함께 있을 때나 떠나 있을 때나 항상 사랑하고 고맙습니다.

사랑하는 나의 아버지에게

저 첫째 아들 구름이에요. 벌써 깨어나기 2일 차네요. 허리는 괜찮으신가요?

깨어나기를 하면 몸을 쓰게 될 일이 많을 텐데 걱정이 되네요. 최대한 몸에 무리가 가지 않게 깨어나기의 모든 과정이 아빠에게 잘 흡수되었으면 좋겠어요. 엄마를 시작해 동생 저 아빠까지 깨어나기를 경험하게 되어 참 감사해요.

최근에 우리 가족에게 위기가 있었잖아요.

그 당시에는 모두가 힘들고 아빠가 제일 마음이 아프셨을 텐데 지금 생각해 보면 가족이 다시 끈끈하게 지낼 수 있도록 하나님께서 이런 과정을 주신 것 같아요.

그러면서 가족의 소중함을 더 느끼게 되었고 비혼주의자였던 저도 결혼을 하고 싶다고 변화하게 되었고요. 깨어나기가 끝나면 아빠에게도 어떤 삶의 변화가 생기게 될지 궁금하네요.

바람의 노래(아빠)가 궁전(엄마)에 울려 퍼져 구름(나)을 만나고 산수유(동생)가 열렸네요. 우리 가족의 만남이 우연이 아니고 하나님의 계획하심 안에 있음을 깨닫고 앞으로도 서로 사랑하고 행복하고 건강하게 지낼 수 있었으면 좋겠어요.

아빠는 평소에 표현에 서툴고 감정을 참고 꾹꾹 누르면서 사셨음을 알기에 깨어나기를 하면서 마음껏 웃고, 울고, 느끼셨으면 좋겠어요.

도반님들과도 공감 소통 많이 하시고 서로 위로도 많이 해주세요.

경축식 때 뵙겠습니다. 아버지. 늘 사랑하고 존경합니다. 감사합니다.

바람의 노래님 깨어나셨나요?

많이 울고 많이 웃고 많이 질문에 답하고 많이 생각하셨죠? 잘하셨습니다.

나를 여자로 태어나게 해 주신 분. 신을 잉태하게 해주신 분.

당신 내면의 아픔과 어둠에서 깨어나길 얼마나 바랐던지요.

깨어나서 마주한 나는 어떤가요? 깨어나서 만나는 세상은 어떤가요?

삶이 풀어야 할 문제가 아닌 경험해야 할 신비로 다가왔나요?

이제 가벼워졌나요? 자유가 느껴지시나요?

긍정을 선택하여 살맛 나는 세상살이하시길 축복합니다.

환하고 기쁘게, 감사를 느끼며 밝고 활기차게 매일 젊은이로 살아가세요.

나는 젊은이와 신명 나게 살고 싶습니다. 매일 꿈꾸는 청년으로 살아요.

소풍 마치고 돌아가는 날. 잘 살았다. 다 이루었다.

웃으며 갈 수 있도록 지금 여기에서 신나게 살아요.

사랑하는 나의 엄마 사랑하는 나의 언니 소나무님께

깨어나신 걸 축하해요. 언니와 ALP 깨어나기 동문이 되다니 감히 꿈꾸지 못한 일입니다. 항상 나를 먼저 생각해 주고 걱정해 주고 좋은 건 다 해주는 사랑하는 언니. 나도 좋은 건 모두 언니와 공유하고 싶어서 깨어나기를 권유했는데, 선뜻 가겠다는 긍정 선택에 감사하고 기쁘고 놀랍기도 했지요.

나와 성향도 성격도 너무 다르지만, 서로를 향한 사랑하는 마음은 하나이기에 언니가 무조건 행복했으면 좋겠고 잘 살았으면 좋겠다는 마음뿐입니다.

이제 알에서 깨어나 숨도 고르고 걸음도 살피며 눈뜨면 이리 좋은 세상 눈감으면 이리 편한 세상을 만끽하길 기도합니다.

애써주시고 불 지펴주신 아침햇살님 산파님 하티님들께 감사합니다.

이렇게 우리는 ALP 가족이 되었습니다.
감사함으로 그의 문에 들어가며 찬송함으로 그의 궁전에 들어가서 그에게 감사하며 그의 이름을 송축할지어다. 아멘

---

09 사랑하는 동생 보아라

오늘은 우리 집 막둥이 애교쟁이 외동딸의 지구별 탄생일을 축하하는 글로 감사일기를 적어내려갑니다.

사랑하는 동생 보아라. 하나뿐인 너의 오라버니의 편지다. 26살 생일 축하해.
요즘 회사도 다니고 논문도 쓰느라 정말 수고가 많다.
지금은 너무 힘들다는 생각이 계속 들어도 나중에는 네가 성장할 수 있었던 뜻깊은 시간들로 남아 있을 거야. 마지막까지 힘내고, 응원한다.
건강 스스로 잘 챙기고, 유독 네가 건강이 좋지 않아서 맘이 안 좋네.

내가 표현은 정답게 안 나오는데 본심은 너를 많이 생각하고 사랑하니까 오해는 말아줘.

나도 계속 노력 많이 할게. 내가 미안한 점이 많아.

나를 좋아해 줘서 고마워, 동생아.

오늘 하루 행복하게 지내렴.

오라버니가

영원히 사랑하는 내 딸 예진아!!

너의 26번째 생일 진심으로 축하한다!!(Alles Gute Zum Geburtstag)

한 해를 마무리하는 가운데 맞이하는 너의 26번째 생일.

어느 때 보다 예진이에게 많은 감회를 갖게 한 2022년이었던 것 같다.

너에게 주어진 시간 속에서 부딪혀야 했던 졸업과 취업을 위해 겪어야 했던 방황과 좌절 속에서 너무도 힘들었던 너의 상황들....

하지만, 오히려 올해가 너무나 행복했던 한 해였다고 말하는 너의 말속에서 아빠는 너무나 기뻤고 안심이 되었고, 너를 향한 모든 계획 속에 하나님의 은혜가 있었음을 알게 되었단다. 축하하고 사랑해 울딸!!

2022년 12월 12일 아빠가....

사랑하는 나의 나 예진에게

쓴 것이 다하면 단 것이 온다는 말처럼 예진이에게 왔던 고통이 열매로 맺음 되는 한 해를 보내며 "그동안 정말 수고했다."

2023년 27세에는 어떤 일들이 펼쳐질까?

궁금하고 기대가 되네. 예진이가 세운 목표대로 정진하여 계획한 결실 모두 이루어 1년 후 생일에 한 해를 돌아볼 때는 반성보다 감사가 많은 오늘 되길 축복해.

지난날을 보며 오늘을 살지 말고 미래를 보며 오늘을 살기를...

1년, 3개월, 6개월, 한 달, 하루. 꽉 채운 오늘을 살기를...

우리에게 주어진 지구별에서의 날이 그리 길지 않음을 기억하고 품은 뜻 모두 펼치며 행복한 날을 살기를....

2022년 12월

너의 탄생을 축하하며 세상에서 너를 가장 사랑하는 엄마가

6, 7세 반에는 ADHD원아와 발달장애 원아가 있습니다. 장애통합
지원 기관이 아니어서 장애 담임교사 없이 담임교사가 보육합니다.
7세 12명 중 2명이 ADHD입니다. 초등학교 입학을 앞두고 기저귀
대신 팬티를 입고 배변훈련을 합니다. "쉬 마려워? 응가 할래?" 수
없이 묻습니다.

숫자에만 집착을 보이는 아이는 종일 숫자를 여러 형태로 1부터
100 이상 쓰고 지우며 놀이합니다. 온순하지만, 위험한 행동을 하
므로 집중 관찰이 필요합니다. 등원할 때 저를 보면 신발을 신은 채
로 뛰어 들어와 안깁니다. 맑고 순수한 영혼을 가진 우리 장애우들.

조립 블록으로 쌓은 울타리 안에서 숫자 그림을 그리던 아이가 내
손을 잡습니다. 요구하는 것을 주니 더 세게 손을 끌어당깁니다. 좁
은 울타리 안으로 함께 들어가 앉습니다. 그 모습을 보던 담임선생
님 "최고의 선생님" 합니다. 그 선생님은 정도 사랑도 많습니다. 저
보다 더 아이들을 사랑합니다. 다른 아이들을 돌봐야 하니 이 아이
에게 충분히 주지 못해서 미안한 마음입니다.

6세에는 발달장애아와 분노 조절장애아가 있습니다. 제가 가면 자
기 옆자리가 내 자리입니다. 손바닥으로 의자를 칩니다. 옆에 앉으

라고. 별 그리는 법도 알려주고, 이름도 알려주고, 가위질, 색칠, 딱지치기 등 많은 놀이를 함께 합니다. 자기 말을 들어주고 함께 놀이해 주는 선생님이 좋아서 오늘도 손을 잡아끕니다. 분노 조절이 안되는 아이는 마음대로 안 되는 일이 있을 때면 순간 돌변하여 괴성을 지르고 책상 걸상을 던지거나 쾅쾅 소리를 냅니다. 힘으로는 이길 수가 없습니다. 담임선생님은 지쳐갑니다. 내가 그 아이들을 돌볼 때 잠시라도 시선을 다른 아이들에게 줄 수 있습니다.

나는 그 아이들이 편안한 마음으로 자신을 수용한다고 느끼게 합니다. 감정이 고조될 거 같으면 스케치북에 그림을 그리게 하고 마음을 평화롭게 하는 낱말들을 적으며 소리 내어 말합니다. 사랑 평화 안정감 따뜻함 편안함 달콤함 포옹 폭신폭신 부드러움 말랑말랑 등... 스케치북에 가득하게 글씨를 쓰다 보면 어느새 편안해지는 아이를 볼 수 있습니다.

오늘은 휴지심끝에 가위질을 하더니 던지기 놀이를 하자고 합니다. 내가 몸이 아파서 기운 없이 던지고 있는데 그 모습도 재밌어 보였는지 7세 남아가 자기도 하고 싶다고 합니다. 잘 됐다 싶어서 둘이 던지며 받게 하니 다른 아이들도 다가옵니다. 넓은 공간을 확보해 주고 둥글게 의자를 놓아주니 아이들이 모여 앉습니다. 휴지심을 던지고 받고 하며 들리는 웃음소리 나에게 던지라는 소리 나에게 던질까 기대 가득한 눈동자 등 6, 7세가 협력하여 주거니 받거니 서로 신나게 놉니다. 그 모습을 보며 내가 아침마다 쓰고 있는 감사일기로 도반님들이 공감해 주시고 희노애락을 느끼며 댓글을 달아주시는 모습이 떠올랐습니다.

나의 감사가 우리의 감사가 되어 널 뛰듯 오고 가는 모습과 한 아이가 만든 불꽃 휴지심으로 던지고 받으며 놀이하는 모습이 비슷하게 느껴진 건 왜일까요?

마스크 속 내 입가에 미소가 번지더니 소리 내어 웃음이 터졌습니다. 아이들은 장애우를 차별하지 않고 보호해주기도 하고 위험한 행동을 보면 도와주려고 하거나 선생님에게 알려줍니다. 장애우와 지내며 불편함을 겪는 아이들이 대견하면서 누구나 장애를 앓을 수 있고 내가 내 가족이 될 수 있다는 걸 알기에 개별 놀이도 하고 어우러져 함께 놀이하기도 합니다.

따로 또 같이 놀이. 우리가 사는 세상도 그렇겠지요.

놀이 후 여기저기 던져진 불꽃 휴지심이 구겨지자 우리 친구는 분노가 일어나 몸부림치며 하원을 거부했고 1층 선생님들까지 올라와 아이를 번쩍 안아 차에 태웠지요. 좋게 시작해도 어렵게 끝나는 것이 있지요. 어렵게 시작했는데 좋게 끝나는 일도 있고요.

오늘 신나게 놀았으니 그뿐이지요.

매일 신나게 놀 수 있으면 정말 좋겠지요. 매일 크리스마스

11 우리 가족에게는 주치의가 계십니다

한의원 원장님, 치과 원장님, 양 선생님, 무면허 울 남편,

한의원 원장님은 우리 가족이 원당에 터를 잡고 살 때 개원하셔서 15년 동안 우리 가족 특히 나의 허리 무릎 어깨 등 전신에 침과 부항을 수없이 놔주신 분이지요. 가족 모두 아시고 따뜻하게 치료해주시는 우리 동네 우리 가족 한방 주치의 선생님.

치과 원장님은 남편이 앞니가 부러졌을 때 임시로 붙여 놓은 치아가 떨어져 곤란해서 전화를 드렸더니 주말 저녁이었는데도 식사 모임 중에 달려와 떨어진 치아를 붙여주셨지요. 저는 보조가 필요할 거 같아 옆에 서 있기만 했는데, 운동하며 병원 앞을 지나던 간호사가 병원 불이 켜진 것을 보고 놀라서 뛰어 들어왔다며, 치료 내내 도와주었지요. 그 후로도 아들 치아가 부러졌을 때나 우리 가족의 치아 관리를 맡아서 해주시는 고마운 의사 선생님이시죠. 치료비도 아주 저렴하고요.

무면허 울 남편은 본인이 처방받은 온갖 약이나 상비약을 준비해두었다가 누구든 아프다고 하면 처방을 해주거나 처치를 해주지요. 오늘의 감사일기 주인공 양 준식 선생님. 본업은 과학 선생님인데, 8 체질과 천연향 공부를 하셔서 아픈 분들을 찾아다니시며 체질에

맞는 음식, 처방, 천연향 오일을 만들어서 치료해 주시는 분이죠. 저희 가정에 방문하셔서 주치의가 되신지도 4년이 되어가네요. 양주에서 원당까지 1시간 거리를 초반 1년은 매주 마다 방문해 주셨고 점차 기간을 늘리며 2주에 한 번, 한 달에 한 번, 저희의 요청이 있을 때마다 방문해서 치료해 주십니다.

상황이 여의치 않을 때는 전화로 목소리만 듣고도 어디가 아픈지 무얼 먹어야 하는지 음식이나 약을 추천해 주시고, 집에 있는 음식이나 약을 꺼내 보여드리면 누구에게 맞는지 좋은지 나쁜지 상, 중, 하로 구별해 주십니다. 신기한 재주를 가지셔서 우리는 선생님만 뵈면 질문이 많아집니다. 실제로 선생님의 처방은 신통하게 적중합니다. 제조 해주신 향 오일을 어느 부분에 바르라던지 직접 손으로 가볍게 터치만 해주셔도 아픈 부위가 좋아집니다.

어떻게 하시는 건지 물어보면 "하나님께 받은 선물"이라고 하시지요.

같은 음식도 선생님의 손길이 닿으면 맛이 변해서 깔끔하고 아주 맛이 좋아집니다. 선생님과의 식사, 교제도 항상 풍성하고 유익이 있어서 가족 모두 선생님을 좋아하지요. 이제 한 가족처럼 편안한 사이. 김치에 두부 전, 달걀 프라이만으로 즐거운 만찬이 되고 김치말이 국수 하나로도 감사가 넘쳐나지요. 양 선생님의 신통함은 너무 많아서 다 적기가 어렵습니다. 경험하지 않고는 신비한 일이어서 믿을 수도 없지요. 감사한 일은 선생님이 처방해 주시는 약이나 음식은 약효도 있고 우리 주변에서 쉽게 구할 수 있다는 겁니다. 덕분에 좋은 회사 좋은 제품을 선택할 수 있게 되었지요.

사랑으로 방문해 주시고 치료해 주시는 양 선생님을 우리는 사역자 또는 선교사라고 합니다. 하나님께 받은 선물을 기꺼이 나누어주시는 선한 사람이지요. 주말에도 독감으로 눈에 열이 올라 붓고 눈이 안 떠져서 전화를 드렸더니 일정을 조절하시고 오셔서, 약 처방과 향 오일을 만들어 주시고 어느 부위에 발라야 하는지 알려주시고 남편도 치료해 주셨지요.

언니는 말합니다. "너희 가정에는 하나님께서 선한 분들을 많이 보내주시는 것 같아 하나님께서 많이 사랑하시니까." 참 감사하고 신기한 일이지요.

대가도 부담도 안 주시고 건네는 선물도 꼭 필요한 만큼만 받으시거나 다른 분께 드리기 위해 받으시는 양 선생님께 감사하며 나눔의 삶을 본받습니다.

검소함과 겸손함, 필요한 만큼만 취하시고 나누는 삶. 사랑과 헌신에 예수님을 만납니다.

오늘도 우리 양 선생님 가시는 길에 우리 아버지 하나님께서 동행해 주심에 감사 기도드립니다. 이렇게 우리 가정엔 주치의가 많으십니다. 감사한 일이지요.

우리 몸을 치료해 주시는 주치의가 곁에 계셔서 나는 참 행복합니다.

---

12 나의 감사가 딸에게 울려 퍼지다

내가 감사일기를 쓰는 것은 감사하기도 하고, 감사를 불러일으키기 위함이기도 합니다.

한 숨소리 힘들다는 소리 아프다는 소리 여러 소리가 들립니다.

귀에 들리는 소리는 건강한 귀 덕분에 골라 들을 수 없지만, 마음의 소리는 내가 선택할 수 있으니 좋은 생각 하며 감사의 소리로 바꿔 듣습니다. 감사의 마음으로 보면 욕도 싸움도 건강하니 하는구나 생각이 됩니다. 실제로 너무 아프면 욕할 기운도 없을 테니 말입니다.

한 달여간 쓰고 있는 감사일기로 도반님들께 감사한 이야기를 듣습니다. 나의 글과 말이 누군가에게 명상이 되고 도전이 되고 감사가 된다니 얼마나 신비한 일인가요? 감사가 낳은 열매이지요. 딸의 방에 들어가면 책장이나 벽에 종이들이 붙어있습니다. 자신에게 힘을 주는 글이나 다짐, 목표를 적어 놓는 습관이 있어서 바뀐 종이가 있으면 눈여겨보게 됩니다. 오늘 나타난 새 메모장에 적힌 글입니다. 가장 눈에 띈 글귀는 "감사일기" 엄마의 감사일기를 읽으며 재밌고 좋아서 딸도 감사일기를 쓴다고 합니다. 쓴 글을 읽어보니 재밌고 좋았답니다.

'나의 감사가 딸에게도 울려 퍼져 감사일기를 쓰고 있구나' 마음에서 감사가 올라옵니다.

그렇게 딸은 Ego에서 Selp로 가고 있었습니다. 매일 투덜거리고 힘들다 하면서도 해야 할 일은 해나가는 딸에게 고마움, 대견함이 올라옵니다. 자기 업무 외에 팀장의 일, 팀원의 일을 돕느라 점심시간, 휴식시간, 퇴근 시간을 양보하고 11시까지 야근을 하고 지쳐 들어온 딸의 음성이 화장실에서 들려오네요.

"죄송합니다. 아니에요. 감사합니다."

팀장님과의 통화 소리 같아 가슴이 덜컥 내려앉습니다. '무슨 실수가 있었나?' 물어보니 11시 넘게까지 일하고도 더 늦게까지 같이 있어 주지 못해 죄송했다고 합니다. 팀장님은 정직원도 아닌 계약직 막내 직원이 계속해서 야근하며 도와주니 고마워서 내일은 쉬라고 휴가를 준 거였고 딸은 사양하다가 "감사합니다." 한 거였지요. 제가 오해를 할 뻔했지요. 아니 오해를 했지요. 물어보지 않았다면요. 감사한 마음이 올라옵니다.

'잘하고 있구나. 잘하고 왔으니 지치고 힘들어서 내는 소리구나.'

오늘부터 잘 듣습니다. "힘들어, 짜증나, 아파, 지친다" 는 말은 너무 열심히 잘살고 있어서 나오는 효과음이구나. 아무것도 하지 않고 시도하지 않은 사람은 좌절도 실망도 없을 테니까요.

오늘 아침 딸의 신음소리는 오늘을 잘 살기 위한 엔진 소리로 듣습니다.

가고 가다 보면 윤활유를 넣어 부드러운 소리 내며 달릴 테니까요.

그날을 위하여 오늘을 위하여 딸에게 응원을 보냅니다.

"딸 잘하고 있어 딸 잘살고 있어 네가 지금 힘든 건 멈추지 않고 계속 도전하고 있기 때문이야. 매일 낯선 길을 포기하지 않고 걸어가고 있기 때문이야."

오늘도 나의 감사일기가 우리에게 울려 퍼지길 기도합니다.

---

13 아빠 왔다

"아빠 왔다." 외치던 아들의 두 손이 가볍던 날들. 감독님이 입금을 안 해주셔서 지갑이 가벼워졌다네요. 밤늦게 귀가한 오늘 계란말이를 해 달랍니다.

"너무 늦지 않았니?" 하니, "아들이 먹고 싶다는데!" 아들 특유의 애교 섞인 고함이 있습니다.(아들의 말 한마디 한마디에는 웃음이 납니다. 꼼짝 못합니다.)

어릴 때부터 입이 짧았던 아들은 식사하는 걸 힘겨워했지요. 아들 먹이려고 4층 빌라 아이들이 모두 먹을 만큼의 음식을 해서 계단에 모여 앉거나 앞마당에 둘러앉아 함께 식사를 많이도 했지요. 형, 누나들이 맛있게 먹는 모습을 보며 놀이처럼 식사를 하던 아들.

올망졸망 3살, 4살, 5살 아이들의 웃음소리, 재잘거림이 지금도 눈에 선합니다. 그래서인지, 아들이 무엇이든 먹고 싶다고 하면 자동 반응합니다.

내일 아침까지 먹을 수 있게 넉넉히 하고 돈가스도 주문합니다. 순식간에 요리사로 변신합니다. 계란 12개 쪽파 김가루가 시중듭니다. 수제 돈가스는 내가 주인공이라고 합니다. 내가 만든 계란말이와 돈가스는 아들의 손길이 닿으면(다양한 소스) 순식간에 일식 요리로 변신합니다. 나보다 한 수 위인 아들은 맛있는 건 엄마 입에 먼저 넣어줍니다. 아기 때 사진을 봐도 그렇습니다.

엄마가 맛있는 건 가족들에게 양보하는 걸 아는지 아기 때부터 엄마 입에 넣어주더니 커서도 엄마 그릇이나 수저에 올려주고 먹는 모습을 확인한 후에 먹습니다. 고기를 먹을 때도 가족을 위해 구워주고 가족들이 배부르게 먹고 나면 자신의 고기를 구워 먹는 착한 아들입니다. 아들 이야기 많이 하면 괜스레 작아지는 부녀가 있어서 오늘은 여기까지입니다.

늦은 귀가에도 당당히 먹고 싶을 걸 요구하는 아들이 참 좋습니다. 내가 해주는 음식을 맛있게 먹는 아들이 참 사랑스럽고 예쁩니다. 다들 그러시겠죠.

⑭ 남편의 아침 리츄얼

시방 기분은? 마음 표현이 서툰 남편은 시방 기분을 말하는 것이 익숙하지 않습니다. 나는 말 표현이 적은 남편의 마음을 알아차립니다. 부부 사이에 불편한 기운이 흐를 때 내가 다가가 아무 일도 없던 듯이 과일을 깍아서 입에 넣어준다거나, 슬며시 옆자리에 앉아 기대거나 그의 무릎에 눕는다거나 일상적인 말을 건네면 남편의 기분은 스르르 풀리고 편안한 기류가 흐르면서 정상화됩니다. 어쩌면 쉬운 남자입니다.

자궁 적출을 하기 전 생리통이 오면 3일을 꼼짝 못 하고 누워있었지요. 손가락 꿈틀 하기도 힘들던 날에 약은 먹어야겠고 밥 먹을 기운도 입맛도 없을 때 남편이 해준 요리는 항상 라면이었지요. 어느 날 남편이 물더군요. 뭐가 먹고 싶냐고... 나는 "된장찌개"를 외치고 말았습니다. 두어 시간이 지나 남편이 처음으로 끓여준 된장찌개에 정신이 번쩍 들었습니다.

남편에게 이런 기술이!!

그날 이후 나는 아플 때마다 남편에게 요리 미션을 줍니다. 느끼한 음식을 좋아하는 남편의 음식은 항상 기름이 과했으나 담백한 맛을 좋아하는 나를 위해 남편은 기름의 양을 조절했고, 재료 크기에 신경 쓰지 않고 크게 썰던 습관을 나를 위해 적당한 크기로 바꾸었지요. 오랜 시간 병원 생활을 했던 나를 대신해서 요리와 집안일을 했던 남편의 솜씨는 날로 성장했고, 지금은 나보다 한 수 위로 감동의 박수를 보냅니다. 올빼미형 남편은 나를 위해 아침형 인간이 되었습니다. 새벽 걷기를 하는 나를 따라 함께 걷습니다. 눈 뜨자마자 양치와 소금물 마시기를 합니다. 양치하지 않고 말하면 내가 눈살을 찌푸리기 때문이지요.(치아 관리 차원에서 선도하는 중임)

남편을 바꾸는 것은 참 쉽습니다. 내가 좋아하는 거, 하고 싶은 거, 갖고 싶은 걸 말하면 됩니다. 남편이 해주지 못한 것도 많습니다. 남편이 행복해하는 모습, 웃음, 말 표현 등. 오늘 나는 남편이 하기 어려운 미션보다 하기 쉬운 미션을 줍니다.

내가 좋아하는 걸 말하고 부탁합니다. 내가 좋아하는 것을 같이 하는 남편을 보니 내가 바라던 모습으로 바뀌고 있네요. 나의 웃는 사진을 매일 보냅니다. 예쁘다고 답이 오면 남편에게도 웃는 사진을 보내라고 합니다. 어색한 사진이 옵니다. 거울 보며 웃고 셀카를 많이 찍어 보라고 하니, 남편도 웃는 연습을 합니다. 남편이 점점 웃습니다. "하하하"

아침 풍경도 그렇습니다. 밤에 일찍 자라거나, 운동을 하라거나, 소금물을 마시라거나 잔소리 대신 내가 꾸준히 하면서 같이 하면 좋겠다고 말하고 남편 소금물을 타 놓고 내가 먼저 하면 남편도 함께 합니다.

내가 좋으면 자신도 좋다는 남편은 나를 위해 오늘도 고구마를 굽습니다. 김치볶음밥 위에 달걀 프라이를 올려주며 먹고 출근하라고 합니다. 가족을 위해 무엇이든 하는 남편은 가족의 행복이 자기 행복임을 오래전부터 말했는데 이제야 내가 알아 차린거지요.

오늘 비로소 알아차린 나는 최고의 남편과 삽니다.

15 그대로 멈춰라

"그대로 멈춰라!"

며칠 전 별사냥꾼님이 올려주신 살림 캠퍼스의 소복이 쌓인 전경이

멋스러워 마법의 주문을 걸었지요. 말대로 됩니다. 창밖에 눈님이 오십니다. 소리 없이 한 아름 가득 안고 오십니다. 보고만 있지 말고 나오라고 손을 흔듭니다. 살랑거립니다. 맨발로 맞이하러 갑니다. 설렙니다. 그동안 보았던 눈과 다른 손님입니다.

나의 눈이 되어 오십니다. 온몸으로 맞이합니다.

소리를 듣습니다. 맨발로 맞이한 눈님.

"쿵작작 쿵쿵 쿠둥 쿠둥 쿵 쿠두둥 쿠두둥"

처음 듣는 눈 소리입니다. 흥이 납니다. 눈이 나를 춤추게 합니다.

손에 오신 눈님 따라 손사래를 살랑살랑

얼굴에 내리는 눈님 따라 볼을 살래살래

어깨에 내리는 눈님 따라 어깨를 들썩들썩

다리와 발에 내리는 눈님 따라 발걸음을 사뿐사뿐

온몸이 눈 세례를 받으며 나를 위해 기뻐 춤을 춥니다.

그의 춤사위를 만납니다. 눈뜨면 이리 좋은 세상 만끽합니다.

눈송이와 하나 되어 휘날립니다.

스승님 벗님들과 하나 되어 우주의 심포니에 맞춰 춤이 피어오릅니다.

이 얼마나 감사한지요.

 춤 신

음악이 흐릅니다.

'내 음악이다' 느낌이 오면 몸이 리듬을 탑니다. 선율에 올라탑니다.

"쿵 쿠둥 쿵쿵"

근육질 몸, 가녀린 몸, 수줍은 몸, 기운 센 그들이 나타납니다.

길쭉한 팔 기다란 다리를 움직입니다.

털면서 몸 안과 밖을 덩실거립니다.

그에 어울리는 음악과 춤을 알아보고 음악에 들어갑니다.

우주와 내가 하나 되어 흔들거립니다.

아니 나는 멈추어 봅니다. 그것이 흔들거립니다.

포근히 몸을 감싸 안습니다.

두 손 모아 합장하고 몸을 조아려 하나님께 경배합니다.

17 나의 한의원

내가 원당에 자리 잡고 살아온 지 15년. 15년 전 오늘을 회상합니다. 너무 기운이 없어서, 집 앞 건너에 보이는 한의원에 나타난 나는 창백한 얼굴빛에 가쁘게 숨을 몰아쉬며 가늘게 뛰는 맥을 가진 30대 후반이었습니다.

나보다 더 하얀 피부색의 아담하고 부드러운 말씨의 한의원 원장님. 원장님을 대면하기 전, 대기하며 마주한 중년 여성분과 말을 나누게 됐는데, 이야기 주제는 "저장용 마늘을 샀는지? 어디에서 샀고, 가격은 얼마인지?" 나의 관심사였던 그 해 생산된 마늘 이야기였습니다. 1년 먹을 마늘을 구입해서 잘 보관하면 김장도하고, 흑마늘도 하고, 장아찌도 담고, 한 해 동안 양념으로 먹어야 하므로 여름이 시작되면 마늘을 사는 것이 저의 숙제였지요. 그 중년 여성은 자신이 구입한 시골 마늘이 좋다며 전화번호도 공유해 주셨고, 이사 온

지 얼마 안 된 저는 이 한의원이 잘하는지도 궁금해서 물어보니, 개원한 지 한 달 되었고 사위가 원장이라고 하셨지요. 푸근하고 정감이 가는 여성분과 함께 한의원도 제 마음에 들어오게 된 계기가 되었지요.

당시 집 근처 어린이집에 근무하던 저는 허리통증으로 한의원을 방문하게 되었는데 주말과 퇴근 후에 부지런히 와서 30분 정도 침을 맞을 수 있었지요. 나의 상황을 아시고 원장님은 퇴근하고 침 맞을 시간이 부족하면 찜질이라도 하고 가라며 편의를 봐주셨고, 편백나무 원적외선 온열 찜질기를 무제한 사용할 수 있는 특혜를 주셨지요. 3, 4세 혼합 10명 아이를 돌보며 만신창이가 된 저는 한의원에 가면 피서를 온 것처럼 몸과 마음이 쉼을 얻었고, 그곳은 나의 힐링 장소가 되었지요.

원장님과의 인연은 그 후에도 이어져서, 피아노 학원에서 이론지도를 하면서 만나게 된 개성 있는 세 자매가 있었는데 알고 보니 원장님의 세 딸이라고 했지요. 몸이 아프다는 지인들에게도 소개 1순위가 되었고, 가족들이 몸이 안 좋다고 하면 그곳으로 안내했지요. 한약과 경옥고, 파스, 연고 등 집 안 상비약을 그곳에서 구입할 수 있었지요. 건강해지면 뜸했다가 아파야 나타나는 관계. 의사와 환자관계이지요. 몇 년 만에 찾아가도 서로를 아는 사이 그렇게 세월과 함께 나이도 몸의 변화도 닮아가는 사이가 되었지요.

한 달 전 허리를 다쳐서 방문한 남편을 보고, 무슨 좋은 일이 생기셨는지 얼굴빛도 목소리도 밝고 힘이 생기셨다며 물어보니 크게 다치셨다고 해서 놀랐는데 다쳤으면 안 좋아야 하는데 낯빛이 더 좋아지셔서 대단히 좋은 일이 생긴 줄 알았다고 하셨지요. 삶과의 연애가 시작된 사연을 다 말할 수 없어서 그런 일이 있었다고만 말하고 웃었지요. 여름엔 아이스크림을 사서 간호사들과 나누어 먹고 겨울에는 군고구마를 구워서 나누어 먹으며 서로의 안부와 건강을 걱정해 주고 정감을 나누는 이웃이 되었지요. 오늘도 눈길 조심하라며 친절하게 인사하시는 원장님과 간호사님들.

우리는 좋은 이웃입니다.

도로 앞 눈길을 쓸어주는 마트 직원분들께도 감사의 마음 전하는 오늘입니다.

---

18 매일 크리스마스

"딸아! 아들아! 엄마는 항상 너희의 쉴 곳이 되 줄거야!"

51살에 찾아온 마음의 병.

'나 뭐 하고 살았지? 열심히 살았는데 해놓은 게 없네. 이렇게 살면

뭐하지?

부모에게도 불효녀 같고 남편에게도 도움이 안된 것 같고, 아이들에게도 바른 교육으로 이끌지 못한 나에 대한 절망감, 후회감이 나를 주저 않게 했습니다.

엄마는 어떨까? 나보다 더 힘든 삶을 살아온 엄마에게 물었습니다. 엄마는 사는 게 좋다고 하십니다. 오래 살고 싶다고 하십니다.

기대하지 못한 응답에 말문이 막혔지요. 평생 모은 재산 아들에게 다 바치고, 질병과 거듭되는 수술에 거동도 불편해서 외출도 못 하는 상황에 사는데도 삶이 좋고 더 살고 싶다니... 그런데 희한하게 엄마의 사는 게 좋다는 말이 저에게 실오라기 희망으로 다가왔습니다.

움켜쥐려고 지키고 불리려고 할 때 엄마 모습은 사라지고 욕심도 걱정도 근심도 사라져 너무나 평온한 낯빛을 입은 엄마의 얼굴.

저는 미래를 계획하고 꿈꾸며 오늘을 살았지요. 가족에게 맛있는 요리를 해주고 싶어서 한식, 양식, 일식, 육류코스, 제과제빵 요리를 배우고, 노후를 스스로 챙겨 나가려고 저축을 하고, 유전적인 질병에 걸리지 않으려고 운동과 식습관을 바로 잡았지요. 재산도 떠나고 건강도 잃었었지만, 최저시급으로 살아도 감사가 넘치는 오늘. 저의 낯빛도 바뀌고 있습니다.

지금 나는 소망합니다. 아이들이 어떤 순간에도 쉴 수 있는 쉼터가 되어야지.

삶의 굴곡에 있을 때 엄마 목소리 말 한마디에 살 힘을 얻을 수 있는 희망이 되어야지.

엄마가 된다는 것은 무엇일까요? 저는 아직도 잘 모릅니다.

그저 아이들을 살게 하고 자라게 하는 집이 되어 기쁠 때 축하하고 슬플 때 기도하고 행복할 때 감사하는 삶을 함께하는 것 아닐까요?

나의 아들 딸이 내가 그랬던 것처럼 태초부터 지금까지 나의 집 나의 쉼터가 되시는 하나님을 의지하고 만나고 살 힘을 얻기를 오늘도 기도합니다.

"나를 사랑하는 자들이 나의 사랑을 입으며 나를 간절히 찾는 자가 나를 만날 것 임이라."

매일 크리스마스! 거룩한 삶을 맞이합니다.

---

⑲ 나의 아담! 나의 쉼!

나의 아담! 나의 쉼! 나의 향연! 나의 그대에게.

서울살이 외로운 나에게 나타난 청년. 연애경험도 사회생활 경험도 미숙한 어린 시골 처녀의 서울살이에 기댈 어깨로 따뜻한 손난로로 다가와 준 그대여.

그대를 통해 선물로 받은 나의 아기들. 그대가 있기에 우리가 있습니다.

내 앞에 나타나려고 나에게 아기씨를 선물하려고 지구별에 방문한 당신.

축하해요! 감사해요!

가족 방이 아닌 '아빠 생일 방'을 만들어서 3인이 모의하는 것을 눈치챘는지 "아빠 생일 선물 하지 마라. 울 가족이 함께 살수 있는 게 최고의 선물이야. 엄마, 영민, 예진이가 있어 행복해요!"라고 가족 방에 올린 글.

아빠의 감동받는 모습을 보고 싶다며 야심 차게 아빠 생신계획을 세웠던 딸은 아빠의 진심을 느낍니다. 당신과 함께 하는 오늘 감사합니다.

당신을 아프게 했던 미숙한 나를 인내로 지금까지 품어주셔서 감사해요.

환하게 웃던 20대 청년이 지금도 내 기억 속에서 웃습니다.

다시 웃는 그대를 만나러 오늘도 깨어납니다.

당신을 지구별에 오게 해 주신 부모님께도 감사합니다.

시공간을 초월한 그곳에서 우리 다시 만나요.

2022년 12월 26일

당신의 하와 수정

사랑하는 나의 아버지 생신 축하드립니다.

올해 많은 일이 있었죠. 일하시다 허리 다쳐서 입원 중에 엄마의 이혼 통보까지, 솔직히 저도 '이제 우리 가족은 헤어져서 살겠구나.'라고 생각하고 있었는데 끝까지 포기하지 않아 주셔서 감사해요. 요즘에 더 '가족이 정말 소중하고 최고구나.'라는 걸 많이 느껴요.

연말에 이렇게 가족이 모여 함께 할 수 있어서 너무 감사하고 행복해요.

아빠의 사업도 진심으로 응원하고 벤츠 타는 날까지 파이팅입니다. 꿈은 이루어져요. 저도 돈 많이 벌어서 좋은 것들 많이 해드릴게요. 감사합니다. 사랑합니다. 아부지.

아들 올림.

아빠~안녕하세요! 철부지 딸 안 예진입니다.

태어나서 처음으로 아빠께 생일편지를 쓰는 것 같아요.

항상 제 생일에 받기만 했지, 그동안 저는 아무것도 해드린 게 없어서 죄송한 마음이 드네요. 아빠는 저를 많이 사랑하시는데 저는 아빠의 사랑을 잘 헤아리지 못해서 죄송해요.

그래서 짜증을 많이 부리는 것 같아요. 제가 지금부터라도 아빠의 마음을 이해하고 감사하는 성숙한 딸이 되도록 노력할게요. 그동안 가족들을 위해 헌신하고 피땀 눈물 흘리며 일하시느라 정말 고생 많으셨어요.

가족들을 위해서 어떤 수고와 희생도 마다하지 않고 최선을 다하신 우리 아빠. 정말 감사합니다. 저는 어리석게도 이제껏 아빠의 사랑과 희생이 당연한 줄 알고 살아왔어요. 그래서 항상 불평불만이 많았죠. 자식에게 사랑을 주기만 하고 받지 못한 아빠는 그동안 얼마나 외로우셨을까요. 저는 힘들고 슬플 때 가족들에게 털어놓고 펑펑 우는데, 아빠는 외롭고 힘들 때 혼자서 슬픔을 삼키셨겠죠? 이제는 힘들고 아프면 우리에게 털어놓으세요. 저희가 위로와 힘이 되어 드릴게요.

올해 중순에 아빠랑 싸우고 나서 아빠를 미워하는 마음이 가득 찼었는데 아빠가 ALP 수련회를 다녀오시고, 스스로 바꾸시려고 노력하시는 모습에, 그리고 변화된 모습에 제 마음이 풀리고 아빠를 용서하게 되었어요. 가족을 위해 노력해 주셔서 정말 감사합니다. 제가 아빠를 용서하고 사랑할 수 있게 해 주셔서 감사합니다.

저도 아빠를 통해 내 안의 쓴 뿌리들을 뽑기 위해 노력해야겠다는 생각을 하게 되었어요. 저도 아빠처럼 좋게 변화해서 가족을

더 행복하고 즐겁게 만들어주는 사람이 될 수 있도록 노력할게요.

우리 가족 지난 10년 동안 힘든 일도 많았고 많이 지쳤는데, 올해 좋은 일들이 많이 일어나고, 가족들이 회복되고 행복해져서 저는 정말 감사해요. 우리 가족의 앞날이 기대가 돼요! 우리 앞으로 더 행복하게 서로 사랑하고 존중하며 살아가요.

아빠 생신 축하드리고요! 아빠 인생은 이제부터 시작이에요!

우리는 이미 성공한 사람이기에 아빠는 앞으로 승승장구 하실 거예요! 사랑하고 감사합니다 아빠.

㉑ 어릴 적 많이 먹었던 김치국수

목이 칼칼함을 알아차립니다. 어릴 적 엄마가 끓여주신 김칫국물에 푹 삶은 뜨끈한 국수 한 사발이 오늘 진지로 선정됩니다. 먹고 남은 김칫국물의 재탄생.

어릴 적보다 형편이 나아진 오늘은 사골국도 넣고 달걀 두 개 풀고 생굴도 넣습니다.

엣지욕을 가려던 남편을 불러 앉히고 뜨끈한 김치 국수 한 사발 대접합니다. 엄마가 해주는 음식을 드시면 아빠는 큰소리로 "잘 먹었습니다." 하셨지요.

말 표현이 적은 남편은 목을 빼고 기다리는 내가 안 보이는지 말 한 마디 없이 먹곤 했지요. 오늘은 달라졌습니다. 한 입 먹고는 "시원하고 맛있네." 합니다.

저 역시 시원하고 감칠맛 나는 국물과 국수를 맛있게 먹습니다.

딸을 위한 김치볶음밥도 합니다. 김치볶음밥과 굴전을 점심으로 싸가는 딸에게 "숟가락은 있니?" 물으니 "소품실이에요. 없는 게 없어요. 우리 스승님은 어찌 아셨을까요?

살아가기 수련을 할 때 취준생이었던 딸아이가 방송국에서 일하고 싶다고 하니 적성검사와 뇌 체질 검사결과를 보시고 "소품실에서 일하면 되겠네." 하셨던 말씀대로 한 달 후에 소품행정실에서 근무하게 됐으니까요. 덕분에 딸은 신나게 일하고 있답니다.

어린 시절 맛있는 거 새로운 건 뭐든지 그릇에 담아 아랫목에 넣어 두었다가 아빠에게 드렸던 것처럼 김치볶음밥을 그릇에 담아 놓습니다. 엣지욕 다녀온 남편이 맛있게 드시겠지요!

가난했던 시절 매일 국수만 먹여서 세 딸에게 미안했다며 우리가

장성한 후에는 먹고 싶다고 하면 뭐든지 해주셨던 엄마.

그 시절 먹었던 김치 국수가 얼마나 맛있었는지 겨울이면 추억합
니다.

㉒ 검이불루 화이불치(儉而不陋 華而不侈)

"검소하지만 누추하지 않고 화려하지만 사치스럽지 않다"

예수님의 탄생과 삶을 해석하시며 스승님께서 전해주신 고사성어
입니다.

내가 살아온 삶. 내가 가야 하는 삶.

부유한 가정에서 자라지 않았지만, 식품영업소를 운영하며 솜씨가 좋았던 어머니는 손뜨개질로 수놓은 옷도 만들어 입혀주셨고, 다재다능하셔서 가난했지만 누추하지 않게 유년 시절을 보낼 수 있었지요. 못하는 음식 없이 항상 새로운 음식 다양한 간식을 만들어 주셨고 5월부터 냉면 판매가 시작되면 언제든지 냉면을 만들어 주셨지요. 콩국수 찐빵 호떡 쫄면 등 엄마표 간식을 풍족하게 먹고 자랐습니다.

중국집 납품하는 식재료를 모두 판매했기에 아빠는 마당에 곤로 불을 지펴 직접 자장을 볶고 면을 삶아서 동네잔치를 벌이셨고 식사 때마다 지나가던 이웃님 걸인님도 들려 식사를 하는 동네 무료 식당이었지요. 덕분에 세 자매는 가족끼리 단란하게 식사하는 가정을 동경했지요. 장사집에는 사람이 북적여야 한다며 지나가는 사람도 불러서 커피라도 대접하거나 판촉 식품이라도 건네주며 타고난 웃음 코드로 웃음과 사람 소리가 끊이지 않았지요.

부모님을 닮아서인지 저도 집에 손님을 초대하는 일을 어렵지 않게 잘하곤 했지요. 반 지하방에 살 때나 옥탑방에 살 때나, 20평 빌라에 살 때도 30여 명 교우들을 초대하여 식사 나눔 하는 일을 즐거움으로 삼았고, 가난했지만 빈궁하지 않았고 화려하지 않지만 풍족하게 누리면서 살아온 시간 속에 주님의 풍성한 은혜가 가득했음에 감사합니다.

남편의 실직과 저의 최저시급으로 살아가는 지금도 필요한 만큼 채워주시는 은혜로 검소하지만 누추하지 않게 살아가고 있으니 감사할 뿐입니다.

시아버지의 화려한 유전자로 남편도 아이들도 준수한 외모를 타고났지만, 사치하지 않는 생활로 화려하지만 사치스럽지 않다는 말에도 근접하다고 여겨집니다.

필요할 때마다 공급해주시고 과하지 않고 넘치지 않게 때를 따라 은혜를 베풀어주시니 감사합니다. 오늘 주어진 삶에 감사하며 오늘을 기쁘게 살아갑니다.

"나로 부하게도 마옵시고 가난하게도 마옵시고 오직 필요한 양식으로 내게 먹이시옵소서 내가 비천에 처할 줄도 알고 풍부에 처할 줄도 알아 모든 일에 배부르며 배고픔과 풍부와 궁핍에도 일체의 비결을 배웠노라 내게 능력 주시는 자 안에서 내가 모든 것을 할 수 있느니라." 아멘

뒤뚱거리며
세 걸음

이제껏 내 얼굴에 바르겠다고 로션 한 병 사지 않았던 나는 보이는 대로 주어진 대로 바르고 살았지요. 언니들이 나눠주는 것 바르다가 떨어질 만하면 또 나눠주고 남편이 사 주는 것 바르고 지인에게 선물 받으면 바르고요.

엄마가 늙어가는 모습이 마음 아팠는지 작년부터 아들이 피부 관리하라면서 선물한 화장품 두 세트. 피부에 닿을 때마다 아들에게 고마움과 사랑으로 아끼면서 발랐는데 1년이 지나고 보니 한 세트가 남아 있네요.

유통기한이 2년은 넘으니 다행이라 생각하며 이젠 듬뿍듬뿍 바릅니다. 아들은 기초로 피부를 관리해주고 메이크업 자격증을 소지한 딸은 엄마의 색조 화장을 해줍니다. 화장품이 다 떨어지기도 전에 남편의 선물을 받습니다. 그동안 저에게 사랑으로 공급해 준 언니들의 체질에 맞는 화장품도 사 왔네요. 처음으로 언니들에게 화장

품 선물을 합니다. 제가 있기까지 물심양면으로 돌봐주고 사랑해
준 고마운 언니들이니까요. 남편에게 아들에게 언니들에게 감사한
마음입니다. 나도 돌보지 않던 내 피부를 아껴주고 돌봐주어 고맙
습니다. 나도 나를 아끼고 잘 돌보겠습니다.

❷ 내게 나타난 브라더 미싱

드디어 내게 나타난 부라더미싱 XL2000.

손재주는 없지만, 뜨개질이나 손바느질을 좋아해서 식구마다 스웨
터를 짜주기도 했고 기장을 줄이거나 웬만한 수선은 직접 해왔던
나는 오래전부터 미싱을 갖고 싶어 했지요.

중1 한창 멋 부림이 있던 딸은 교복과 체육복의 품을 줄이기에 바빴
고, 체형에 딱 맞춰서 구입했는데 다시 몸에 딱 맞게 줄여서 입으려
고 했지요. 매번 세탁소에 맡기기가 번거롭기도 하고 재미있기도
해서 밑단 줄이기 바지통 줄이기를 시도해 보았는데 딸이 입고 간
체육복을 보고 친구가 어디서 줄였는지? 얼마인지? 물어봐서 엄마
가 줄여 줬다고 하니까 자기 것도 부탁한다며 얼마를 드리면 되는
지 물어보더랍니다. 웃음이 나기도 하고 부족한 솜씨를 칭찬해주니
고맙기도 해서 선물로 줄여주었지요. 대신 다른 주문은 받지 않았
지요. 바지 길이와 통 전체를 손바느질로 수선하는 작업이 눈도 허

리도 피로감이 많았거든요.

재미로 시작한 일이 할수록 경험도 쌓이면서 이젠 수선도 자유자재로 하게 되었고 상상력도 넓어져서 아이들의 특이한 옷을 보면 사진을 찍어두었다가 흉내를 내보기도 했지요.

나이가 들수록 노안으로 돋보기를 써야 바느질이 가능하지만, 아무래도 미싱이 있으면 수월하고 더 다양한 연출을 할 수 있을 거 같아 오래전부터 갖고 싶었는데 드디어 제게도 미싱이 생긴 거죠. 채소 마켓에 미싱 알림 설정을 해 놓았더니 저에게 적당한 미싱이 나타났고 예약하고 만난 판매자는 동종업계 교사라고 반가워하며 가격 할인까지 해주네요.

왜 깍아주세요? 물으니, "어린이집 일이 많아 고생이 많잖아요." 하며 서로를 토닥여줍니다. 이심전심인 거지요. 구제물건을 구입하면서 좋은 분들을 만날 때면 물건에 대한 애정과 사연이 담긴 그분의 마음까지도 덤으로 얻게 되어 기쁨이 두 배가 됩니다.

미싱과 함께 작업하며 나의 손재주가 더욱 빛을 발휘하게 될 일을 상상하니 신이 납니다.

머리 염색도 스스로 하고 커트 정도는 자유자재로 하며 미용실 갈 일도 없는데 가족들은 제발 미용실 가서 하라고 합니다.

03 사랑하는 나의 친구 70세 자매님

사랑하는 나의 친구 70세를 맞이한 환한 미소의 백 자매님.

6개월 사망진단을 받은 남자를 사랑하여 결혼에 성공하시고 양장점, 분식 포장마차를 하시며 극진히 남편(백 형제님)을 섬기셨지요.

남편의 병세가 악화되면 중환자실에서 살림하며 수간호사 버금가는 실력으로 남편을 간호하며 30년 부부의 연을 이어가신 나의 백 자매님.

천식으로 호흡도 거동도 불편하신 남편분의 엄마 아내 동반자가 되셨고 30년간 남편에게 누구도 부럽지 않은 사랑을 주고받았다며 감사해하신 백 자매님.

외조모님께 전수받은 궁중 요리법과 뛰어난 음식 솜씨로 몸이 불편하여 외식 한 번 못 했지만, 집에서나 병원에서 남편에게 산해진미로 극진히 대접해 드리셨지요.

자매님 정성으로 6개월 시한부 인생을 30년이나 연장시켜 주셨지요.

형제님이 소천하시기 전, 거친 호흡에 지팡이를 의지한 채 서울살이 처음으로 구입한 4층 빌라 저희 집에 방문해 주시고, 원당으로 이사 온 후에도 찾아와 주셨지요. 그 걸음이 살아생전 마지막 모습으로 기억됩니다. 오늘에야 들었네요. 몸이 워낙 아프고 힘드셔서 친형제 집에도 가보지 않으셨다고요. 우리 승환씨가 그만큼 안형제님 좋아했다고요.

천식으로 목에 뚫은 구멍으로 산소호흡기를 끼고 계셨지만, 남자로 남편으로 당당함과 멋짐을 풍기셨던 나의 백 형제님. 지금도 그 모습 눈에 선합니다.

형제님의 부고를 듣고 찾아가 자매님을 부둥켜안고 얼마나 통곡했던지요. 형제님을 향한 자매님의 뜨거운 사랑을 알기에 우리 자매님 마음이 되어 엉엉 울었답니다. 장례식장에서 조문 온 교회 장로님께 살아생전 백 형제님을 따돌린 거 사과하라고 대신 싸워줘서 고마웠다며 남편에게 인사하시네요.

아프고 가난한 우리 부부 위해 나서서 싸워주고 억울함 풀어준 분은 안형제님뿐 이시라며 평생 잊지 못하신다고요. 벌써 14년이 지났네요.

매일 저희 가정을 위해 기도하신다는 백 자매님. 단기 기억상실로 옛 기억을 잃으셔서 안형제님 이름이 기억이 안 나서 답답했다며 안형제님 이름이 뭐였죠? 물으십니다. 자매님 기억은 내 안에 있습니다. 자매님 제가 기억해 드릴께요. 저희 집에도 여러 번 오셔서 맛난 요리도 많이 해주시고 주무시고 가시곤 하셨는데 어디 사는지 물어보시네요. "원당에 살아요." 하며 추억을 나누어 드립니다. 기억을 더듬어 보시며 다음에 예진이 영민이 보러 다시 오겠다고 하셨지요. 아이에게는 아이처럼 순수하게 대해주시는 친화력 짱 나의 백 자매님.

원당으로 이사 와서 섬기게 된 교회에서 만난 나의 오 자매님.
수줍어서 잘 웃지도 않으시고 딸이 결혼한 지 9년이 되었는데도 사위에게 부끄러워 딸 집에 가서 하룻밤 묶어도 사위 편히 쉬라고 딸과 사위 거실에서 월드컵 경기 볼 때, 주무신다며 방에 들어가셔서 불 꺼진 방에서 핸드폰으로 축구경기보다 주무시고 새벽녘 해뜨기 전에 살포시 나오시는 오 자매님.
그 누구에게도 신세 지지 않으려고 지금도 일하시는 나의 오 자매님. 교회 식사 봉사마다 바리바리 풍성한 식사로 대접 해주시던 자매님 손길 기억합니다.
백 자매님을 다시 만난 듯 비슷한 면이 많으셨지요.
음식 솜씨, 성도를 섬기고 주님을 사모하는 마음씨가 닮으셨지요.

몸이 약하여 항상 아프지만 착하디 착하신 남편(서 형제님)분과 결혼 후 30년 만에 처음으로 떠난 1박 2일 강원도 여행.
말없이 성도를 섬기시며 조용한 미소가 기억에 남는 너무나 착하셨던 서 형제님은 돌아오는 여행길에 지병으로 호흡 곤란이 왔고 코마 상태가 되어 저희에게 나타나셨지요. 가족과 성도들의 간절한 기도(마음 정리를 할 수 있는 시간)로 중환자실에서 무의식 상태로 2개월 계시다 영면하셨지요. 두 형제님의 마지막 가시는 길 함께 하며 많이 울었답니다. 우리 자매님들 마음이 되어….

남편에게 속상한 마음 서운한 마음 들 때마다 자매님들 떠올리며 많이 울고 마음을 다 잡았습니다. "곁에 있을 때 많이 사랑하세요. 가고 나면 내가 잘못했던 생각만 나고 남편은 나에게 잘해주었던 기억만 남아요."

어느 날, 나의 사랑하는 백 자매님과 오 자매님을 연결해 드렸지요. "두 분 친구 하세요."

15년이 지난 오늘 두 분의 데이트와 영적 친밀감은 계속 이어져 누구에게도 털어놓지 않는 속마음을 나눌 수 있는 절친이 되셨다며 "김수정 자매님이 우리 친구 만들어 줘서 고마워요." 하고 인사하십니다. 제가 더 감사하지요. 좋은 관계 이어가시며 두 분 만나실 때마다 저희 부부 잊지 않으시고 생각해 주셔서요.

남편을 먼저 보내시고 남편 생각나실 때 이야기 실컷 나누며 추억할 수 있는 친구. 영성도 함께 자라며 나이 따라 익어가시는 자매님들. 돌아가신 형제님들을 기억하고 추모해 주는 저희 부부 만날 때마다 생전처럼 고마웠던 추억 나누시며 이야기꽃 풍성히 피우시고 웃음꽃도 활짝 피우시는 사랑하는 나의 자매님들.

오늘 저에게 삶의 기술을 선물해 주십니다.

"저는 남편에게 아이들에게 주변 분들께 항상 미안함이 있어요."
하니

"미안하다는 말 대신 고맙습니다. 감사합니다." 만 하라 십니다.

지나간 것은 지나간 대로 지나가게 하라 십니다.

오 나의 사랑하는 자매님들 제 욕심이 미안함을 만드는 걸까요?

나의 나 됨을 그대로 보겠습니다. 고맙습니다. 사랑합니다. 감사합
니다.

"움직일 수 있을 때까지 1년에 한 번은 만나요." 하시던 바람대로
우리 다시 만나요. 저희가 찾아뵐게요. 미안하다는 말은 하지 말라

고 하셨는데, 저는 오늘도 자매님들께 죄송한 맘이네요. 받은 사랑
이 너무 커서요....

04 지윤아 잘 지내고 있니?

지윤아! 잘 지내고 있니?

고등학교 졸업 후 대학 진학을 하지 않은 저는 미술, 피아노, 속셈
학원을 겸해서 운영하는 학원에 보조교사로 근무하며 오전에는 영
유아들 보육을 하고 오후에는 속셈학원에서 초등부 수학을 지도했
지요. 정교사로 근무하는 선생님들이 어찌나 아이들을 사랑으로 잘
돌보던지 유아교육에 관심과 흥미를 느끼게 되었고 선생님들이 졸
업한 선교신학교에 입학하여 선교에 대한 꿈을 꾸게 되었지요.

졸업 후 청파동에 위치한 교회 부설 선교원에서 맡게 된 7세 반 친
구들.

그 시절에는 가정방문도 하며 부모님들과 가정사를 상담할 정도로
친분이 두터웠고 형편을 알기에 함께 기도하고 어려움을 함께 나누
며 친밀하게 지내던 시절이었지요. 분식집을 운영하는 부모님은 7
살 외아들을 단칸방에 홀로 두고 밤이 되어, 아들이 잠이 든 후에야
퇴근하는 상황이었지요.

선교원 하원 후 한밤중까지 홀로 있을 아이가 얼마나 무섭고 외로

울까 걱정이 되어, 퇴근 후에 그 아이 집에서 학습도 봐주고 같이 놀이를 하다 아이가 잠든 후에 돌아오기도 하고, 퇴근 후에는 교회 근처에 모여 사는 아이들과 대청마루에 앉아서 놀이도 하고 아이들과 삶을 나누었지요.

30여 년이 지난 지금도 잊지 못하는 강지윤.

예쁘고 똑똑하고 너무 성숙했던 아이.

늦은 나이에 결혼했기에 그토록 기다렸던 아기 금지옥엽 외동딸.

눈에 넣어도 아프지 않을 정도로 예뻤던 딸을 낳고 발견된 암 덩어리.

엄마 아빠는 얼마나 원통하며 울었을까요?

제가 나타났을 때는 재발과 재수술로 이미 재산도 건강도 잃고 마지막 수술 날짜를 잡아둔 상태였지요. 눈물로 사연을 털어놓으시는 지윤이 아버지와 어머니 앞에서 저도 마음으로 울며 지윤이 걱정은 하지 마시고 회복에만 전념하시라고 했지요. 수술하고 치료하시는 동안 제가 데리고 지내겠다고요.

당시 저는 언니와 자취생활을 하고 있었고 언니에게 지윤이의 사정을 말하고 동거를 허락받았고 선교원 부모참여 행사에는 교사와 엄마가 되어주고 휴일에는 남자친구였던 남편과 함께 놀이공원에도 갔었지요.

그리운 부모님과의 허전함을 채워주려고 에너지를 가동해서 재밌게 지냈지요.

안타깝게도 어머니는 수술 후 돌아가셨고 저도 다른 원으로 이직하게 되어 연결이 끊어진 채로 세월이 지났는데 8여 년이 지난 어느 날 인터넷 전화로 지윤이에게 연락이 왔지요. 중학생이 되었고 대전에서 아빠와 살고 있다고요. 커서 성공해서 선생님 찾아오겠다고요. 60이 훌쩍 넘으신 아버지는 사춘기 딸을 혼자 키우는데 어렵다고 하셔서 언제든 전화하시라고 했지요. 그 후 저는 이사했고 연락처도 주소지도 바뀌어 연락을 주고받을 수 없었지만, 지윤이와 아버지가 잘살기를 응원하고 있습니다. 그 어린 나이에 임종을 앞둔 엄마와의 마지막 인사를 밝게 웃음으로 보내드렸던 지윤이. 병원문을 나와서야 억눌렀던 울음을 소리 없이 터뜨렸던 속이 너무 깊었던 7살 지윤이.

지금쯤 가정을 이루고 엄마가 되었을 우리 지윤이. 다시 만날 수 있을까요?

다시 만나는 그날. 우리 지윤이 얼싸안고 그동안 어떻게 살아왔는지 하염없이 어루만져주며 이야기 들어주고 싶습니다. 저는 왜 이렇게 지윤이를 잊지 못하는 걸까요?

제가 보육업을 떠나지 못하는 또 하나의 이유이기도 하지요.

또 다른 지윤이를 만날 수도 있기에...

그가 나일 수도 있기에... 그가 내 아기일 수도 있기에...

05 해순 언니를 생각하며

3년간 조치원과 서울을 오가던 주말부부를 정리하고 서울로 이사와, 모든 게 낯설었던 나에게 나타난 해순 언니는 남편 직장 동료의 아내이지요.

조치원 노른자 땅을 많이 소유하고 부유하게 살았던 할아버지께서 전라도 사람에게 사기를 당해 모든 재산을 탕진하신 후 우리 집안에 전해져 온 말.

"전라도 사람은 믿지 마라. 사귀지도 마라."

지역 간 감정이 선조들의 경험에 따라 좌우되기도 하여 내가 잘못 알았을 수도 있다는 생각은 하지도 않은 채, 선입견이 있었지요.

나의 이웃사촌 해순 언니는 고향이 전라도예요. 전라도 여자가 생활력도 있고 솜씨가 좋다며 며느리는 전라도 여자로 삼으라는 말도 들어봤는데, 해순 언니가 그랬습니다.

내가 존경하는 어머니상 아내상 1순위 대상감이지요. 그 시절 대부분 서민들의 생활이 그렇듯 언니도 가난한 집에 시집와서 두 딸을 기르며 손바느질과 미싱을 하며 집안 살림도 어찌나 잘하던지 저는 살림에 대한 많은 부분을 언니에게 배우고 모델로 삼았지요. 채소를 사는 방법부터 배추를 절이는 법 속 재료를 손질하고 양념을 만드는 법 김치통에 담는 법 기본부터 전체과정을 모두 알려주었고 고추장 담그기 등 계절마다 준비하는 저장 음식과 장아찌 담기, 미싱 사용법, 재테크하는 방법 등 삶의 지혜도 언니에게 많이 배웠습니다.

때로 언니가 못 하는 요리를 해서 대접하면 어떻게 이런 것도 만들 줄 아냐며 대단한 실력을 가진 것처럼 저를 칭찬해 주고 격려해 주었고, 다른 사람이 잘 되는 걸 보며 더 기뻐하고 축하해 주며, 다들 잘살아야 나도 좋은 거라고 하셨죠. 저는 언니처럼 종교 없는 독실한 신앙인을 본 적이 없습니다. 남편이 무능력하다고 흉을 보는 법도 불평하는 법도 싸움을 하는 법도 없이, 그냥 묵묵히 자기 자리를 지키며 안살림을 키워나가고 자녀교육을 최우선에 놓고 살던 언니. 덕분에 두 딸도 아주 잘 자라주었지요.

자기를 사랑하는 부분도 놓치지 않고, 집에서 부업으로 미싱을 하면서도 정갈한 옷차림에 금가락지, 금목걸이 금귀걸이(매년 10돈씩 자신에게 선물하며 금 재테크)까지 착용하고 9시부터 6시까지 정해진 시간에 근무하고, 점심도 정확한 시간에 자신을 위한 최고의 만찬을 만들어서 먹고 우아하게 커피까지 마신 후에 작업장(미싱방)으로 들어갔던 언니.

일이 없는 날은 자체 휴무일이어서 저와 경동 시장으로 장 보러 가고, 요리하고, 산책하고 매일을 언니와 놀이하듯 삶의 현장을 꽉 채우며 살았지요. 어디를 가든 아무리 바쁜 일이 있어도 아이들 하교 시간 전에 집에 도착해서 간식을 준비해주었고 그 무렵 저도 공부 방을 하게 되었지요.

노후 계획을 남들보다 빠르게 시작한 것도, 알뜰하게 꼭 필요한 곳에 돈을 쓰고 경제적 자유를 누리며 살게 된 것도 나의 기본 자질에 언니의 기술을 본받은 덕분이었죠. 강북구 번동에 집을 마련하여 살던 7년 동안 저에게 가장 큰 도움을 준 언니에게 항상 감사함을 전합니다. 그럴 때마다 본인은 아무것도 한 게 없다고 겸손하게 말씀하시며 잘 살아주어 고맙다고 하시지요.

해순 언니가 내게 얼마나 소중하고 고마운 사람인지 언니는 알까요?

저의 마음의 고민은 언니와 모두 나누고 언니도 미래의 계획이나 아직 풀어놓을 수 없는 일은 저에게 나눕니다. 언니는 혼자만의 계획을 저에게 말하곤 했지요.

"이 건 남편도 동생들도 모르는 거야, 예진 엄마한테만 말하는 거야…"

"말대로 된다."가 신조인 언니는 절대로 허투루 말하거나 부정적인 말을 하지 않습니다. 항상 "잘될 거야. 잘 되겠지." 마치 이미 잘 되어진 세계를 본 사람처럼 확신을 가지고 말했지요. 언니의 말이 곧 진실이라 해도 과언이 아닐 정도지요. 이런 비밀을 나누는 우리는 이웃사촌입니다. 언니를 떠나 낯선 원당이 고향이 된 지금도 언니와의 사귐은 현재 진행형입니다.

저에게 은혜를 베푸신 분들을 생각하면 저는 한없이 작은 소녀입니다.

---

06 1001호 언니

이곳 지구별에서 맞이한 내 나이에 오신 곳으로 돌아간 언니에게

언니 잘 지내고 계시지요?

너무 아파서 올라올 때마다 다시 넣고 했던 언니와의 추억 그리움 그 이름

저는 언니 이름을 부르지 못하겠어요. 생각만 해도 눈물이 나네요.

번동에서 살던 집을 시세가 오른 줄 모른 채 싼 값에 팔고 서울보다 저렴한 이곳 원당으로 이사 온 나에게 남긴 해순 언니의 당부 "나사를 반쯤 풀고 살아." 어떻게 하는 게 나사를 풀고 사는 건지? 문제풀이를 하듯이 낯선 아파트를 오가며 낯선 이웃들에게 인사도 하고 동네 여기저기를 다니며 정붙일 곳을 찾던 나에게 처음으로 다가와 준 1001호 언니.

나보다 10살 많은 언니와의 첫 만남은 아파트 정문을 지나던 나에게 "몇 호에 살아요?

나는 1001호 사는데, 언제 한 번 놀러 가도 돼요?"

하얀 이를 모두 드러내고 환하게 웃으며 낯가림 심한 나에게 나타난 언니.

"예 810호에 살아요." 하며 나사를 풀었지요. 해순 언니가 당부한 말대로.

빵을 사 들고 첫 방문한 언니는 우리 집을 한 번 둘러보시고는 사과를 깎아 접시에 담는 나에게 "너무 예쁘게 정리 정돈 잘하고 알뜰하게 사네요. 내가 존경하는 모습이에요." 하셨고, 나는 흠칫 놀라 "어떻게 아세요?" 하며 마음을 나누었고 이렇게 언니와 나와의 만남은 시작되었지요. 조용히 집안 살림하며 공부방을 운영하던 나를 부녀회, 반상회, 노인정, 동 부녀회장 등 자의 반 타의 반으로 봉사활동을 하도록 안내해주었지요.

신께서 수진 언니, 해순 언니를 이어서 나를 지켜주고 안내하도록 보내준 천사셨지요. 나를 잠시도 집에 혼자 있게 두지 않고 날이 밝으면 마트 가자, 산에 가자, 운동 가자, 사우나 가자, 음식 만들어 먹자고 하며 나를 열심히도 살게 해 주었지요. 내가 아플 때 우울할 때 같이 놀고, 먹고, 목욕탕에 가도 가만히 있으라며 내 등을 닦아주고 마사지해 주던 언니.

언니 힘들까 봐 연락 안 하고 혼자 김장을 할 때면, 부녀회원들 모시고 와서 파티하듯 담았던 김장 놀이. 10살이나 어린 나에게 고민 상담이나 어떤 결정을 내리기 전에 꼭 의논하시며 하시던 말씀. "나보다 어리지만 존경한다. 지혜롭다." 칭찬해 주시던 언니. 저는 그런 사람이 못 되는데 항상 본인은 낮은 곳에 저는 높은 곳에 앉히셨지요. 너무나 부족하고 실수 많은 저였는데도요. 저한테는 몸 아끼고 잘 챙기고 좋은 것 먹으라면서 본인은 궂은일, 힘든 일 다 하신 언니.

모두 내 기억 속에 살아 있어요. 언니도 나도 요리하는 것을 좋아해서 거의 매일 맛있게 요리한 음식을 서로 대접해서 나누어 먹는 재미로 그렇게 꿈같은 5년을 보냈지요. 아끼면 똥 된다며 나중에 쓰지 말고 지금 쓰라고 했던 언니는 위암 3기 수술을 하고 5년을 잘 넘겨 안심하던 즈음에, 재발되고 전이된 암 치료를 위해 입원 중에 심장마비로 돌아가셨지요. 남편의 허리 수술로 3주간 병원에서 지내느라 언니 병문안 한 번 못 가고 통화만 하다가 갑자기 맞이한 언니의 영면.

영정 사진 앞에서 언니의 두 딸을 위로하며 허망함을 하소연하듯이 엉엉 울었지요. 한동안 언니의 카톡 창에 문자도 보내고, 인사도 하고, 언니를 불러도 보고, 창밖으로 내려다보이는 마트에서 손 흔들며 내려오라는 언니의 모습을 보기도 하며 그리움을 마주했지요. 야위어가는 언니의 남편분과 딸을 뵐 때마다 언니를 보듯 소리 없이 아픔을 나누었어요.

그렇게 내 집 드나들 듯 오갔던 1001호 문 앞에 서서 남편분께 음식을 몇 번 나누며 언니가 있을 것만 같아 들어가고 싶었지만 갈 수

없었어요. 언니와 함께 다녔던 마트, 시장, 찜질방, 산책길, 마장 호
수, 호수공원을 10년이 지난 오늘 혼자도 잘 다니고 있어요.
언니 고마웠어요. 언니 덕분에 지금 이곳에서 잘살고 있어요.
그리운 언니 영과 영으로 만나는 그날까지 안녕히 계세요.

07 다문화 가정 아이들

보육 현장에서 만나는 다문화 가정 아이들의 증가 수를 보면서 그
들의 어머니, 외국계 여성들이 이곳 한국에 시집와서 살아가는 삶
의 현장을 바라봅니다. 남편과의 나이 차를 보며 놀랄 때가 많은데,
각자의 상황이 있고 형편에 따라 사는 모습이 다양하니 판단하지
않고 그대로 보려고 합니다. 그런데 어머니의 언어와 다른 문화권
삶에서 오는 어려움이 아이에게 고스란히 전달되어, 말하지 않아도
다문화 가정 아이를 알아차리게 됩니다.
8살 창근이는 6살 동생과 등원합니다. 초등 6학년 누나가 저녁 7시
무렵에 데리러 옵니다. 졸업을 얼마 남기지 않은 창근이에게 마음
을 두게 된 것은 한글을 모르기 때문입니다. 7세 반 교사의 휴가로
창근이와 종일 지내며 'ㄱ, ㅏ' 모음 자음의 이름은 물론 글을 전혀
읽지 못하는 현 수준을 알고 놀랐지요.

주말을 빼고 졸업까지 20여 일 동안이라도 창근이에게 모음 자음의 소리, 모음과 자음이 만나서 나는 소리를 글을 보며 읽을 수 있도록 가르쳐야겠다고 마음 먹었습니다. 친구들은 받아쓰기도 하는 수준인데 글을 모르는 형제를 보며 안타까운 저에게 교사들이 하는 말은 "누나도 똑같았어요." 유치원에서야 놀이 중심 교육이니 어려움 없이 즐겁게 생활했겠지만, 초등학교 입학 해서의 일이 걱정되었지요. 제가 앞자리에 불러 앉히고 소리 내어 읽고 쓰게 하는 모습을 보며 또래 친구가 말합니다. "창근아 이 건 쉬운 거야 학교 들어가면 더 어려운 것도 해야 돼. 나도 엄마한테 혼나면서 배웠어 혼나야 알게 되더라구." 친구의 걱정과 위로의 말에 웃음이 나기도 하고 안타까운 신음이 나오기도 합니다.

스케치북 양면 가득 쓰고 읽고, 오후 연장시간에도 쓰고 읽고, 한 글자 마다에 담긴 뜻을 연상해서 기억하게, 함께 소리 내고 행동하며 학습한 결과 1일에 가, 나, 다, 라, 마를 쓰고 읽습니다.

아빠 할 때 "아" 엄마 할 때 "마" 손으로 가슴을 치며 "나" 가지마 할 때 "가" 등 아이가 기억할 수 있는 쉬운 연상 음을 생각해 냅니다.

3주간의 감기로 겨우 목소리가 돌아왔는데 창근이와 소리 내어 읽고 외치다 보니 다시 목소리가 걸걸해집니다. 우리 창근이가 졸업하기 전에 자음 모음이 만나서 소리 나는 아름다운 한글을 읽게 하는 것이 저의 새해 첫 목표입니다. 해맑고 순수하고 항상 밝은 미소 짓는 창근이에게 한글을 가르칠 수 있어서 감사합니다.

제가 만난 다문화 가정 어린이들은 정말 순수하고 맑은 영혼을 가진 착한 아이들이었습니다. 우리 아이들이 어디에서든 차별 없이 밝게 잘 자라주길 기도합니다.

---

08 남편과 데이트

새해 첫 주말. 결혼 후 처음으로 남편과의 영화 데이트를 선택합니다. 가족이 함께 갈 때와는 사뭇 다른 기분.

팝콘과 콜라 대신 고구마말랭이 곶감 오징어포 꽈배기 커피를 준비하고 약간 설레는 마음으로 출발합니다. 통신사에서 년 3회 무료 제공되는 영화 쿠폰으로 예매 후 티켓으로 교환합니다. 영화관에 가는 것보다 집에서 쾌적하고 편안히 관람하는 걸 선호하지만, 이 영화는 영화관에서 보고 싶었지요. 영화가 시작되기 전, 광고를 보며 남편과 간식을 먹습니다. 옆 자석에는 사위와 장인이 팝콘과 콜라를 드시며 담소를 나누는 소리가 흐뭇하게 전해집니다.

영화의 시작을 알리며 간식도 자세도 정리하고 집중합니다.

첫 장면이 펼쳐지며 온몸에 전율이 흐르고 눈가에 촉촉함이 고입니다.

목이 뻣뻣해지고 허리도 아파옵니다. 미리 준비해 간 수건을 찾느라 가방을 뒤적입니다. 가슴 저림과 해학이 융화된 전개로 눈물이 맺혔다 말랐다 하다가 마침내 소리 죽여 흐릅니다. 옆에 계신 장인어른도 눈물을 훔치며 코를 훌쩍이시고, 뒷 자석 여성분도 훌쩍입니다.

내 조국 내 역사 나의 이야기. 보고 있으면서 다시 보고 싶다는 소망이 올라옵니다. 익숙한 멜로디의 뮤지컬 사운드와 연기자들의 혼과 열정 우리 얼이 담긴 연기로 이미 그 안에 내가 들어갑니다. 배우들을 통해 그 시대의 인물을 만납니다. 그 안에서 예수님을 만납니다. 그의 십자가를 내가 져줄 수 없고 내 십자가를 누가 대신 질 수 없습니다.

내 십자가는 내가 집니다. 맘이 아파옵니다. 영화 막이 내렸는데도 움직여지지 않습니다. 몸도 감정의 여운도 주차장을 돌아 건물을 빠져나올 때가 되어서야 돌아옵니다.

지금 여기서 누리는 일상에 힘들다고 말했던 순간에 회개가 올라옵니다.

무수한 감사가 올라옵니다. 우리의 모든 영웅님께 감사합니다.

영화를 제작하느라 수고해 주신 모든 영웅님께 감사합니다.

---

09 졸업의 계절

아이들 졸업식에 꼭 오셨던 시아버님을 추억합니다.

입학식, 졸업식 때마다 꽃다발도 밥 한 번도 사주신적 없이 오셔서 훈계만 하고 가서서 그때는 서운한 마음도 조금 있었는데 손주를 향한 사랑하는 마음은 한가득 이셨던 아버님을 기억합니다. 저희 가족 앨범에 가장 많이 등장하신 것만 봐도 알 수 있지요. 무능력한 남편으로 아버지로 할아버지로 사셔서 자녀들이 찾아와도 뒷방에 계시다가 진지 드시라고 하면 "난 묵으따 느그들 마이 묵으라." 하시다가 자녀들이 여러 번 권유하면 가운데 자리로 모시면 기도로 하나님 아버지께 감사 올리고 자녀를 위해 축복 기도해 주셨던 아버님.

손자들 오면 아버님 즐겨 드시던 군것질거리 사 놓고 꺼내주셨지요. 아이들은 할아버지가 준비해주신 과자 곶감 아이스크림을 식사보다 더 맛있게 먹었고요.

저희 집에 음식 만들어 놓고 시댁 식구들 모두 초대하면 "뭘 이리 마이 했노. 마시따 오늘이 내 생일상이다." 하셨던 아버님은 코로나가 터지고 오랫동안 누워만 계시다 욕창으로 수술하시고 병원 생활만 하시다 돌아가셨지요. 첫 신앙 생활하신 교회에서 돌아가실 때까지 집보다 교회를 더 돌보시고 안수집사에서 원로장로, 전국 장로회 회장 등, 가정보다 교회 일에 더 헌신하셨지요. 교회 봉사는 안 장로님이 제일 많이 하셨다며 장례식장에 오신 교우분들이 말씀하셨지요. 아버님의 환하게 웃으시는 미소는 언제 봐도 기분 좋은 모습입니다. 전라도 사투리의 아버님과 경상도 사투리의 어머님이 하시는 말씀을 결혼 초에는 잘 알아듣지 못했는데 이제는 사투리 없는 말은 좀 싱겁네요.

가난은 죄가 아니라 했지만, 가족에게 늘 미안한 마음으로 사셨을 아버님.

가난을 대물림받지 않으려고 부지런히 살았는데 집 한 채와 착하게 자라준 아들 딸이 전부네요. 저희 잘살고 있습니다.

늘 마음으로 불효만 했다고 생각했는데, 살아생전에 저희 부부 싸우는 모습 한 번 안 보여드리고 아들, 딸 잘 키우고 사는 모습 보시며 흡족하셨죠?

칭찬 한 번 받은 적 없지만 제가 이만큼 아이들 키우고 보니 제 소망이 아이들 맘에 맞는 배우자 만나 자녀 낳고 잘 사는 거더군요. 이만하면 대단하진 않아도 아버님께 작은 효도는 했다고 스스로 위로해 봅니다. 아니 제가 아니고 남편에게 위로해 봅니다. 당신은 효자였다고요. 마음의 짐 내려놓으라고요. 우리 아이들도 말했었지

요. 할아버지 할머니께 하는 거 보면 아빠 대단하다고요. 자기들 같으면 저렇게 못 할 거 같다고요.

고통 없는 하늘나라에서 편히 쉬고 계실 아버님 어려운 시절에 태어나셔서 고생 많이 하셨습니다. 감사합니다. 아버님.

10 엄마보다 더 성장한 딸

퇴근 후 집에 온 저를 딸이 부릅니다. 그동안 살면서 엄마의 제재로 하고 싶은 것들을 못하고 살았다고 구체적으로 열거합니다.

중학교 때 화장 못하게 한 것. 이성 교제 못 하게 한 것. 짧은 치마 못 입게 해서 긴 치마만 입은 것. 공부할 땐 멋 부리지 말고 편한 옷 입고 다니게 한 것.

학창시절에 공부에만 전념하게 해서 친구들과 못 놀고 공부만 한 것. 편입으로 입학한 대학 3학년 때 뮤지컬동아리 하고 싶었는데 독일어 공부하라고 해서 못 한 것. 20살에 턱 보톡스 맞고 싶었는데 못 맞게 한 것 등

미국 가기 전에는 엄마 말이 다 맞는 줄 알고 엄마 말대로 다 했는데 미국 가서 깨달았다고요. '엄마 말이 다 맞는 건 아니었다고요 해보고 싶은 건 다 하면서 살아야 한다' 고요.

상황 설명을 하는 것도, "그런 의미로 한 말이 아니었다." 는 말도, 모두 변명 같아 나를 대변하기보다 "미안해. 엄마가 잘못했네 오류 지식으로 엄마의 경험 부족으로 너에게 상처를 주어 미안. 앞으로는 네가 선택하는 일에 방해 안 할게." 라고 했지요. 방문을 열어보고 씻지 않은 채 피곤함에 딸의 말을 듣고 있는 나를 보고 남편은 안쓰러워합니다.

딸의 말을 들으며 퇴근 후 밀려오는 피곤함에 졸리기도 하고 내가 잘못 한 게 많아도 80은 널 위한 거였고 20은 엄마의 부족이라고 생각하다가, 자유롭게 엄마에게 자신의 불만을 토로하고 사과와 다짐을 받는 딸이 부럽기도 하고 당당해 보이기도 합니다. 딸에게 미안함이 몰려옵니다. 딸이 최근에 하겠다고 했는데 못 하게 설득했

던 안면 윤곽수술도 이제 안 말립니다. 성인이 되어 제 몸 제 일 알아서 하겠답니다. 약속과 다짐을 하고 방을 나옵니다.

모름지기를 가르쳐 주신 스승님께 감사한 마음이 듭니다. 배우지 않았다면 어떻게든 딸을 이해시키려고 내 말을 했을 테고 아픈 결론이 났을 테니까요. 모름을 인정하는 것이 마법의 주문이 되어 미안하다고 인정하는 나에게도 사과를 받는 딸에게도 상처가 남지 않습니다.

딸에게 잔뜩 혼이 났는데도 무언가 개운하고 미소가 납니다. 남편은 내 기분을 살핍니다. 머쓱하게 웃으며 남편에게 다가갑니다. 애들에게 다치고 나면 남편은 나의 어리광도 푸념도 응석도 다 받습니다. 그냥 안기고 그냥 안아줍니다. 남편은 나를 쓰담쓰담 합니다. 아기가 아기를 기르고 있으니까요. 딸을 낳고 엄마가 되어 성장통을 겪으며 엄마와 딸이 자랍니다. 실수도 후회도 많습니다. 상처도 미안함도 많습니다. 그러면서 성장한 딸. 엄마보다 더 성숙한 딸에게 미안함보다 고마움 대견함이 올라옵니다. 이제 스스로 해나가겠다니 엄마는 응원만 하면 됩니다. 저는 부족함이 많은 엄마입니다.

내겐 너무나도 큰딸이 내게 나타나 나를 성장시킵니다. 고맙습니다.

⑪ 가족은 선물입니다

가족 사랑이 너무 크고 전부인 큰 형부와 자기애가 가장 중요한 큰 언니.

어린 시절 별명이 마귀할멈 뺑덕어미였던 언니는 성격도 예민하고 이기적인 사람이었지요.(아마 친척들이 붙여준 별명 같습니다) 큰언니가 딸을 낳고 딸에게 대하는 모습을 보면서 처음으로 '언니에게도 사랑하는 마음이 있구나' 를 느꼈으니까요. 가족애가 넘쳐나는 언니의 일상은 가정이 꽃처럼 피어나는 모습에서 볼 수 있지요. 집안을 항상 반짝반짝 빛이 나게 청소하고 요리하고 가족이 입는 모든 옷을 다림질하고 형부를 위해 10첩 도시락을 싸는 언니의 모습은 사랑스럽기만 합니다. 저는 큰 형부에게 자주 감사하다고 말합니다. 고마운 사람입니다. 어머니 손맛을 닮아 요리 솜씨도 좋아서 강장금으로 불리는 형부는 가족과 처제들에게 솜씨 발휘를 할 때면 쉐프가 차린 요리 이상으로 감동을 줍니다.

형부의 어머니 즉 언니의 시어머니는 저에게 시어머니로서 롤 모델입니다. 자손에게 베푸시는 사랑에 감복합니다. 언니를 변화시킨 일등 공신이라 해도 과언이 아닙니다.

사람을 변화시키는 건 사람이라는 것을 알게 해 주신 분입니다.

모든 험한 일 힘든 일은 모두 자기가 감당하고 자손들에게 최고의 것으로 최선으로 대해 주시는 분. 저절로 고개가 숙여집니다. 큰언니에게 그런 시어머니가 계셔서 정말 다행이고 감사합니다.

며느리의 허물을 소리 없이 덮어주시고 며느리 힘들까봐 종갓집 종손 며느리 역할을 80이 넘도록 혼자 감당하시는 분이지요. 자신의 생일보다 며느리 생일을 더 챙기시는 분. 남편과 시부모에게 냉대받았어도 시부모 남편에게 죽기까지 복종하시고 종갓집 궂은일 묵묵히 감당하신 분. 그 모든 수고에도 친지들 화목하게 하려고 불평한 번 안 하신 분.
그런 시어머니를 만난 건 언니에게 선물입니다.
두 딸과 손자를 사랑하는 언니. 지금은 두 동생도 사랑하는 언니.

시어머니께 자주 안부 전화하며 며느리도 딸도 되어주는 언니.
여전히 자기중심적이지만 자기 다음으로 가족과 형제를 사랑하는 언니가 고맙습니다.
언니는 하나님 믿고 변했다고 합니다. 학창 시절에도 교회를 다녔으나 성품이 변하지 않았습니다. 저는 형부에게 고맙고 두 조카에게 고맙습니다. 언니를 감당해 주고 견뎌주어 미안한 마음도 큽니다. 언니를 사랑해 주고 제일로 아껴주는 가족입니다.

손에 물 한 방울 묻히지 않고 살던 큰언니가 종갓집 맏며느리로 시집을 가서 다시 하나님을 찾고 믿으며 가족의 사랑을 느끼며 변화되는 것을 보며 감사합니다.
가족을 사랑으로 섬기며 요리하고 살림하는 모습이 아름답습니다.
언니가 사랑하며 살게 인도해 주신 하나님께 감사합니다.
형부, 시어머니, 조카와 조카사위, 작년에 태어난 손자는 언니에게 사랑을 알려주려고 나타난 선물입니다. 언니의 선물이고 나의 선물입니다.
가족은 선물입니다. 나에게 사랑을 알려주려고 나타난 가족에게 감사합니다.
나는 누구에게 사랑을 나타내고 있는지 돌아보는 오늘입니다.

12 나의 길동무 친구들

한 살엔 엄마 따라 침례 교회로, 열두 살 엔 친구 따라 성결교회로, 열네 살엔 언니 따라 장로교회로 옮겨 다니다가 언니도 엄마도 사라진 교회에 정착하게 된 건 친구들 덕분이었죠. 담임 목사님의 강력한 메시지 "우리 교회 잘 오셨습니다. 다른 교회 가면 큰일 납니다. 이단에 빠지면 지옥 갑니다." 가 저를 장로교회에 뿌리 내리게 했고 교회 선생님과 전도사님 강도사님들의 따뜻한 사랑과 관심이 큰 몫을 했지요. 모태신앙인 재현 은정 창래 시은 은하는 부러움의 대상이었고 저처럼 혼자 교회 나오는 친구들과는 동지애를 느끼며 모두 친하게 지냈지요.

나는 중등부 시절부터 합류했지만, 모태 신앙인 친구들은 유아세례부터 친구로 어릴 적 사진을 꺼내 추억을 나누고 있노라면 괜스레 기가 죽곤 했지요. 사택 집사님의 딸 재현이는 집 나온 내가 교회당에서 철야 하는 날이면 살금살금 나와서 저와 교회 바닥에 누워 함께 밤을 새우기도 하고 추운 계절에는 다시 살금살금 들어가 잠자는 언니들 사이를 비집고 들어가 잘 수 있게 해주었지요. 재현이 어머니는 음식 솜씨가 좋으셔서 무엇이든 맛있게 뚝딱 만들어 주셨지요. 그 사랑 먹고 이만큼 자랐지요. 언제든 밥상에 앉기만 하면 자녀에게 대하듯 따뜻한 음식을 주셨던 집사님께 감사드립니다.

초등시절 아버지를 여의고 홀어머니 누나 남동생과 살았던 정섭이
는 공부를 잘했고 성경퀴즈대회에 나가도 1등은 쉽게 받아오는 친
구였지요. 미혼으로 경제적 자유를 누리며 살고 있지요.

19살에 하사관으로 입대하여 지금은 원사가 된 경근이. 고등학교를
졸업 하기 전에 해남으로 떠나는 기차역에서 마음이 얼마나 아팠던
지 아빠와 손 흔들며 이별하는 경근이가 건강히 잘 복무하기를 그
먼 해남에서도 지켜주시길 많이도 기도했지요.

예배시간 보다 훨씬 일찍 예배당에 도착해서 바닥청소와 방석을 깔
고 정리를 말없이 도맡아 했던 창래는 재현이와 결혼을 했고요.

나의 단짝 친구 은정이. 결혼하지 말고 같이 살자고 할 정도로 친했
는데 제가 먼저 결혼하는 배신을 하여 결혼식장에서 얼마나 미안하
던지 은정이 결혼식에는 너무 좋아서 피로연까지 가서 맘껏 축하해
주고 신나게 놀았었지요.

우리의 멋쟁이 용수는 빈 지갑인 우리들의 밥과 간식을 사주는 물
주였지요.

지금도 대기업 간부로 삶을 잘 설계하고 사는 성실한 남편이고 아
빠이지요.

하얀 얼굴에 아이큐가 높았던 시은이는 학교에서도 교회에서도 나
의 단짝이었지요. 수업이 시작되면 함께 졸다가 선생님의 고함 소
리 "나가" 에 화들짝 놀라 깨면 웃으시며 "너 나가 맞잖아." 하셨지
요. '나 시은' 이었거든요. 부유한 집안의 자제였던 시은이는 학교

에서도 교회에서도 인기가 많았지요. 대학입학 후 교회에 나오지 않다가 연락마저 끊어진 그리운 친구 시은이. 동생들과도 친하고 허물없이 지냈던지라 어떻게 살고 있는지 생각날 때가 많습니다.

그 외 얼굴이 떠오르는 몇 명의 친구들과는 소식이 끊긴 지 오래됐지요. 고등학생 시절 교회 학교 선생님들과 미호천에 놀러 가서 인간 탑 쌓기도 하고 물에 풍덩 빠져 서로 더 빠뜨리려고 안간힘을 쓰던 추억이 있습니다. 중년이 된 지금은 서로 건강안부를 물으며 더 늙기 전에 자주 보고 좋은 추억을 만들자고 합니다. 경근이의 모닝 인사를 나누는 우리는 언제 만나도 10대의 순수함을 지니고 정을 나눈답니다. 내가 사는 곳이면 어디든지 찾아와 주는 나에게 너무나 소중한 친구들을 주셔서 감사합니다.

⑬ 선물로 받은 사랑하는 딸

선물로 받은 사랑하는 딸 바스 케스 미야코.

8년 전 한국 문화를 체험하고자 미국에서 날아온 미야코는 멕시코계 아버지와 일본계 어머니 사이의 막내딸로 캘리포니아에서 태어나고 자랐지요. 일본 국제대 입학을 앞두고, KPOP을 통해 알게 된 한국에서 6주간 여행을 선택합니다. 우리 가족은 예진이의 유학을 앞두고, 교환학생으로 오는 세계나라의 학생 중에 미야코의 가족이 되기로 선택했지요. 별도의 빈방이 없었기에 예진이와 한 방을 사용하며 친자매처럼 6주를 보냈습니다. 미야코가 지내는 동안 끼니마다 새로운 한국 음식을 만들어 주었고 항상 맛있게 잘 먹었고 타국 음식을 거부감 없이 잘 먹는 모습이 너무 예뻐서 힘든 줄도 몰랐지요.

처음이자 마지막일 수도 있는 한국 가정 경험이 좋은 기억으로 남게 해주고 싶어서 가족이 식사를 하지 않을 때에도 미야코에게 새 음식을 만들어주었지요.

다양한 체험과 여행을 계획하여, 할 수 있는 한 많은 경험을 하고 저의 친척, 지인들 가정도 방문하며 짧지만 알찬 6주를 보냈지요. 살면서 요리는 한 번도 해 본 적 없다는 미야코에게 요리를 배워보겠냐고 제안하니 흔쾌히 응낙하여 김밥 떡볶이 김치볶음밥 등 간단한 요리를 가르쳐 주었지요.

딸을 먼 이국땅에 보내고 걱정하실 부모님에게 영상통화로 안심을 시켜드리고 제 딸처럼 잘 지내고 있고 너무 사랑스럽다고 말씀드렸지요. 미야코의 부모님 역시 인상도 좋고 유쾌한 분이었지요. 함께 지내는 동안 저는 초급 영어 회화로 대화하였는데 똑똑한 미야코는 한국말을 몰랐지만, 언어 이해력이 뛰어나 제 말을 듣고 표정으로 마음으로 교감했고 그렇게 우리는 언어를 넘어 마음으로 서로를 이해하고 알아갔지요.

미국으로 떠나던 날. 한국 전통 음식점에 갔었는데 평소와 다르게 잘 먹지 않았지요. 뒤늦게 사진에 드러난 표정을 보고 알았지요. 항상 밝게 웃던 미야코는 그날만 슬픔이 가득했고 눈이 부어있었다는 걸요. 떠나기 전날 밤에도, 비행기 안에서도 펑펑 울어 눈이 퉁퉁 부었었다고 다른 유학생에게 듣고 마음이 울컥했지요.
이별 선물로 가족들 옷을 선물하고 떠난 미야코는 미국에 도착해서 캘리포니아 집 사진도 보내고 김에 밥을 싸서 먹으며 그립다는 내용의 동영상도 보내왔지요.

모든 관계와 일이 지나고 나면 더 잘해주지 못한 아쉬움과 미안함
이 남습니다.

그 후 2년여 시간이 흐른 후에 하와이에 여행 가서 보낸 선물에 아
빠 엄마 영민 오빠 예진 이름을 한글로 써서 보낸 미야코. 너무 놀
라고 반갑고 고마워서 울컥했지요. 미야코는 2년 전에도 친구와 한
국여행을 와서 다시 우리 가족 품을 찾아왔었지요. 얼마나 고맙고
반갑던지 얼싸안고 정을 나누고 식사를 하며 예진이의 통역으로 지

나온 일들을 이야기하며 즐거운 시간을 보냈지요. 일본에 가 본적은 없지만 미야코가 살고 있어서인지 지진 소식이나 안 좋은 사건 소식을 접하면 안전하고 건강하게 잘 지내기를 기도하였지요.

일본에서 대학을 졸업하고 직장 생활을 하는 미야코에게 또 연락이 왔네요. 8년 세월이 무색하게 여전히 우리 가족을 기억하고 있었습니다. 주소도 잊지 않고 백화점을 통해 한우 선물세트를 보내왔네요. 미야코의 소식이 선물인데 한국 구정 설명절을 챙겨주니 정말 기특하고 갸륵하지요. 짧다면 짧은 6주간의 시간을 식구로 지낸 우리 딸 미야코에게 소식이 올 때 마다 우리를 잊지 않고 생각해주는 고마운 마음에 감사가 됩니다. 시 공간, 국적을 초월하여 이렇게 가족을 만납니다.

---

⑭ 날마다 다이나믹한 딸

명상을 시작할 즈음 울리는 알람 소리는 딸의 방에서 나는 소리지요. 엄마 아빠의 모습을 보며 일어나 요가로 몸을 깨우고 아침을 준비해서 먹고 도시락도 챙겨 출근합니다. 날마다 다이나믹한 딸은 집안의 정적을 깨는 알람이죠. 숫기 없이 내성적이고 수줍음이 많아 궁금하거나 하고 싶은 말이 있어도 소곤소곤 질문하며 조용히 자란 저와는 다르게 속에 있는 것이 밖으로 다 나오는 딸은 말이 시작되면서부터 물음이 끊이지 않았지요.

초등 1학년 때는 키가 커서 맨 뒷자리였는데 수업 내내 서서 있었답니다. 선생님이 앉으라 하면 앉았다가 궁금한 일이 생기면 잘 보려고 다시 서고요. 숙제나 그림을 그려서 제출할 때도 제일 먼저 제출하고 친구들은 어떻게 했는지 궁금해서 모두 제출할 때까지 들어가지 않고 선생님 옆자리에 딱 서서 다 보고 들어갔다지요. 선생님도 처음에는 당황스러워하셨는데 아이의 성향을 아시고 조교처럼 이런저런 일을 시켰는데 너무 재밌어하며 잘 도와주어 학기 말에는 고맙다며 그림을 좋아하는 딸에게 12색 유성 매직펜을 선물로 주셨지요. 초등학교 1학년에게는 과한 선물이었지요. 그래서 학창시절도 그렇게 다이나믹 했나 봅니다.

그 딸이 오늘은 꿈의 세계를 다녀온 이야기로 아침을 엽니다.
"와! 엄마 나는 창의력이 너무 풍부한 거 같아요."
시작하여 꿈 내용을 풀어냅니다. 상상도 하지 못한 꿈의 세계를. 아무래도 깨어나기에 더 가야겠다며 자기는 이대로는 안 되겠답니다. 직접 가서 신문지 찢고 미친 듯이 욕하고 소리 질러야 한다네요. 출근 준비하며 정화장을 표현하는 모습이 어찌나 웃기던지 스승님 음성변조까지 하면서요. 본인도 답을 알면서 안되나 봅니다. 아침

마다 한바탕 소동을 일으키고 직장으로 사라지는 딸.

출근할 때까지 10분 간격으로 알람이 울립니다. 공습경보 같기도 한 사이렌입니다. 그녀가 사라지면 사이렌도 사라집니다.

숨 돌리며 출근 준비하는데 전화벨이 울립니다. 어제 내린 눈비로 바닥이 엄청 미끄러우니 아빠 엄마 오빠 진짜 살살 걸어야 한다고요. 다이나믹한 그녀의 목소리.

활기차게 움직이는 그녀의 오늘에 감사합니다.

7남매 중의 장남인 아빠와 8남매 중의 장녀인 엄마 덕분에 저의 친정집은 명절에도 제사 때도 음식과 사람이 넘쳐났지요. 손(양)도 크시고 요리하는 것도 사람 부르는 것도 좋아하시는 엄마 덕분에 조용히 식구끼리 보내는 일이 거의 없었죠.

전세를 살아도 동네에서 마당이 넓은 집에 주인처럼 사는 집을 선택하셨고, 개에게도 새벽마다 단골 식당이나 시장에서 버리는 생선이나 음식을 받아와 끓여서 영양식으로 먹이셨죠. 아빠는 집 잘 지키는 개에게 성의를 다하셨고, 엄마는 복을 불러오는 사람에게 정성을 다하셨죠. 아빠나 아들이 드시고 싶다고 하시면 오밤중에도 벌떡 일어나 음식을 만드셨고 시집간 딸이 온다고 하면 아파서 끙끙 앓다가도 벌떡 일어나 음식을 하셨죠. 새벽도 자정도 없이 엄마의 시곗바늘은 쉼이 없었던 것 같습니다.

시집와 맞이한 셋방살이 (시부모 시동생 모시고 살던) 집터를 사서 30년 만에 빚 하나 없이 상가 건물을 짓고 집 뜰이 할 때도 오시는 손님들께 답례로 준비한 500개의 선물세트가 다 떨어져 더 주문해야 할 정도로 손이 크셨던 엄마는 그 많은 손님을 위한 음식을 준비하시며 그렇게도 즐거워하셨지요.

60이 넘어서도 그 기운이 어디에서 나왔는지 신기할 뿐입니다. 그런 엄마 밑에서 보고 배운 저는 시집을 와서 국가 간의 지역 차, 가정 간의 문화 차를 절실히 경험하며 혼돈의 시집살이를 했지요.

시집와서 맞이한 시대 풍경. 음식 장만을 하지 않는 생소한 명절이었지요. 집마다 음식도 문화도 다를 수 있다지만, 적응이 안 됐고 친정 음식과 정서가 너무 그리웠지요. 남편도 처가에서 장모님이 차려주는 음식을 먹어본 후로 명절이나 휴가 때면 항상 처가로 향했지요. 형님 친정 역시 손(양)이 크고 요리의 대가로 솜씨가 대단한 분이셨는데 명절이면 제사를 모시지 않는 시댁 대신에 새벽에 일어나 시 고조 부모님께 정성스럽게 제사를 모시고 음식을 가지고 시댁으로 오셨지만, 시어머니와 형님의 갈등은 끊이지 않으셨고 저는 중간에서 진퇴양난을 겪어야 했죠.

결혼 10년 후 형님은 이혼을 하셨고 형님이 하시던 일은 제가 하게 되었죠.
친정에서 엄마를 돕기만 했지 명절 음식을 혼자 해보기는 처음이었지만 내 가족에게 제대로 된 명절 음식을 먹일 수 있는 좋은 기회였기에 힘은 들어도 즐겁게 했지요. 시댁 식구들에게 명절 음식을 대접하니 뿌듯하고 좋았습니다.
그 후에도 시어머니의 요구에 따라 때마다 바뀌는 방식에 음식을 준비하고 집으로 초대를 했다가 어머니 집으로 음식을 가지고 오라

면 그렇게 했다가 이런저런 방식으로 바뀌는 세월 속에 저의 노력
도 지쳐가고 있었지요. 어머니는 며느리가 정성스레 차린 음식을
다 드시면서도 칭찬보다 지적(김치에 고춧가루가 많다. 양이 많다. 더운데
집에서 하냐 등)이 많으셨기에 음식 수는 점점 줄고 때로는 음식을 해
놓고도 몇 가지만 가져가기도 하고 어머님 취향의 식당을 찾아가며
모시기도 했지요. "다른 집은 음식을 많이 해서 며느리들 힘들게 한
다." 시며 "나는 며느리들 고생할까 봐 간단하게 하는 거다." 라고
하시는 어머니.

오늘 명절 풍경은 이렇습니다. 시댁 가족들의 형편과 상황을 고려해
서 저녁에 모인답니다. 다양한 음식을 먹을 수 있는 뷔페에 모여 명
절을 보냅니다. 어머니의 취향을 고려해서 남편이 계획한 거죠. 덕
분에 음식준비에 쏟는 시간이 절약되어 한가로운 명절을 보냅니다.
명절 음식 안 해도 되니 여유롭게 몸과 맘을 살핍니다. 가족 간의
평화를 선택하는 오늘입니다. 명절 증후군이나 고부간 갈등 없는
명절을 보내며 감사하는 오늘입니다.
아버님 돌아가신 후에 홀로 사시는 어머님께 어떠신지 여쭈니 "천
국이다 좋다." 하십니다.
"아버지도 천국 갔으니 좋고 나도 죽으면 천국 갈 거니 좋다." 고 하
십니다.
아버님도 어머님도 형님도 나도 딸도 지금 여기에 나타난 "나" 인

것을 이해받고 싶고 사랑받고 싶은 "그"인 것을 "하나"인 것을 오늘 알아차립니다.

존재에 발을 딪고 심성을 닦으며 만왕 만래 하는 나 되어 갑니다.

---

16 철부지와 철인

철이 안 든 사람을 철부지 철이 든 사람을 철인이라지요. 봄볕님, 해순언니, 큰형부의 어머니는 제가 아는 여성 철인이십니다. 그 외에도 많은 철인 여성이 계시겠지요. 오늘은 큰 형부의 어머니 즉 큰 언니의 시어머니에 관한 감사일기입니다.

경희대 약대를 졸업하고 약사가 된 남편의 첫 아내 종갓집 맏며느리. 두 아들의 어머니였던 그녀는 시어머니의 반대로 큰 며느리로 인정받지 못하고 종갓집에서 쫓겨나 두 아들은 작은 아버지집에서 지내고 그녀는 남의 집일(파출부)을 하며 인정받지도 못하는 시대의 궂은 일은 도맡아 하셨답니다.

큰며느리가 있음에도 아들을 새 장가 보낸 시어머니의 병간호를 돌아가실 때까지 하고 남편의 임종(47세)까지 묵묵히 주어진 역할을 해내십니다. 아들이 종갓집 장손으로 뿌리를 지켜나갈 수 있도록 자신의 입장이나 처지는 어떻게 되든 관계가 없으셨죠.

며느리를 얻은 후에도 종갓집 제사와 그 많은 음식을 혼자 하시고 가족 간의 우애를 묵묵히 지켜오신 분.

자신은 험한 일 궂은일(파출부, 청소부 등) 하더라도 며느리에게는 최고로 대접하며 부담도 안 주시는 분. 며느리를 사랑하는 방법을 아시는 분.

좋은 음식, 귀한 물건, 한 푼 두 푼 모은 목돈을 며느리에게 주시며 네가 간수하라고 하시고 며느리가 다 탕진해도 괜찮다며 다 너 주려고 했으니 아범한테는 말도 하지 말라고 하시는 분.

자신은 김치 장아찌에 식사하시면서 며느리 손녀들 온다면 산해진미 만들어 먹이고도 모두 싸주며 사돈 식구들 먹을 음식까지 챙겨 주시는 분.

그러면서도 사랑하는 큰아들 집에는 한 번도 오시지 않는 분.

다치고 아파서 병원에 입원해도 절대 아들에게 연락 안 하시고 작은어머니 통해 전해 들어 연락드리면 아무 일도 아니니 신경 쓰지 말라고 하시는 분.

언니가 재정 관리를 잘못해서 가정에 어려움이 왔을 때도 며느리 편에 서주신 분.

아들에게 며느리 버리고 허튼짓하면 아파트에서 뛰어내리겠다며 며느리와 아들의 가정을 지켜내셨던 분.

자기밖에 모르고 자기 몸이 제일 소중한 언니는 오죽하면 형부가 먼저 죽더라도 시어머니는 모신다고 했을까요. 매주 전화 드리며 안부 묻고 형부가 바빠서 시댁 모임이나 제사에 못 갈 때도 언니는 두 딸과 시어머니를 찾아뵈러 갔지요. 자기애가 충만했던 언니를 변화시킨 내가 아는 한 최고의 사랑을 보여주신 분입니다.

82세 그녀는 오늘(설날) 며느리를 위해 결단을 내리십니다. 제사를 돕기는 해도 모시기는 싫어하는 며느리를 위해 가족 친지 앞에서 공포하십니다.

제사는 오늘까지 지내고 다음부터는 산소에 가서 성묘만 하기로 했답니다.

반대하실 줄 알았던 작은 아버지들이나 작은어머니들도 수긍하셨고 언니는 제사를 물려받지 않게 되었답니다.

첫 손주를 낳은 큰 조카 덕분에 할머니가 된 세 자매는 마냥 좋습니다. 모일 때마다 하하 호호 시끌벅적한 우리는 가족입니다.

---

17 엄마 역할은 엄마가

제 나이에 맞게 철들고 익어가는 모습은 아름답습니다.

신학생 시절 해외 선교 차 태국 시골 마을을 거닐며 전도하던 중에 만난 5세 여자아이는 집 마당 수돗가에서 설거지를 하고 있었지요.

작은아이가 혼자서 왜 저러고 있는지 궁금하고 안쓰러워 현지 안내인에게 물어보았더니 이곳에서는 부모님과 언니 오빠들은 일하러 가고 저 나이면 집안일을 한다고 했지요.

저도 어린 시절에 언니와 집안일을 도왔지만 5살 아이가 홀로 쪼그리고 앉아 설거지하는 모습은 아직도 마음에 남게 되었고 언니를 의지하며 함께 했던 나는 외롭지 않게 유년 시절을 보냈음에 감사했지요.

너무 어린 나이에 철이 들어버린 아이들은 나이가 들면서 도리어 퇴행하기도 하고 어린 시절 충분히 부리지 못한 어리광이 성인이 되어 어떤 방식으로든 나오기도 하지요. 감당하기 어려운 마음의 무게에 눌려 덜 숙성된 아이들.

반면에 성장은 했는데 성숙하지 못한 행동을 하는 어른아이도 있지요.

부모의 세심한 돌봄 없이 형제자매끼리 의지하며 서로를 돌보며 잘 자라준 아이들도 있고요. 어린 나이에 맞벌이하는 부모 역할을 하느라 방학이면 동생들 밥 챙겨주고 돌봐주며 엄마 역할을 톡톡히 해내는 아이 엄마도 있고요.

작은 언니의 삼 남매 중 큰조카가 그랬습니다. 셋째를 낳고, 나간 직장을 한 해도 쉬지 않고 근무했던 언니의 큰 딸은 방학이면 엄마 역할을 했죠. 그 모습이 안쓰럽기도 하고 조카들이 보고 싶어서 방학이 되면 친정집이나 저희집으로 데려와서 지내다 내려보내곤 했지요.

저는 재택근무를 했기에 집에서 함께 지내며 식사 및 돌봄이 가능했고 내 아이들 먹이는 음식에 양만 늘리면 되었지요. 이모와 이모부를 잘 따르는 착한 조카들은 우리 가족과 지내는 동안 말도 잘 듣고 맛있다는 리액션도 애교 넘치게 하며 교회도 함께 갔지요.

유난히 똑똑하고 영민했던 막내 조카는 잠자기 전 이모부가 들려주는 성경 듣기를 좋아했고 거실에 이불을 펴고 함께 찬송을 부르고 기도를 하면 "이모 여기가 천국 같아요. 천상의 노래예요." 하였지요.

넉넉한 형편은 아니었지만, 조카들과 나누던 음식, 이야기, 놀이가 어우러져 웃음꽃 피우던 시절이었죠. 저만큼이나 아이들을 좋아하고 마음이 따뜻한 남편은 제가 다섯 조카를 방학마다 집에 초대하는 것에 기쁨으로 맞이해 주었고 같이 지내는 동안 퇴근 후에 복음을 전하고 주일이면 함께 교회에 가 예배드리는 기쁨을 누렸지요. 성도님들도 조카들을 기억해 주고 안부를 물어주었죠.

그랬던 어린 조카들이 이렇게 잘 자라주었네요. 하나같이 착하고 예쁘게 자기 자리에서 제 역할을 해내는 우리 조카들이 자랑스럽고 사랑스럽습니다.

이제 엄마가 된 큰언니의 큰 딸 덕분에 서열이 한 단계씩 올라갑니다.

할아버지 할머니 이모 삼촌으로.

조카가 생겨서 이모 삼촌이 된 우리 아이들은 8개월 된 조카를 서로 안아보려고 줄을 섭니다. 상자 안에 넣고 끌어주다가 어느새 보니 비닐봉지에 넣고 썰매를 태워주네요. 좋아하는 조카를 보며 삼촌은 쌩쌩 달립니다. 귀여워서 어쩔 줄 모르죠.

깨어나기 경축에 스승님께서 읽어주신 가족 이야기 그림책처럼 우리 아이들의 아이들이 태어나 만들어 갈 세상을 바라봅니다. 오늘보다 더 나은 오늘을 살아갈 우리 조카들에게 사랑과 응원의 마음을 보냅니다. 가족을 선물로 주신 아버지께 감사하는 오늘입니다.

18 목욕탕에서 경험한 신비한 세상

에피소드 1

코로나 기간에 대중 목욕탕 보다 집에서 하는 목욕을 즐겼던 저는 뭄 633클럽을 통해 엣지욕을 소개받습니다. 엣지욕을 하기 위해 오랜만에 동네 목욕탕에 나타납니다. 15년을 살았고 정액권을 끊어서 다녔던 곳인데도 처음 오듯 낯설게 느껴집니다.

머리를 감고 몸을 깨끗이 씻고 머리를 올려 묶은 후에 스승님 말씀을 기억하며 온탕 냉탕을 건너다닙니다. 처음에 손은 밖에 빼고 반신욕으로 15분 온탕 한 후 냉 온탕에 온몸을 담그고 1분 30초 번갈아 입수합니다. 이렇게 좋을 수가 차가운 물에 얼었다 따뜻한 물에서는 흐물거리는 해파리가 됩니다.

물에 취해 기분에 취해 물에 잠수한 나를 할머니가 혼내는 듯한 목소리에 정신이 깹니다. "머리까지 담그면 안된다 상식이 없다 예쁘게 생긴 사람이 왜 이런 행동을 하느냐 머리카락 빠지면 어쩌라고 이러느냐." 정신이 번쩍 듭니다. 내가 상식 없는 행동을 했는지 순간 번개가 번쩍합니다. 샤워도 했고 머리도 감고 묶었는데 여기서 이러면 안된다고 혼을 나고 있는 나를 봅니다. 순간 정신을 챙기고 죄송하다고 합니다. 절차나 나를 이해시키는 것보다 할머니의 꾸중을 잠잠히 듣고 몸을 숙여 사과를 하고 아무도 없는 냉탕으로 이동합니다.

할머니 또 따라와서 뭐라고 하십니다. 욕탕에 있는 사람들이 나를 봅니다.

'뭐가 잘못된 거지? 주인에게 가서 물어볼까?' 몸도 다 씻고 머리도 감고 욕탕에 들어왔는데 뭐가 문제지? 할머니 설명이 더 길어질 거 같아서 "예" 대답하고 냉탕을 빠져나와 제 자리로 와서 앉습니다.

잠시 후에 그 할머니 제 옆에 앉습니다. 제 옆자리 셨던 거죠.

할머니의 3탄 설명이 들어갑니다. 머리를 욕조에 담그는 건 안 된다는 겁니다.

미소로 "예 알겠습니다" 대답을 하고 때를 미는 저에게 등을 닦아주신답니다. 제가 밀어드린다고 하니 본인은 매일 와서 때가 없다며 한사코 저만 밀어주십니다.

와우! 3년 만에 엣지욕 하러 왔다 큰 깨달음 후에 받는 사랑의 손길 대중 목욕탕에서의 예절을 새롭게 배운 오늘 감사한 날입니다.
밥 안 먹어도 배부른 날입니다.

에피소드 2
지난번 욕을 당하지 않기 위해 몸을 씻고 머리를 감고 묶고 수건까지 두르고 조신하게 몸을 담급니다. 주변을 둘러봅니다. 그 할머니는 안 계십니다.
머리는 담그지 않고 할머니 말씀대로 엣지욕을 하고 때를 미는 데 오른쪽 어깨가 아파서 등을 미는 힘이 안 들어갑니다. 그 모습을 지켜봤는지 한 여성분이 다가와 등을 밀어주시겠답니다. 사양하는데도 한사코 밀어주십니다.
이 욕탕엔 센 분, 정 많은 분이 많은가 봅니다. 그럼 저도 밀어드리겠다고 하니 본인은 밀었답니다. 오늘은 사랑만 먹습니다. 목욕탕에 정이 흐릅니다.

에피소드 3
아주 오랜만에 딸과 목욕탕에 나타납니다. 언니에게 받았던 세신의 감동을 딸에게 선물합니다. 딸 역시 너무 행복해합니다. 내 몸은 내가 닦습니다. 세신을 마치고 나온 딸에게 등만 밀어달라고 합니다. 딸은 힐링했는데 엄마 등 밀어주고 나니 체력이 방전됐다고 합니다.

엄마가 돈을 너무 안 쓴다며 짠순이라고 잔소리하는 딸은 오늘 피부과 예약을 합니다. 엄마 자신을 위해 돈 쓰는 걸 못 봤다며 내 얼굴 수정안을 내어 놓습니다. 엄마의 20대 사진을 보고 예뻐서 놀랐는데 엄마가 자식 키우느라 너무 늙어서 마음이 아프답니다. 이제부터 엄마도 스스로 가꾸지 않으면 팍 늙는다며 충동질하는 딸을 따라 나섭니다. 맨 얼굴도 맨 피부도 마음도 예쁜 딸은 엄마가 이대로 늙어가게 놔두지 않겠다고 결의를 다집니다.

딸을 통해 다양한 경험하는 신비한 삶 맞이합니다.

에피소드 4

딸이 목욕 가자고 하면 목욕했어도 가야 합니다. 딸과 저는 서로의 몸무게를 거울삼아 격려와 채근을 합니다. 적정 체중조절로 살이 오른 나의 몸무게가 딸의 체중을 앞지릅니다. 너무 마른 딸의 등을 밀며 어릴 적 내 등을 밀어주시던 젊은 엄마와 어린 나를 만납니다. 엄마의 말이 떠오릅니다 "뼈가 아른거려서 닦을 수가 없다." 내가 힘이 있어 딸의 등을 밀어줄 수 있는 감사한 오늘입니다. 나를 보고 딸을 보던 어느 여성분이 말을 건넵니다.

"엄마도 아가씨 같은데 이렇게 큰 딸이 있네. 저렇게 날씬하면 얼마나 좋을까?"

아직도 정감이 넘치는 말들이 오가는 우리 동네 목욕탕.

19 엄마 딸로 태어난 건 내 인생 로또

"엄마 딸로 태어난 건 내 인생 로또" 라고 말하는 딸.

절교한 절친과의 추억에서 못 벗어나 패닉 상태에 이르러 아무 의욕 없이 침대에 누워만 있는 자신에게 생애 최초로 엄마가 화를 내며 혼을 냈던 상황을 구연하네요.

내 기억에는 사라졌던 일이 딸의 구연으로 하나 하나 떠오릅니다. 퇴근 후 씻지 않은 상태로 딸의 고백을 듣습니다. 눈을 마주 보며 그녀의 이야기에 빠집니다.

엄마는 오빠와 나를 훈육할 때 한 번도 화를 낸 적이 없고 잘못을 했을 땐 더 차분하게 말하고 약속했던 만큼 체벌을 했다네요. 그래서 혼났다는 생각이 안 들고 무섭지도 않았다지요. 당연하게 잘못을 받아들이고 고치려고 했답니다.

하지만, 엄마가 최대치 화를 내며 소리를 지르고 발을 구르고 자신의 몸을 머리부터 발까지 골고루 때리며(힘이 없는 손매는 아프지 않았답니다) 미친듯이 화를 내며 울부짖었던 때가 있었답니다. 마치 정화장 같았다고 합니다. 다 지나간 내 기억에도 없는 이 이야기를 왜 꺼내는 걸까요? 감사하다는 말을 하기 위해서입니다.

엄마는 딸의 인생을 자신의 인생처럼 아파하며 절규했고 생애 처음

엄마랑♥

좋은 엄마가 된다는 것이 참 어려운 일이라는 걸 안다.
그걸 알기에 나는 내 엄마를 존경할 수 밖에 없다.

보는 엄마의 행동(화)에 자신은 놀랐고 무서웠지만 도리어 차분해졌다고 합니다. 엄마가 실컷 울고 소리 지르고 발버둥 치는 것이 자신을 대신하는 것 같고 엄마에게 혼이 났는데도 개운하고 시원했답니다. 신기하게도 그 후로는 자기를 괴롭히던 친구 생각이 사라졌고 정신을 차렸다지요.

딸은 미국에 있을 때 고아의 심정을 느껴보았고 한국에서는 보지 않았던 다른 부모들을 처음으로 관찰하게 되었는데 비윤리적이고 비상식적인 부모가 많았다고 합니다. 처음으로 우리 엄마 아빠가 정말 좋은 분이구나 깨달았다지요. 특히 호스트 부모는 자녀교육을 잘못했고 가정과 학교에서 이중적 모습과 가족에게 무례하게 대하는 호스트 아빠의 난폭한 모습은 귀국 후에도 2년 이상 트라우마가 있었답니다. 미야코가 엄마 아빠를 안 잊고 기억하며 자기가 돈을 벌고 성공할수록 좋은 걸 선물하는 건 엄마 아빠에게 너무도 다정하고 따뜻한 사랑을 느꼈기 때문이랍니다.

딸의 말이 고맙기도 하고 부끄럽기도 합니다. 내가 기억하는 미안함이 많은데 좋게 말해주니 더욱 그렇습니다. 엄마에게 가장 감사한 것이 깨어나기에 보내준 거라며 거듭 감사 인사를 하는 딸의 눈을 봅니다. 눈 안에 감사 꽃이 가득합니다.

감사하는 딸의 진심이 내 마음에 와닿아 생명의 꽃이 피어납니다.
부모의 허물을 가리고 은혜로 받는 마음이 참 고맙습니다.

뒤뚱거리며
네 걸음

대청소

아들은 알아차리기 수련을 통해 나를 낳는 중.

깨어나기 후 이런저런 일로 아들만 알아차리기를 미뤄오다 때가 되어 떠난 여행.

남편은 아들 따라 살림캠퍼스로 떠나 자기와의 연애 중.

아들 데려다주는 길에 2박 3일 캠퍼스에서 보내라는 나의 권유에 짐을 챙겨 떠난 남편은 선비님의 피아노 독주회도 경청하고 대둔산 정상에 오르며 사진도 보냅니다. 딸은 논문 작성을 도와주신 선생님께 식사 대접하러 외출 중. 무엇이든 받은 은혜와 고마움을 잊지 않고 보은하는 대견한 딸.

나 홀로 집에 있는 시방 기분은 미칠 듯이 예술이야.

설레는 나를 더욱 신나게 만들 일을 선택합니다.

그동안 남편에게 맡겨두었던 살림. 집안 정리를 하는 것입니다.

이름하여 집 안 대청소. 와이셔츠를 잔뜩 다려 놓고 걸레를 손빨래로 하얗게 빨아놓고 화장실을 반짝반짝 청소하는 일 등 집안을 정리 정돈하는 일은 나에게 힐링을 선물하지요.

안 쓰는 물건은 버리라는 딸의 요청을 수락하지 않고 누군가 꼭 필요한 사람에게 주려고 남겨 놓다보니 짐이 쌓입니다. 새로 사는 것

보다 버리는 일이 어렵습니다.

정을 떼야 합니다. 저에게는 그렇습니다. 임자를 만나 떠나보내야

직성이 풀립니다. 하지만, 오늘은 옷 몇 벌과 신발을 정리합니다.

오늘의 타깃은 옷장과 현관 신발장입니다.

싸이님(예술이야)을 초대해 나만의 힐링 타임에 흥을 더해 줍니다.

"어랏 이게 뭐야!!!" 오늘의 일당을 선물 받습니다.

누구의 돈도 아닌 보는 사람 찾는 사람이 임자인 잠자던 돈뭉치. 일명 공돈.

오만 원, 만 원권은 남편의 옷장에서 발견하고 천 원권은 제 옷장에서 발견했지요.

감사히 받아 가족 여행 경비로 써야겠네요. 흥분된 마음 클래식으로 차분히 정돈하며 오늘의 감사를 올립니다. 귀가한 남편이 정리된 책장을 보고 말하네요. 제가 건진 공돈은 헌금용으로 모아둔 거라고요. 고스란히 반납했답니다.

---

02 볼에 빨간 동그라미가 생겼어요

매운 걸 많이 먹으면 배가 아프고 볼에 빨간 동그라미가 생겨요. 하얗고 동글동글한 얼굴이 귀여워 '앙' 깨물어주고 싶어지는 5세 친구의 언어 유희에 미소가 번집니다. 마주 앉아 식사하는 친구를 보고 "윤슬이는 김치를 먹을 때마다 입에 넣을까 말까 하다가 먹어요."라며 웃는 표정으로 말하는 지희는 놀이를 방해하는 친구에게 "하지 마." 할 때도 항상 웃는 표정을 유지합니다.

그 모습을 관찰할 때마다 저도 미소를 짓게 되지요. 알아보니 그 아이를 데리러 오시는 할아버지 표정이더군요. 손녀에게 말을 하시는데 눈부터 입 모양까지 웃는 표정으로 말씀을 하고 계셨지요. 백발 노년의 흠모할 만한 모습은 웃는 얼굴이죠. 무표정이다가도 말할 때마다 활짝 웃으며 말하는 비법이 궁금했는데 미소 유전자를 받은 것이었습니다.

웃는 얼굴은 바라만 봐도 기분이 좋아지지요.

"꿈에 자꾸 만화만 나와." 윤후의 말에 귀가 쫑긋해집니다. 다시 물어도 같은 말을 합니다. 꿈속에서도 나오는 만화 때문에 힘들다며 토로하는 장난끼 가득한 이 아이는 푹 익어서 새콤한 김칫국물에 밥을 비벼줘야 식사를 합니다. 김치를 어찌나 맛깔스럽게 먹는지 저도 일부러 김치를 익히느라 며칠 식탁에 꺼내놓았다 먹곤 하지요.

집에서는 고집쟁이, 떼쟁이에 스스로 하는 것이 하나도 없다고 하시는데 어린이집에서는 최강 엉아(이름을 부르면 "엉아"라고 하라며 소리칩니다)가 되어 동생에게 양보도 잘하고 정리도 최고로 잘하지요. 저에게 달려들어 안겨 떨어지지 않으려 해서 그만하라고(장난으로) 떨어트려 놓으면 "좋아요" 소리치며 웃는 얼굴로 가슴팍으로 스며듭니다. 제가 만난 꼬마 상남자이지요.

피카츄 머리 스타일을 좋아해서 두 갈래로 높이 삐쭉하게 머리를 묶어주면 만족한 웃음을 지으며 좋아합니다. 그럴 때 보면 영락없는 4살이지요.

사랑스러운 보물들과 함께 하는 나의 일터. 오늘은 내 생애 가장 축복받은 날입니다. 순간의 행복에 감사한 마음으로 지금 여기를 삽니다.

03 삶의 연출자, 조양 스승님

말로 글로 표현하기 어려운 시방 느낌은 뭘까요?

어둠 속을 서성이고 있는 우리 가족에게 우주가 쏘아 올린 광선으로 눈이 부신 여명으로 다가오신 스승님 나의 아버지. 저는 스승님을 아버지라 부르고 싶습니다.

청년에 만난 아버지는 저에게 이상형이셨지요. 제가 만난 그 누구보다 탁월한 이성 감성 지성 영성 정성을 가지신 분이셨죠.

중년에 제가 만난 아버지는 저뿐 아니라 저희 가족에게 그런 분이십니다.

구름이가 깨어나기 경축에 고백했던 것처럼 "우리 가족의 은인" 이시죠.

모르는 것도 배워야 할 길도 가야 할 길도 많이 있는 저와 가족의 선구자 되신 아버지 가르쳐 주세요. 배우겠습니다.

실직 중인 남편에게 요양 보호사 공부를 하라고 권유했고, 자격증 받아 온 남편에게 말했지요. "내가 왜 당신에게 요양 보호사 공부하라고 한 줄 알아요?" 평소와 같이 바로 답이 안 나오는 남편에게 제가 답했지요. "스승님 연로하셔서 도움받아야 하실 때 당신이 곁에 있으면 좋을 거 같아서 공부하라고 한 거예요."

저는 남편처럼 따뜻한 사람을 만난 적이 없습니다. 저에게도 자녀
에게도 저희 가족에게도 성도에게도 진심으로 진정으로 대합니다.
남편은 제 부탁을 거절한 적이 없습니다. 제 기억에는 그렇습니다.
제 마음과 같지 않아도 제 부탁을 들어주려고 정성을 다합니다.
실습하는 동안 입원 중인 노인분들에게도 진정으로 요양사가 된 남편.
노인분들은 마지막 날 떠나갈 남편의 손을 잡고 고마웠다며 눈물을
흘리셨다지요.

스승님 건강히 저희 곁에 계셔주세요. 저희가 길동무 되어 책도 보고 명상도 하고 소풍도 다니며 친구 되어 드릴게요. 영원한 나의 아버지 조양 스승님께 진정으로 감사드립니다.

베풀어주신 은혜와 사랑 감사합니다.

---

04 나는 울보입니다

태어날 때도 울고 나를 처음 받은 아빠의 손에서 바닥으로 미끄러져서도 그렇게 울던 나는 울보입니다. 내가 생각해도 울음이 왜 이리 많은지 곤란한 적이 많았습니다. 어릴 적 부모님이 외출하신 밤이면 더 많이 웁니다.

울지 않으려고 안간힘을 쓰고 웃긴 생각을 막 떠올리기도 합니다.

중3 예배시간에 내 죄를 위해 십자가에 못 박혀 돌아가신 주님을 만나고 멈췄던 울음이 터집니다. 옆에 앉은 친구가 조용히 하라고 그만 울라고 말립니다.

시집와서 내 마음 몰라주는 남편도 어려운 시댁 식구도 무섭고 서러워 웁니다.

남편이 울지 말라고 소리치면 베개에 얼굴을 파묻고 소리 나지 않게 꺼이꺼이 웁니다.

딸을 미국에 보내고 돌아와 남편에게 삼계탕을 해주고 딸이 있으면 맛있게 먹을 텐데 생각하니 머나먼 곳으로 떠난 딸에게 미안한 마음 올라와 가슴으로 웁니다. 남편에게 들리지 않게 소리 없이 울다 보니 심장이 조이며 뻐근히 아파 숨이 쉬어지지 않는 울음입니다.

고3 아들이 학교 개교기념일에 친구들과 어울려 놀다가 처음으로 마신 술에 취해 학교에 불려갑니다. 빨개진 아들의 얼굴 보자마자 학교가 떠나가라 웁니다. 너무 우는 나를 선생님이 진정시키며 괜찮으니 돌아가셔도 된다고 합니다. 집으로 돌아오는 길에 계속 울고 돌아와서 바닥을 치며 울고 귀가한 남편이 말 시켜서 울고 생각이 올라올 때마다 웁니다.

딸이 죽고 싶다고 합니다. 떠나버린 친구 때문에 자기 삶을 놔버리려 합니다. 딸이 되어 내가 되어 딸 살리려고 미친 듯이 웁니다.

쉬려고 살려고 찾아간 살림 캠퍼스에서 스승님이 날 울게 합니다. 욕하며 미친 듯이 소리치며 바닥을 치며 구르며 울라 합니다. 나에게 울라 합니다.

처음으로 실컷 통곡합니다. 오늘 나는 웁니다. 한 배 한 배 절하며 웁니다.

스승님에 감사하며 웁니다. 방에 있는 가족이 깰까 봐 소리 죽여 웁니다.

살아생전 못 갚더라도 스승님께 눈물로 절 올립니다.

05 뚝배기 되어가는 나

겨우내 나뭇잎 떨군 앙상한 나무(나)를 따뜻하게 포근하게 감싸주었던 알록달록 손뜨개 옷.

뜨개옷보다 더 뜨거운 마음으로 한 땀 한 땀 정성스레 짜서 마침내 매듭지어주고 사라진 분들에게 감사합니다. 색도 빛도 사라져 잠자

고 있는 숲에 생동감을 불어넣어주셨지요.

무미건조하던 내 표정에 살포시 미소와 감사의 마음 풍성하게 해주셨지요.

나는 누구에게 이런 그였는지 묵상해 봅니다.

시작은 했으나 마치지 않았던 일들 겁먹고 뒤로 숨었던 일들
상처 주지 않고 받지 않으려고 떠났던 일들 참회합니다.
냄비처럼 뜨겁게 타올랐다 새카맣게 타버렸던 지난날들
오늘 뚝배기로 새롭게 태어납니다.
미지근하게 데워져 정점에 이르러도 넘치지 않고 은근히 뜸 들여 생명
살리는 밥 되어 누룽지 마저 물 부어 은근히 데워 시린 배 편안히 풀어
주는 숭늉 되어 제 본분 마치고 자체 발광하는 뚝배기 되어 갑니다.

---

06 장보기

창밖으로 보이는 2차선 도로 건너에 마트가 있습니다. 마트 옆 건
물에 프렌차이즈 마트가 있고 길을 지나 돌면 원당 시장이 있고 시
장 안에 마트가 있고 시장을 나오면 2차선 도로를 건너면 또 마트
가 있습니다. 그 당시엔 내가 사는 아파트 지하에도 마트가 있었죠.
걸음을 더 하면 10분 반경으로 5개의 큰 마트가 있습니다. 이렇게
장 볼 곳이 많은 곳에 삽니다. 식구들 이웃들 성도들 먹이는 것을
좋아했던 나에게는 놀이터요 활동무대였죠.
상점이 많다 보니 가격경쟁도 많아 이곳이 세일 하면 다음엔 저곳
이 세일 하고 티키타카 하며 세일 전단지를 돌리느라 바쁩니다. 시
장바구니를 끌고 다니는 주부의 발길 손길도 바쁩니다.

눈 만 뜨면 오늘의 세일 장소로 향했던 어느 날, 5학년 딸과 시장에 나섭니다. 과일가게에는 신선한 과일은 상단에 놓여 있고 아래 바닥에 신선도가 떨어진 과일이 반값도 안 되는 가격에 손님을 기다립니다. 딸에게 묻습니다.

"신선하고 가격이 높은 과일, 신선도가 떨어지지만, 가격이 저렴한 과일 중에 어느 걸 사겠니?" 딸은 가격이 싼 과일을 사겠답니다. 놀라면서도 속이 상했습니다.

알뜰한 마음이 기특하기도 하고 싼 것에만 눈을 뜰까 봐 염려되어 딸에게 말합니다.

"엄마는 신선하고 가격도 저렴한 과일을 고르는 거야 가게마다 내놓는 물건이 다양하거든 그날그날 싸지만 좋은 물건을 팔 때가 있어. 무조건 싸다고 사면 못 먹고 버리게 되거든 가격보다 물건의 질이 더 중요해." 이 저런 이야기를 주고받으며 장 보러 다녔던 때가 있었습니다.

내 걱정은 던져버립니다. 딸은 나와 다릅니다. 자기를 위해 최선의 소비를 합니다. 질 좋은 물건을 삽니다. 비우기(버리기)도 잘합니다.

결혼 후 29년 만에 처음으로 남편에게 목걸이를 선물 받습니다. 내가 갖고 싶다고 하니 18k 목걸이를 사줍니다. 줄 하나에 여러 개의 팬던트가 있어서 번갈아 하니 좋았습니다.

딸이 목걸이가 예쁘다며 해도 되냐고 물어 그러라고 줍니다. 딸이 예쁘게 입고 꾸미는 것이 좋습니다. 나는 내 것을 딸이 입고 사용하는 것이 좋습니다. 딸이 내 옷이나 물건을 좋아하면 좋습니다. 몇 주가 흐른 뒤, 목걸이가 보이지 않아 딸에게 물으니 버렸답니다. 줄은 끊어져서 버리고 팬던트는 있답니다.

말도 행동도 멈춥니다. 실소가 나옵니다. 딸 답습니다. 금의 가치를 가격을 몰랐으니 사용 가치가 없다고 버렸겠지요. 수리해서 쓰면 된다고 알려주고 줄 없는 팬던트만 건네받습니다. 딸은 좋은 물건 새것을 삽니다. 가격보다 품질이 우선이고 하고 싶고 사고 싶은 걸 잘도 삽니다. 시장경제를 활성화하는 소비자입니다. 때론 과한 소비와 지출에 잔소리도 나옵니다. 이제 그마저도 닫습니다. 알뜰도 살뜰도 살면서 배우겠지요.

자녀에게 독립을 권유합니다.

 요리하는 착한 아들

어릴 적 입이 짧고 잘 먹지 않아서 먹고 싶다는 음식을 말하면 무엇이든 먹이던 아들이 지금은 다양한 음식을 잘 먹고 요리도 잘하는 요섹남이 되었지요.

2주 전 방어가 먹고 싶다는 아들 덕분에 가족이 둘러앉아 맛있게 먹었는데 오늘은 대방어가 먹고 싶답니다. 지금 안 먹으면 1년을 기

다려야 한다며 제철이 가기 전에 먹어야 한답니다. 식후에는 카페
에 가자고 하네요. 같은 음료라도 장소에 따라 올라오는 느낌이 다
르니 분위기 좋은 곳에서 사진도 찍고 엄마 좋아하는 책도 읽자고
합니다.

신에 이끌려 신을 신고 나섭니다. 오늘은 아들과 데이트를 선물 받
습니다.

저녁 메뉴는 아들표 피자. 집에 있는 재료를 토핑으로 뚝딱 만들어
냅니다.

엄마 아빠를 위해 고구마 치즈 듬뿍 넣은 고치피자와 건강을 위해
삶아 데친 소세지, 치즈를 듬뿍 넣은 소치피자를 요리합니다.

엄마 아빠 기분을 업데이트 하는 상당한 기술 소유자.

오묘한 설득력과 해피 바이러스를 투입해 지갑을 여는 재간둥이.

지구별 생일이 197일 남았는데 선물을 미리 주시면 좋겠답니다. 선
물은 이미 정해놓고요. 어린이날 선물도 받고 싶지만 안 받겠다네요.

사랑의 기술을 잘 사용하는 대단하신 아드님입니다.

아들 덕분에 웃는 오늘입니다.

---

08 처음 만나는 오늘 길

까만 도화지에 나타난 새벽 풍경 가로등 불빛.

24시간 운영하는 마트 불빛.

달리고 멈추는 자동차 불빛.

자동차를 가게도 하고 멈추게도 하는 신호등 불빛.

하나의 불씨가 역할에 따라 다양한 불이 되어 세상 곳곳에 타오릅
니다.

초록 불에 갑니다.

빨간 불에 멈춥니다.

황색 불이 신호를 줍니다.

가야 할 때와 멈출 때를 미리 알려주는 고마운 황색 불입니다.

불 안에 다 있습니다. 활 활 타오르는 불 빨간색 안에 황색도 초록
색도 있습니다.

불같은 인생입니다. 활활 타기만 하면 초가삼간 대궐집도 다 태웁
니다.

나도 태우고 남도 태웁니다. 그것이 다 타버립니다.

쉴 때가 있습니다. 쉬라는 싸인 깜빡깜빡 해주는 고마운 그입니다.

쉴 때는 쉬어야 합니다. 가기 위한 쉼입니다. 쉬기 위한 감입니다.

아픔 절망 우울 울음이 내게는 쉼이었습니다.

다시 걷습니다. 지금 걷습니다.

여기 있는 나를 나타난 곳에서 만난 나를 안아줍니다.

격려하고 칭찬하며 손잡아 줍니다.

처음 만나는 오늘 신호를 잘 봅니다. 신호를 잘 듣습니다. 신호를
잘 알아차립니다.

그 와 내가 같이 가는 길입니다.

다시 타오를 나의 불이여 나의 태양이여 온 세상 환히 비추소서.

09 소리 없는 아우성으로

산새들의 지저귐이 나를 반겨주는 듯 활기차고 명랑한 아침 고맙습니다.

합장하고 산길을 걷습니다. 추위를 견뎌낸 고마운 나무에게 살랑살랑 봄 기운 듬뿍 받으라고 어느새 뜨개옷을 벗겨주고 가신 고마운 분들에게도 합장합니다.

세찬 바람에도 끄떡하지 않고 눈보라에도 제자리 지켜준 마른 막대기 같은 생명들.

그 안에 생명 있음을 나는 알고 있지요.

새싹을 꽃을 열매를 품고 빛내지 않고 묵묵히 제자리 지키고 있음을 알지요.

작년에 보았던 화사한 빛과 색이 아닌 그동안 보았던 어떤 빛보다 더 찬란한 빛과 색을 준비하고 있는 마른 가지들.

힘내라 잘하고 있다 함께 한다 소리없는 아우성으로 응원합니다.

생존하며 생성하는 모든 생명에 감사합니다.

거룩한 발걸음 옮기는 오늘입니다.

딸과 예약했던 영웅 뮤지컬을 봅니다. 감히 기대하지 않은 오늘입니다. 딸은 엄마와 함께 뮤지컬 관람하는 것을 졸업선물로 간청하여 티켓을 구입했지요. 영화 장면과 클로즈업이 되기도 하고 현장의 생동감에 첫 장면부터 울컥합니다.

막이 바뀔 때마다 박수와 함성이 나옵니다.

뮤지컬 커튼콜에 참았던 눈물이 왈칵 쏟아지고 배우들이 인사를 하는데 저도 저절로 고개를 숙여 인사하며 힘껏 박수를 보냅니다. 여

운을 머금고 나오며 주차장에서 배우들과 마주칩니다. 잘생긴 너머에 퍼지는 깊음 품위 우아함. 인사를 하며 최고였다고 멋지다고 응원을 보내니 더욱 멋진 미소로 인사를 합니다. 역시 멋진 배우는 인격도 멋집니다. 대한민국 예술공연 미래는 밝습니다.

⑪ 미야코에게 온 편지

엄마, 아빠, 예진, 오빠, 여러분 모두 건강하시길 바랍니다. 저는 한국에서 유학한지 8년이 지났고, 마지막으로 여러분을 본 지 2년이 지났습니다.

모두 건강하신가요?

이번 기회에 한국어로 편지를 쓰네요. 제 친구가 번역을 도와주었어요. 제가 한국어를 잘 못 해서 이렇게 부탁을 하게 되었습니다.

한국에서 유학을 결정했을 때, 한국어와 문화에 대해 더 알고 싶었지만, 그렇게 멋진 추억을 만들고 가족도 얻게 될 줄은 몰랐습니다.

처음 도착한 날부터 여러분께서는 저를 열린 마음으로 환영해 주셨고, 한국어나 한국 문화를 이해하지 못해도 매우 사랑과 인내심을 보여주셨습니다.

같은 프로그램의 다른 호스트 가족들과 비교했을 때도, 누구나 여러분 가족이 정말 좋은 시간을 보낼 수 있도록 최선을 다해주셨다며 부러움을 토로했습니다. 그때 충분히 감사의 말씀을 전하지 못한 것 같아 아쉽습니다. 그때는 아직 어리고 미성숙했지만, 지금이라면 그 추억을 되돌려 다시 한번 감사의 마음을 전하고 싶습니다. 조금 방자하고 미성숙한 아이였지만, 여러분은 저를 위해 성경공부를 가르쳐주시고 교회 친구들을 소개해 주셨습니다.

여러 군데를 여행 계획을 세워주시고 한국요리도 가르쳐주셨습니다.

그중에서도 가장 좋았던 추억은 시골 마을에 가서 여러분과 사진을 찍고 여러분의 촌장님들을 만나서 함께 해삼을 먹었던 것입니다. 그리고 여러분이 해삼을 먹으라고 속여 먹인 일도 기억합니다. 처음에는 놀랐지만 맛있었습니다.

이것들이 제가 당신들 가족의 일원으로 느끼게 해 준 추억입니다. 언어 장벽이 있음에도 불구하고 여전히 연락할 수 있다는 것이 너무나 행복합니다.

우리의 감정과 연결이 절대 사라지지 않을 것을 알고, 멀리 떨어져 있지만 우리는 마음으로 계속 연결될 수 있기를 바랍니다.
제가 여러분을 너무 사랑합니다. 새해 복 많이 받으세요!
사랑해요, 미야코

12 딸의 사고

독학 2년. 휴학 2년. 편입대학 2년. 합 6년을 마치고 졸업하는 딸.
졸업식 하루 전 회사에서 물품 정리를 하다 손을 다쳐 응급수술을
받는다고 연락이 옵니다. 졸업식을 마치고 떠나기로 한 2박 3일 가
족 여행 전날.

퇴근 후 바로 병원으로 갑니다.

수술 후 회복시간이 지나 늦은 저녁 식사를 하는 딸은 나를 보고 첫
마디가 "밥 한 공기 리필요." 입맛이 돌고 음식도 맛있다고 하니 웃
음이 납니다. 딸이 주문하는 음료를 사다 줍니다. 직장 선배님이 응
급처치부터 두 군데 병원을 데리고 다니고 수술할 때도 옆에서 다
지켜보고 고생 많이 했다며 너무 고마웠다고 합니다.

식사 후 기운을 차리고 회사 선배들께 인사 전화를 하는 딸은 마취
주사로 인한 통증과 긴장이 풀리며 몸이 아파옵니다. 딸의 소식을
듣고 '좋은 일이 생기려다 보다' 좋은 생각을 선택합니다.

수술 전 과정 동안 너무 무섭고 아파서 엄마의 반대에도 반드시 하

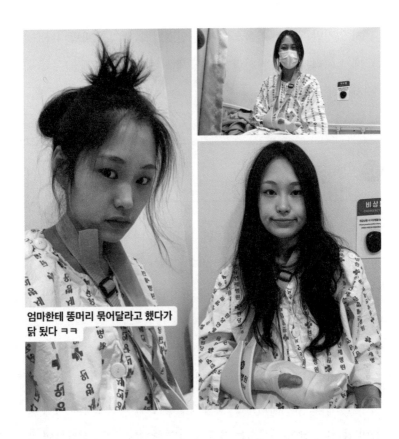

엄마한테 똥머리 묶어달라고 했다가
닭 됐다 ㅋㅋ

려던 안면 윤곽 수술은 안 하겠답니다. 오른손을 다쳐서 회사 일도
생활에도 어려움이 있겠지만, 발이 다친 건 아니니 졸업식도 여행
도 갈 수 있어 감사합니다. 회복될 때까지 딸의 시중을 들어야 하고
요구사항이 많은 딸은 더 많은 요구를 하지만 득이 되는 게 더 많을
거라고 긍정 선택을 하는 오늘입니다.

13 딸의 졸업식

푸른색 보라색 계열의 꽃을 좋아하는 딸

딸이 좋아하는 것을 보면 신비롭습니다.

좋아하는 것을 잘 선택하는 딸

하고 싶은 건 꼭 하는 딸

활화산 같은 나의 딸

내 안에 잠재된 나겠지요.

나를 더욱 나 되게 하려고 나타난 딸.

거친 호흡이 올라올 때마다 호흡을 가다듬습니다.

때로는 아들이 중재하고 대부분 남편이 관여합니다.

아빠는 5살 아기를 달래듯 하고 오빠는 나이답게 행동하게 가르칩니다.

여전히 혀 짧은 소리로 응석을 부리는 우리 집 막둥이.

학사편입 시험으로 인서울 명문대 8군데 1차 합격을 했으나 서류를 잘못 보내는 실수로 모두 불합격 위기에 있을 때 외대와 숙대는 서류 마감 전날 오빠가 직접 달려가 서류를 내서 최종 합격했지요. 그 당시에도 몸이 너무 아파서 비몽사몽간에 시험을 치렀었죠. 아빠가 데려다주고 데리고 와 가며...

아픈 딸은 어느 한 문턱도 쉽게 되지 않고 죽을 둥 살 둥 하며 힘겹게 고비를 넘고 넘습니다. 앞으로 경험할 신비한 세상은 또 어떤 모습으로 넘어갈지. 보는 사람도 가는 사람도 숨이 넘어가듯 넘어가던 지난날과는 다르게 평탄하길 바라면 욕심일까요. 될 때까지 하면 못 이룰 꿈은 없지요. 잘하리라 잘 되리라 믿습니다.

나의 졸업식을 추억합니다. 막내딸의 졸업을 위해 시골에서 상경하신 부모님은 처음 대면하는 막내딸의 남자 친구가 마음에 들지 않습니다. 그런 아빠에게 남편은 양복 정장을 선물합니다. 옷을 좋아하는 멋쟁이 아빠는 그 양복이 아주 맘에 드셨고 결혼 후에도 막내사위가 선물하는 옷은 모두 흡족해하셨지요. 몇 백 명 졸업생 중에우리 수정이가 젤 예쁘고 눈에 들어왔다는 부모님처럼 제 눈에도딸이 가장 예쁘지만, 블루 계열 졸업가운에 하얀 리본을 한 우리 따님들 하나같이 귀하고 귀합니다. 교정과 길가에 온통 블루 꽃이 만발합니다.

여러 번 다시 다시 써오라고 하신 교수님께서 꼭 안아주시며 축하해주십니다. 까다롭게 지도해주셔서 한 단계 더 성장하여 어려움을극복하게 해주신 교수님께 감사드립니다. ALP 살아가기 수련을 하며 스승님께서 불 지펴주셔서 논문도 졸업도 취업도 합니다.

독립하라는 말씀은 진행 중인데 결혼으로 독립하겠다는 야망을 품기도 하는 딸.

이미 잘 되어있는 딸의 독립과 결혼을 여유롭게 호흡하며 바라봅니다.

조각난 뼈와 끊어진 심줄 봉합 수술을 받은 오른손이 잘 버텨주어고마운 오늘입니다.

세찬 바람이 붑니다. 파도가 출렁거립니다. 뒤를 보면 물보라를 일으키며 뱃길이 열립니다. 그 뒤를 따라 갈매기가 날개짓 하며 따라옵니다.

삶이고 인생입니다. 거친 파도와 맞서서 나아갑니다. 추위와 더위도 견뎌냅니다.

갈매기 똥도 떨어집니다. 바다 물살과 염분에 피부도 거칠어지고 그을립니다.

항해하는 동안은 견뎌야 합니다. 누려야 합니다. 배를 타고 바다 위를 걷습니다.

파도가 거칠어도 태양 빛이 뜨거워도 고독하거나 불협화음이 일어나도 그대로 받습니다.

저 멀리 번쩍이는 유람선에서 바다 위로 폭죽을 터트립니다.

알록달록 불빛들이 어두운 밤하늘에 불꽃 향연을 펼칩니다.

작년 1월 제주 여행 이후 가족 여행.

성인이 된 아이들에게도 독립심과 책임감을 갖게 하려고 작년 6월부터 가족회비를 제안합니다. 매월 각자 5만 원씩 가족회비를 모으다 보니 여행비로 쓰기에 충분한 목돈이 생깁니다. 딸의 졸업을 축

하하고 독립을 격려하며 여행
을 계획합니다.

딸이 주인공인 이번 여행은
딸이 원하는 코스로 계획하고
예약을 합니다.

2박 3일 여수여행. 계획에 없
던 사고가 있었지만 진행할
수 있어 감사합니다.

남편의 사고로 인한 휴직과 3
월 재취업과 다사다난했던 가족의 이야기를 감사로 꽃 피운 일기
안에 우리의 여정이 있습니다. 변화되는 과정이 있습니다.

나의 작품을 만들어갑니다. 넘어지면 다시 일어나고 실수하면 다시
고쳐가며 나를 나 되어가게 나의 소망이 꽃피우고 열매 맺기를 될

때까지 해 나아갑니다. 계획에 없던 사고도 만납니다. 예상치 못한 변수도 생기고 기대하지 않은 행운도 만납니다. 모두 경험할 수 있어 다채롭고 눈 깜짝할 사이에 지나가는 신기루입니다. 오늘도 깨어납니다. 입을 막고 귀를 엽니다. 토닥거리면서도 다시 손잡는 인생입니다.

오늘의 항해를 마치고 잠잘 수 있어 감사하고 오늘 깨어나 살아감에 감사합니다.

15 예술의 섬 장도

장범준의 노래로 더 유명한 여수 밤바다.

딸의 응급수술과 이른 퇴원 졸업 다시 병원에서 물리치료를 한 후에 여수로 향하여 깜깜한 밤에 도착한 여수 밤바다. 세찬 바닷바람과 야경이 우리를 반겨줍니다.

금강산도 식후경이라 낭만포차에서 문어 삼합 낙지호롱이 문어 숙회를 시작으로 전라도 손맛에 감동받습니다. 하멜등대의 빨간 불빛 따라 바람을 가로질러 걸으며 한 손으로도 거침없이 촬영을 강행하는 딸입니다.

어반 스테이에서의 첫 꿀잠을 자고 향일암에 오르며 불경을 마주합니다. 입을 막고 귀를 열고 해탈의 문을 지나 자성하며 나를 만납니다. 내리막길에 갓김치와 감태 오란다 한과 약과 돼지감자칩을 시식하고 구입합니다. 장어구이와 장어탕으로 든든히 속을 채우고 여수 예술랜드에서 경노현 작가님의 작품전을 만납니다. 나눔과 섬김 인간과 동물과 자연 오방색으로 표현하신 우주안의 조화로움 색과 빛을 만납니다. 경이로움 황홀감 신비감. 신을 만납니다.

만성리 검은 모래를 밟으니 발바닥 전체를 꼭꼭 마사지해주는 모래와 발의 압력으로 강렬한 시원함을 느낍니다. 핫도그 맛집을 발견한 딸이 먹어보고 오빠에게 건네고 아들은 아빠 엄마에게 건넵니다. 따뜻함과 바삭함 촉촉함이 고맙습니다.
늦은 밤에 도착해서 눈에 넣지 못했던 여수 해양공원에 다시 나타납니다.
여수의 특제 간식은 놓칠 수 없으니 줄을 서서라도 맛봅니다.(쑥 옥수수 딸기 아이스크림 쑥 파이 교황빵과 딸기모찌) 여수의 별미에 미각도 시각도 행복해지는 소리를 냅니다.

오동도 유람선에 올라 검은 바다를 몸으로 만납니다. 바다 위를 날아갑니다.
불꽃 축제를 마주하러 모든 승객들이 선상으로 나갑니다. 가족들도 창문을 두드리며 나오라고 손짓합니다. 바닷바람을 많이 쐬고 들어

오니 몸이 이제 됐다 신호를 보냅니다.

배 안을 둘러보다 시선이 조종실에 머뭅니다. 조심스레 얼굴을 내
밀고 선장님께 인사하고 불꽃놀이를 조종실 안에서 봐도 되겠는지
여쭈니 기계는 만지지 말고 왼편 자리에 앉아서 보라고 허락해 주
십니다. 선장님 최고! 감사 인사를 하고 조정석 옆자리에 앉아 불꽃
의 향연에 소리 없는 함성을 지릅니다.

아들의 강력추천으로 선어회와 서대회 무침을 주문합니다. 밑반찬
으로도 이미 포만감을 느낀 후에 선어회가 나옵니다. 사장님의 친
절한 시식 설명에 따라 생 김 위에 묵은 김치 회 양념장을 가지런히
올려 첫 입맞춤에 가족 모두 두 손을 들고 동그란 눈으로 감동을 나
눕니다. 세상에 이런 맛이 숙성 회의 묘미를 느낍니다. 전라도의 인
심 친절 맛에 감동하며 깨끗이 비운 그릇을 차곡차곡 쌓아놓고 감
사 인사를 서너번 합니다. 이렇게 팔아서 수지가 맞을까 싶습니다.
여수에서의 마지막 밤이 흐릅니다. 예술의 섬 장도에서 남해의 매
력에 푹 빠져봅니다. 여수는 자연과 인간의 조화로움이 탄생시킨
낮 밤이 아름다운 도시입니다.
계획된 일정대로 움직이자는 딸의 재촉에도 발길이 머문 색의 세계
를 만납니다.
강운 작가님의 파랑 전시회 [일 획 속 섬] 작품에 대한 질문이 올라
옵니다. 심취해 있는 나를 보고 다가와 작품 설명과 작품이 만들어

진 여정과 기법을 들려주십니다. 작가님 내면의 울림이 전해지며 촉촉해집니다.

늦은 점심 방문한 식당은 웨이팅 105명. 3시간을 기다릴 수 없어서 선택한 서울 뚝배기는 단출하지만, 뚝배기에 담긴 정성 인심도 맛도 감동인데 밑반찬도 훌륭한 착한 가격 착한 식당 착한 주인을 만납니다. 역시 감사의 마음 담아 빈 그릇 포개 정리합니다.

여수를 떠나기 전 벽화마을을 걸으며 이순신 장군님의 숨결도 느껴

보고 뭉클해집니다. 거침없이 하이킥 딸은 한 손으로 자전거를 타고 해양도로를 달립니다.

여수여 안녕히 좋은 기억 추억 듬뿍 받고 나 떠나요.
이 나라를 여수를 지켜주신 조상님들께 감사 인사를 드립니다.
여수의 색 빛 예술인의 숨결 흠뻑 느끼고 나 떠나요.
매화가 수줍게 피어납니다. 꽃과 구름 맑은 하늘의 조화로움에 뭉클합니다
봄이 옴을 보옵니다. 고마운 개화입니다. 운전대를 잡은 아들은 아빠가 그랬던 것처럼 가족들이 편안히 잠을 자는 동안 고속도로를 유유히 달립니다.

16 소박하지만 원대한 꿈

처음으로 남편에게 받은 목걸이 세트 중, 딸의 실수로 버려진 목걸이 줄을 팬던트만 덩그러니 남아 목걸이를 사용할 수 없게 되었지요. 저러다 팬던트마저 사용가치를 잃겠다 싶어 생명력을 불어넣어주기로 결심합니다.
17년 전 출판사 국장님께 상금으로 받은 반돈 짜리 회사 로고가 그려진 금 배지를 간직하고 있었지요. 그 금배지를 마중물로 목걸이

줄을 장만하기로 합니다. 마침 동료 교사의 남편분이 보석세공사셔서 선생님께 의뢰합니다. 30년 이상 세공 일을 하셨으니 장인이시지요. 워낙 꼼꼼하신 성격이라 별다른 주문사항 없이 맡깁니다.

선생님 또한 저를 특별히 사랑하셔서 계절별로 가방을 직접 짜서 선물로 주시기도 하고 만날 때마다 항상 본인이 밥을 사겠다고 먼저 나서는 분이시죠. 길에서 잠시 만나 몇 마디 나누고 헤어질 때도 음료를 가지고 와서 제 손에 주고 가야 직성이 풀리는 착한 분이지요.

3일 지나 완성됐다는 연락을 받습니다. 한시라도 빨리 전해주고 싶었는지 저의 퇴근 시간에 맞춰 집 앞으로 와주십니다. 18k 목걸이 줄과 끊어진 팬던트를 수리해주시고, 딸과 저의 머리끈도 선물해주십니다. 만날 때마다 뭐라도 줘야 직성이 풀리는 게 맞습니다.

어린이집 근무로 피곤할 텐데도 격주로 부모님 댁에 가서 식사 준비를 하시고 시댁일과 성당 일로 바쁜 와중에 언제 머리끈을 준비하셨는지 마음 씀씀이도 천 개 만개입니다. 목걸이 줄을 주문하면서 인사로 감사일기를 전송해 드렸는데 읽으시며 감동 받은 소감을 나누어주십니다. 한참을 길에 서서 헤어지지 않고 선생님의 소감을 듣습니다. 제가 더 감사가 됩니다. 저의 일기를 통해 새롭게 일기를 쓰게 되었다는 분, 글쓰기를 하고 싶어졌다는 분, 본인도 감사일기를 쓰게 되었다는 분 등 일상에서 감사를 발견하고 행복을 느낀다는 분들의 이야기를 듣습니다.

어쩌면 평범한 우리 가족의 우당탕탕 요란한 듯 꾸밈없이 써 내려 가는 이야기에 위로를 받으시는 걸까요? 아니면 제 마음이 전달되는 것일까요?

화려하지 않아도 부유하지 않아도 뛰어나지 않아도 괜찮습니다.

나로 시작한 감사가 널리 퍼져 누군가 저처럼 다시 살아나고 모든 사람이 감사로 생의 기쁨을 발견하고 누리며 살아가게 된다면 이보다 더 좋은 일이 어디 있을까요?

오늘도 소박하지만 원대한 꿈을 꾸어봅니다.

17 배울 수 있어 고마운 오늘

청명님 북극성님 행복님 궁전님이 만나는 장이 열립니다. 북극성님이 새집으로 이사를 하여 초대합니다.

몸 공부를 시작하며 몸을 살리는 음식을 먹어야겠다는 마음으로 족발 과일 견과류에 전통주를 곁들여 친구들의 조촐한 파티가 시작됩니다.

지식에 목마르고 친구가 그리워 Alp를 찾은 청명님.

사랑하는 아내와의 이별, 네 번의 사업 흥망성쇠를 경험하며 풀어야 할 문제였던 삶을 Alp를 통해 경험해야 할 신비한 삶으로 만들어가는 행복님.

우리들의 하티 선배 북극성님.

남편과의 결별을 결심했으나, 29년 만에 재회한 스승님을 만나 가정을 지키며 결별 대신 삶과 연애를 선택한 궁전님.

이렇게 우리는 갈망하는 그것을 찾고 소중한 그것을 지키고 누리며 살아가고 있습니다.

마음 나눔이 시작됩니다. 올라오는 질문을 하고 피드백을 듣습니다. 친구들 마음속 깊은 옹달샘도 들여다봅니다. 분위기가 가라앉을 때쯤 어깨를 들썩이며 등장하는 행복님의 구수한 입담에 어깨춤이 파도를 탑니다. 비난도, 판단도, 가르치려 하지도 않습니다. 듣고 느끼고 말하고 깨닫습니다. 이런 만남이 좋습니다.

과일을 넣으려고 냉장고를 열어보니 김치통과 얼핏 봐도 한눈에 들

어오는 서 너가지 재료로 비움과 채움이 조화로웠습니다. 식사 외에는 군것질을 안 한다고 들었는데 참말이었지요. 섭생을 잘 실천하고 건강을 챙기는 삶을 배웁니다.

친구들과 갯골생태공원에서 맨발 걷기를 하던 중 동료 교사 부친의 부고를 받습니다. 오늘도 다정한 남편은 시흥 갯골생태공원으로 나를 데리러 와주었고 장례식장에서도 기다려주었지요. 장례식장에 들어서니 선생님의 눈과 마주칩니다. 눈가가 촉촉해지고 울먹이며 인사를 건네는 나에게 선생님은 미소 띤 얼굴로 "우리는 괜찮아요."라며 편안히 잘 가셨다고 도리어 나를 안심시킵니다. 바쁜데 어떻게 왔냐며 연신 고마운 말을 합니다. 나의 교사 생활과 인생 수업에서 만난 사람 중 후덕한 마음씨를 가진 선생님이기에 부고 소식을 듣고 한걸음에 달려갔지요.

보육 현장에서 일어나는 사건, 사고, 황당한 부모나 갑작스러운 사태에도 선생님의 말과 대응에 매번 나는 감동합니다. 제일 먼저 등원해서 제일 늦게 하원하는 아기를 데려가며 인사 없이 쌩하니 사라지는 학부모에게 서운한 마음을 비추는 교사에게는 "표현이 서툴러서 그렇지 고마운 마음은 있겠지요."
정시에 퇴근하는 교사에게 잘 가라 인사하고 본인은 남아서 일보며 혼자 하원 지도하느라 바쁜 교사를 말없이 도와주는 선생님은 퇴근이 늦어지더라도 아이들이 하원 한 후에 화장실 청소를 합니다. 아이들 먹을 것 챙겨주고 다 먹인 후에 식사합니다. 아이의 투정 섞인 울음에 힘든 내색 없이 아이의 마음과 상황을 살피고 맞춰주는 선생님은 말없이 주변을 살피고 도울 일을 찾아서 해줍니다.

어떤 부모님과 어떤 세월을 살았기에 저리도 후덕한 걸까?
영정 사진 속 아버지를 뵈니 역시 평온하고 인자하신 미소가 선생님과 닮았습니다. 암 진단 후 입원하셨는데 급성으로 퍼지며 고생 많이 안 하시고 자식들 고생하지 않게 5일 만에 돌아가셨다며 호상이라고 합니다.
어떤 상황에서도 서두르거나 조급하지 않고 의연하게 대처하는 선생님의 모습은 늘 저에게 교훈이 됩니다. 선생님을 만난 것은 배움의 기회입니다.
삶을 배웁니다. 배려와 여유를 배웁니다. 배울 수 있어 고마운 오늘입니다.

18 딸에게 삶을 배웁니다

참았던 말이 술술 나옵니다. 불평불만 하소연 모두 쏟아냅니다. 그의 마음이 되었다가 그의 말을 듣는 그가 되어 봅니다. 다 쏟아내고

시끄러운 속이 맑아진 나를 봅니다. 듣는 그와 말하는 그가 만든 합
작품입니다. 오늘은 딸에게 삶을 배웁니다.

1차 강연은 아빠에게 쏟아집니다. 얼핏 들어도 맞는 말만 합니다.

2차 강연이 시작됩니다. 나를 뒤돌아보게 하고 나보다 나은 딸을 만납니다.

자식 자랑은 하는 게 아니랍니다. 도전하지 않고 노력하지 않으면서 자리에 머물러 안주하면 안 된다며 항상 겸손해야 하고 정상에 올랐더라도 겸손히 자기를 드러내지 않아야 하며 거만한 모습이 나오지 않도록 주머니를 꿰매야 한답니다. 자기 일에 애정을 가지고 일해야 하고 에너지가 나오는 일을 선택해야 한다고 합니다. 맞는 말만 쏟아냅니다.

한 손으로 방 정리, 샤워 등 자기 일을 하는 딸이 고맙습니다.

실패할 것에 대한 두려움으로 '이번 생이 아니더라도 천국 가서 잘 살면 돼' 했던 생각이 자기 발목을 잡았다고 합니다. 성공한 사람들이 하는 공통적인 말과 Alp에서 하는 말이 같다며 그들은 이미 진리를 알고 있는 거라고 합니다. 지나온 10년을 돌아보니 헛되게 살았다며 앞으로 20년은 헛되이 살지 않겠다고 다짐합니다. 영웅을 영화와 뮤지컬로 반복해서 보고 깨달은 것을 술술 풀어냅니다.

자녀에게 배웁니다. 가슴 뛰는 일을 하겠다고 선포하는 딸을 응원하는 오늘입니다. 감사가 감사를 낳는 오늘입니다.

뒤뚱거리며
다섯 걸음

01 글씨 학교 첫걸음

첫 발걸음 옮깁니다. 뭘 입어도 어색합니다.

코흘리개 초등학교 입학하듯 손수건 챙기고 나갑니다.

비우고 배움으로 수놓을 하얀 종이 되어 갑니다.

점을 만나고 선을 따라갑니다.

하나의 점이 모여 선이 됩니다. 내가 모여 우리가 되듯이.

함께 식사하자고 손 내미시는 선생님과 선배님들 따라 비빔밥을 먹습니다.

글씨로 만나는 인연들과 글씨로 펼쳐질 나와 우리의 이야기

점과 선만 그렸을 뿐인데 온 세상이 글씨 세상입니다.

선배님들의 기운 팍팍 받으며 새내기의 싹을 피워봅니다.

배움 시작! 아 신비한 세상이여! 이런 내가 참 좋습니다.

02 그냥 성의껏 해요

"안녕하세요. 감사합니다. 여사님."

"안녕하세요. 어서 오세요. 예쁜 선생님."

"반짝반짝하네요. 여사님 덕분에 원이 빛이 나요."

"제가 잘할 줄 몰라서 그냥 성의껏 해요."

출근하며 마주하는 시니어 여사님과의 첫인사입니다. 여사님께서 오시면서 1층부터 3층까지 계단청소와 3층 화장실, 교사실 청소를 담당해주시니 교사들의 업무가 줄어서 저희는 참 고마운 일이지요. 여사님도 우울한 일상을 보내던 중, 후배에게 시니어 일자리 소개를 받아서 봉사하는 마음으로 생전 안 해본 일을 하고 있는데, 아기들 보니 너무 좋고 원장님도 선생님들도 친절하셔서 너무 즐겁고 잠도 잘 주무신다고 하십니다.

저를 볼 때면 "선생님 옷 색감이 예사롭지 않아요. 참 예뻐요. 제일 예뻐요. 선생님이 제일 편해요." 하시며 마음을 나누어 주십니다.

바쁜 일정 속에 여사님과 긴 이야기는 나눌 수 없어서 스칠 때마다 가벼운 인사만 나누었는데 오늘은 교실 창 너머로 미소짓는 여사님을 들어오시라고 했지요. 여사님의 남편도 공무원으로 정년퇴직하시고 고향마을에 내려가 작은 신문사를 운영하신다고 합니다. 여사님 살아오신 이야기도 듣고 말씀 중간중간 눈가가 촉촉해지시며 하나님께 너무 많은 복을 받고 누리며 살았다며 이제 받은 은혜를 다른 사람을 위해 나누고 봉사하며 살아야겠다고 하십니다. 처음 해보는 청소 일을 하시며 너무 행복해하시고 일할 수 있어서 감사하고 어떻게 하는 건지 몰라도 성심성의껏 하신다고 하십니다. 어느날은 장갑을 끼고 하셔도 되는데 맨손으로 계단 걸레질을 하는 모습에 밀대로 하셔도 된다고 말씀드렸었는데 이제야 알아차립니다.

'어떻게 해야 하는지 몰라서 성심성의껏 하셨던 거구나'

작은 체구에 작고 여린 음성으로 어찌나 조심히 말씀하시는지 눈가
가 촉촉해지고 고개를 끄덕이며 공감했지요.

아! 이렇게 되는 거구나! 삶이란 이런 거구나! 성심성의껏.

오늘 만나는 사람, 오늘 만나는 일, 오늘 나타난 곳에서 성심성의를
다하면 나는 너를 너는 우리를 감동하게 한다는 것을 삶을 통해 배
우는 오늘입니다.

---

03 찢어진 책은 나에게 오라

글보다 그림을 먼저 만나는 아이들에게 그림책은 세상 놀이터

상상이 펼쳐지는 세상, 상상 그 이상의 세상, 기본 생활 인성 교육
을 하는 세상...

아이들에게 책을 읽어줄까? 물으니 놀이하던 놀잇감을 후다닥 정
리하고 반짝이는 눈 대동하여 곱게 모여듭니다. 자유 놀이보다 그
림책 읽어주는 마당을 더 좋아하는 아이들은 저마다 책을 한 권씩
내밀고 자기가 고른 책이 앞에 오도록 자리다툼을 합니다. 모두 읽
어주겠노라 안심시키고 한 권을 잡아듭니다.

눈은 반짝 귀는 쫑긋 잘 듣고 합니다. 잘 보고 합니다. 소리 내어 질

문합니다.

선택한 책을 모두 읽어주고 소감을 나누기도 하고 질문을 하기도 합니다.

마무리는 아픈 책을 치료합니다. 찢어진 책을 찾아서 테이프로 붙여줍니다.

선생님의 응급처치로 재생되는 책을 보며 아이들도 살그머니 테이프에 손을 대고 살짝 뜯어 상처 난 책에 붙여줍니다. 용감한 친구를 뒤따라 간호사들이 줄을 섭니다. 테이프를 뜯어주는 아이, 찢어진 부분을 펼쳐 주는 아이, 책장에서 상처 난 책을 찾아 줄을 세우는 아이들로 하모니를 이루어 순식간에 책 병원이 됩니다.

각자 위치에서 수술대에 오른 책들을 치료해 주는 우리는 책 치료사입니다.

일주일이 멀다 하고 놀이처럼 확장되는 책 병원 놀이로 우리 아이들이 책을 즐겨 보고 소중히 여기는 마음을 키우게 되니 감사한 일입니다.

아이들은 책 읽어주는 것을 좋아합니다. 우리 아이들과 책을 읽읍시다.

04 感을 알아차립니다

나를 이해하고 상대에게 표현하는 공감

내가 배우고 느낀 것을 상대에게 알리는 소감

음식 맛을 통해 행복을 느끼는 미감

악기의 선율에 몸과 영혼이 춤추는 음감

사랑의 불꽃이 타오를 때의 성감

우주 안에 충만한 나를 마주하는 황홀감

나를 알아차리는 영감

나눌수록 기쁨이 커지는 정감

적절하게 상황을 해결해 나갈 수 있는 신념을 주는 효능감

꽉 막힘을 뚫고 나와 시원함을 느끼는 쾌감

외부의 자극으로 나를 보호하게도 하고 무아지경에 빠지게도
하는 촉감

감각을 알아차리는 말초 자극 오감

가난 무지 게으름의 근본인 나약을 미워하는 혐오감

강도 높은 활동이나 일을 했을 때의 피로감

목표를 향해 정진하여 장애를 극복하고 통과할 때의 성취감

이런 모든 감각을 느끼고 알아차림에 감사하는 오늘입니다.

눈을 감고 천천히 몸의 감각을 느끼고 들숨 날숨 알아차리며 절을
올립니다.

방향감을 잃고 왼쪽으로 치우쳐 있는 그를 봅니다.

잠시 육신의 눈을 감았을 뿐인데 제자리에 있지 못하고 중심을 잃
습니다.

영혼의 눈을 감고 살아온 인생이야 오죽할까요?

눈뜨면 비로소 마주하는 삶 다시 찾은 광명

오늘 새롭게 감각을 알아차리고 주님을 영접합니다.

나의 주그리스도 하늘에는 영광 땅에는 평화 사람에게는 기쁨.

---

05 제약도 제한도 없는 분을 만납니다

글과 씨를 자유롭게 표현하십니다. 글씨로 사람을 만나고 그 사람
과의 만남이 좋고 소통하는 것이 좋으셔서, 기초부터 제대로 가르
치시고자 학교를 세우셨지요.

권위도 없이 있으시고 위엄도 없이 있으시고 무게도 없이 있으시
고 날아갈 듯 진득하십니다. 감히 꿈꾸지 못한 글씨를 시연해주십
니다.

지난주에 써 주신 글씨는 거실 정면에 붙여 놓고 오가며 읽자고 가
족에게 말합니다.

59년을 자신이 너무 싫었던 남편이 글씨를 읽으며 "내가 참 좋다"라고 합니다.

반복해서 읽다 보니 자신이 참 좋아지더랍니다. 어두운 낯빛이 밝아졌습니다.

글씨가 말을 바꾸고 마음을 바꾸고 삶을 바꾸고 인생을 바꿉니다.

을 읽을 때마다 써주신 스승님께 감사한 마음이 올라옵니다. 나도 써봅니다.

오늘도 가족 예명 선물 받고 사주시는 밥 잘 먹고 나눠주신 철학 잘 듣고 돌아옵니다.

내 생애 처음인 오늘 귀하고 귀한 날입니다. 글씨를 쓰며 심력과 지력이 커집니다

06 제자 입문 24기 하티를 시작하며

나는 나의 삶의 질을 향상하기 위해 하티에 지원합니다. 소리 내어 알리며 도반님들께 온라인서명을 받습니다. 여러 일정과 바쁘신 중에 다양한 소리로 응원해 주신 도반님들께 감사합니다.

"봄날 꽃 피듯 활짝 피어나세요."

"선생님이 하시는 모든 일을 응원합니다. 늘 행복하시고 즐겁게 새로운 일을 하셔서 너무 좋아 보이세요."

"선생님이 하시는 하티 응원합니다."

"선생님 항상 열심히 하시는 모습 존경해용! 화이팅 하세용!"

"선생님!! 늘 먼저 친구들 생각해 주셔서 감사해요. 함께 해서 감사하고 늘 저희를 도와주셔서도 감사해요. 응원하고 응원합니다."

"선생님의 도전을 응원할게요. 항상 파이팅 하시길 바랍니다."

"선생님의 삶을 응원합니다. 아가들 도와주셔서 힘이 됩니다. 파이팅!!"

"선생님! 항상 밝은 미소로 일하시는 모습 보기 좋습니다."

"선생님께서 하시는 모든 일을 응원합니다."

"항상 도전하는 모습이 아름답습니다."

"해맑고 밝은 모습이 너무 보기 좋습니다. 늘 긍정적이고, 바른 모습, 도전하는 모습, 격려와 응원합니다."

"멋진 삶을 누리는 선생님 파이팅!!" 하티 응원 릴레이에 새 기운 받습니다.

새 학기 3월 어느 날 새롭게 변화될 나를 위해 도전합니다.

도전하는 나를 응원해 주는 모든 나님들에게 감사합니다.

"무엇이든 내가 하는 일을 응원한다."는 격려의 말에 힘이 납니다.

"꽃 피듯 활짝 피어나라." 는 축복의 말이 고맙습니다.

처음 가는 길을 가려 합니다. 두렵기도 하고 설레기도 합니다. 과제마다 의도가 깃들어 있으리라 생각하며 스스로에게 용기주며 찾고 찾고 찾아서 묻고 묻고 물어서 걸어가려 합니다. 오늘도 체력 심력 지력을 훈련하고 나를 일으킵니다.

오늘도 함께 하는 도반님들과 깨우쳐주시는 스승님 계셔서 든든합니다.

고맙습니다. 사랑하고 사랑받습니다.

만난 적은 없지만, 마음으로 지지와 응원해 주시는 분, 최고의 선택을 지지하며 축하해 주시는 분, ALP에 와서 왕의 삶을 사는 궁전을 응원하시는 분, 수련을 통해 경이로운 삶, 더욱 풍성한 삶을 살기를 응원하는 글 등, 하티로 따로 또 같이 배워가게 될 남편과 동기들에게 감사가 올라옵니다.

하티는 ALP에서 남편이 처음으로 선택한 수련입니다.

본인의 선택인 만큼 잘 해내리라 믿으며 진심으로 응원합니다.

축복의 길로 인도해 주신 스승님 산파님께 감사드립니다.

07 가족이 뭉칩니다

"오늘 모두 퇴근하시고 스테이크에 와인 한 잔 해요." 아들의 메세지입니다.

"엄마 몇 시에 퇴근하세요?" 딸의 음성입니다. 가족이 뭉칩니다.

문을 열자 아들이 굽는 스테이크 풍미와 딸이 자주 사용하는 천연

오일향이 풍깁니다. 귀가하자마자 첫 번째 코스는 샤워입니다. 어릴 때부터 아이들에게 가르친 습관입니다. 샤워를 하고 나온 나를 가족들이 기다립니다.

아들의 요리사랑은 언제나 탁월합니다. 수음 체질 아빠를 위한 비프스테이크와 토양 체질 엄마 동생을 위한 포크 스테이크와 와인 새콤달콤 딸기

가족을 위해 장을 봐온 아들이 만든 만찬에 산수유의 입담으로 분위기가 무르익습니다. 산수유는 느릅나무 차로 건배를 합니다. 술이 약한 아들과 남편은 와인 반 잔으로 충분합니다. 취기가 올라와도 기분 좋게 미소를 지으며 설거지를 합니다.

따뜻한 물에 깨끗이 씻겨지는 접시와 와인 잔이 사랑스럽습니다.

독립하라고 독립 선언문까지 써서 공지했건만 독립을 차일피일 미루는 사랑스런 아들 딸. 이런 화목한 행복감을 누릴 수 있는 오늘이 감사합니다.

때가 되어 독립하고 때가 되면 남편과 나만 남겠지요.

누릴 수 있을 때 누리렵니다. 오늘을 삽니다. 오늘 행복 오늘 감사 누립니다.

08 나의 스승이 딸의 스승이 되는 고맙고 신비한 삶

어릴 때부터 딸은 엄마와 많은 시간을 보내며 감정 취미 기쁨 슬픔 고통까지도 공유했지요. 친구가 생기면 늘 집으로 초대를 했고 맛있는 간식이나 식사를 준비해 주고 딸과 친구들이 행복해하는 모습을 보는 것이 낙이었지요. 딸의 일이라면 내 일처럼 아파하고 기뻐하고 애쓰고 견디면서요. 어느 부모나 그렇겠지만 저희 모녀는 좀 유별났지요. 딸이 좋아하는 건(사람이든 사물이든 취미든지)나도 덩달아 좋아하고 딸도 엄마가 좋아하는 것은 함께 좋아하며 궁금해했지요. 엄마 친구들 모임이나 회사에 따라갈 때면 어른들 사이에서 같은 시각으로 대화 나누는 것에 적극적이었고 노래를 부르거나 자기 소개하는 것도 신나게 잘하였고요.

어른들 사이에서 인기가 많았고 사랑받으며 자랐던 딸은 엄마가 50

넘어서 사귄 친구에게도 호감을 가집니다. 엄마의 친구를 자기도 친구처럼 대하고 진짜 친구 같다고 하네요.

친구님들이 딸에게 잘 대해주신 덕분이지요. 그리하여 53세 엄마와 27세 딸에게 공통 친구가 생겼지요.

스승님도 공통입니다. 한 스승님 아래 엄마와 딸이 인생을 배우고 삶을 배우며 같이 성장합니다. 그야말로 도반(같은 길 가는 친구)입니다. 무엇이든 마음 먹은 일은 꼭 해내는 딸이 오늘 바르고 참되게 살아가기로 마음 먹습니다.

딸이 찾은 오늘 새롭게 태어난 오늘을 응원합니다.

> **더하는 글** : 딸이 손 다친 것을 회사 선배님들은 자기들이 혼내서, 책상 위에 물건을 올려놔서, 예진이가 다친 거라며 너무 미안해 답니다. 선배님들이 혼내고 마음이 얼마나 힘들었을지 생각하니(혼내고 지적하는 맘이 더 힘들구나) 너무 고맙다며 글씨 연습하는 엄마에게 자기도 글씨 한번 써보겠다며 붓을 잡습니다.
>
> 왼손으로 선배님들께 고맙다며 써 내려가는 붓글씨가 명상하는 것처럼 마음이 고요해지고 차분해진다며 좋아합니다.

09 딸을 통해 배우는 오늘

얼마 전 딸의 요청으로 양 선생님이 오셨지요. 딸의 피부 발진 증상을 찾기 위해 피부에 사용하는 모든 화장 제품과 세안제를 꺼내놓습니다. 선생님의 진단으로 상 중 하로 나뉘고 딸에게 유해 한 화장 제품은 분류합니다. 최근에 구입 한 것, 개봉도 안 한 것, 고가의 제품도 미련 없이 버린답니다. 쇼핑백에 담겨 있던 색조화장품에 눈길이 갑니다. 피부성이 좋은 저에게는 별 반응을 일으키지 않아 살짝 발라봅니다. 화장 기술이 없지만, 색을 입히니 화사하고 생기가 돌아 나름 흐뭇합니다. 남편이 화장한 내 모습을 보고 한 마디 해주려나 했는데 눈치채지 못했는지 말이 없네요.

화장한 나를 알아봐 준 사람은 바로 4살 여자아이입니다. 평소처럼 겉옷을 벗겨주는 나에게 "예쁜 선생님 왜 화장했어요?" 나도 잊고 잊던 내 얼굴을 알아봐 주네요. 화장하니 어떠냐고 물어보니 예쁘답니다. 그날 이후로 매일 화장을 하고 출근하는데 오늘 아침 딸에게 딱 걸렸습니다. 엄마가 딸의 화장품으로 놀이를 하다 들켜서 혼이 납니다. 화장하는 법도 모르면서 바르고 있으니 전문가 눈에는 답답했겠지요. 마침 물리치료를 받고 출근한다며 자기에게 5분만 시간을 달라며 샤샤삭 색조화장을 해줍니다. 엄마 얼굴엔 어떤 색이 어울린다며 이런저런 말을 하는데 잘 들리지 않습니다. 이럴 때는 딸에게 꼼짝 못 하고 훈계를 듣습니다.

남편은 딸에게 꽉 잡혀있는 내가 걱정되는지 조금만 살살해 주라며 당부하고 출근합니다. 딸의 눈에는 엄마 얼굴에 해주고 싶은 게 너무 많겠지요.

속눈썹 펌을 해준다며 예약도 해줍니다. 앞으로 엄마 전담 메이컵 아티스트가 되겠다고 합니다. 머리 고대하는 하는 법도 가르쳐 줄 테니 배우라고 합니다.

딸을 통해 배우는 오늘은 색조가 과하다 싶은 내 얼굴이 낯설기도 하고 웃음이 납니다. 자꾸 화장한 내 얼굴을 들여다 봅니다.

---

⑩ 붕어빵 할아버지

늦가을부터 붕어빵 수레를 여시고 붕어빵을 파시던 할아버지는 정작 겨울이 되어 붕어빵의 계절이 시작되었는데 나타나지 않으셨고 수레는 천막에 덮힌 채 붕어빵 가격표만이 겨울바람을 견디고 있었죠. 버스정류장 옆길에 차려놓으신 붕어빵 수레를 볼 때마다 어디가 편찮으신 건 아닌지, 아니면 아예 누워서 거동이 어려우신지 궁금해하며 빈 수레를 보는 것이 익숙해졌는데, 오늘 어두컴컴한 퇴근길 침침한 내 시야에 꽃수레가 나타납니다. 할아버지의 붕어빵 수레가 꽃수레로 변신한 것이었지요. 할아버지는 살짝 다리를 뒤뚱거리며 종일 팔다 만 화분을 조심스럽게 상자에 담아 옮기고 계셨지요.

버스 시간을 보면서도 마음은 할아버지의 꽃에 머뭅니다. 몇 개나

팔고 가시는 걸까? 하나도 못 팔고 가시는 거면 어쩌나? 어쩐지 할
아버지의 둔탁한 걸음이 무거워 보입니다. 저 많은 꽃을 가져왔다
가져가는 발걸음 마음 걸음이 조금이나마 가벼워지시길 바라는 마
음으로 성큼 다가가 화분을 골랐지요. 화려하고 예쁜 꽃도 많았는
데 수줍게 봉오리 핀 꽃을 골랐네요. 엄마가 좋아하시던 치자꽃을
닮은 하얀 꽃과 여리 여리한 분홍빛 꽃.

남편과 나의 하티 축하 선물은 철쭉(제철에 친구와 어깨 동무하고 화려
하고 씩씩하게 피어나는 꽃)으로 선택합니다. 버스를 타고 집으로 향하
는 마음이 설레입니다. 남편에게 꽃 선물을 하기는 처음이네요.

딸의 보신을 위해 연포탕을 끓이는 남편에게 화분을 보여주며 당신과 나의 하티 축하 꽃이라고 합니다. 식사를 마치고 화분을 포장하는 나를 도와 남편은 함께 주름지를 재단하고 마무리해줍니다. 물님께서 선물해주신 수글수글 글씨이야기를 감싸주었던 주름지를 사용합니다. 그 또한 귀하게 쓰이고 싶었지요. 식탁을 정리하고 화분을 나란히 올려놓고 물님의 선물을 열어 봅니다. 감동이 흐릅니다. 늦게 귀가한 아들도 화분을 보고 예쁘다며 감탄의 말을 합니다. 그러면서 저에게도 "예쁘다 예쁘다." 볼 때마다 말해주라며 당부합니다. 그래야 더 예쁘게 핀다고요.

매일 조금씩 피어나 우리 가족에게 "예쁘다 예쁘다." 칭찬하게 해줄 고마운 꽃 선물입니다.

---

⑪ 세종대왕님 감사합니다

한글 쓰기를 시작합니다.

세종대왕님 한글을 창제하시고 지켜주신 조상님들께 감사합니다.

5, 6, 7살이 되어 글씨를 쓰는 친구들을 바라봅니다. 네모 상자안의 글씨가 춤을 춥니다. 연필 잡는 모습도 제각각, 친구의 손을 잡아주고 소리를 내며 쓰는 순서와 음을 말합니다. 얼마나 힘을 주고 빼는지 자세에 따라 마음에 따라 제각기 나를 나타내는 글씨 안에서 친

구들 모습과 나를 만납니다.

힘들지? 벅차지? 그래도 뿌듯하지? 이만큼 해낸 게 어딘가요?

칭찬해주고 가르쳐 주고 응원합니다. 친구들에게도 나에게도요.

적응기를 보내는 아기들과 힘에 부치는 한 주를 보내고 맞이한 휴일.

내일은 새벽부터 자정까지 하티 입학식 일정이 있고 오늘은 저녁에 손님맞이 식사 준비를 해야 하니 글씨 학교는 쉴까 살짝 고민했으나 힘들다고 쉬는 습관 들이지 않으려고 옮긴 발걸음. 역시 오길 잘했지요. 글씨는 글씨 학교에서 글씨 스승님께, 글 씨앗 친구들 사이에서 써야 제맛입니다. 오늘은 자음과 모음이 만나는 글씨를 써보는 첫날입니다. 그동안의 글씨 습관을 고쳐가며 스승님께 배운 대로 붓을 움직여 봅니다. 스치며 보셔도 제대로 보시고 다가와 나의 손놀림을 바로 잡아주십니다. 질문하지 않아도 마음속 아우성을 알아주시니 감사합니다. 한 주간 많이 연습하기로 다짐합니다.

졸업생 친구 창근이는 제가 글씨를 가르쳐준 이후로 저만 보면 "선생님 공부 많이 할게요. 사랑해요." 했었죠.

저도 같은 마음입니다. "글씨 연습 많이 하겠습니다. 사랑합니다. 스승님."

오늘도 수줍지만 용기내어 스승님께 글씨 부탁드리고 응원 축하 글을 받습니다.

써 내려가시는 글씨 나타나는 마음씨에 감동으로 촉촉해집니다.

우리 집 벽면에 스승님 글씨로 도배를 하더라도 매일 보고 소리 내어 말하고 듣고 음미하며 눈에 마음에 차곡차곡 새기겠습니다.

글씨 스승님의 건강과 안녕을 늘 기도합니다.

이제 시작하는 글씨 간격도 모양도 어설픈 글씨. 찾고 찾고 찾아서, 묻고 묻고 물어서 쓰고 읽고 들으며 나의 글씨 나의 바람을 실현하는 날까지 정진하는 나 되어갑니다.

---

12 사랑하는 조카 소영이에게

손주의 웃는 모습과 아기 때 조카의 웃는 모습이 떠올랐습니다. 그렇게 예쁘고 사랑스럽고 천진난만한 웃음을 가진 착한 아기(조카)가 아기를 낳고 엄마가 되고 그 아기(손주)가 자라 어린이집 문턱을 밟게 되었네요. 지후의 엄마 나의 첫 조카 소영에게 편지를 씁니다.

> 사랑하는 나의 조카 소영에게
> 이모는 오늘 지후의 웃음에서 아기 소영이를 보았네
> 너무도 예쁜 지후! 어쩜 이리 이쁘고 사랑스러운 아기가 왔을까!

보고 또 봐도 보고 싶다는 말
눈에서 꿀이 떨어진다는 말.
밥 안 먹어도 자식 입에 밥
들어가는 모습 보면 배가 부
르다는 말.
자식 아픈 것보다 내가 아픈
게 낫다는 말들이 모두 실감
나지?
소영이가 영민이보다 4개월
먼저 세상에 나타났을 때 이모는 세상 어느 아기 보다 네가 제일
예뻤고 너무 보고 싶어서 할머니 댁으로 달려가 너를 안고 많이
도 놀았지.

영민이가 태어나고 동생 돌보듯 내려다보는 4개월 된 아기 소
영이.

걸음마를 하면서 영민이가 탄 유모차를 밀어주던 모습도 기억
에 생생하구나.

여러 어려움도 많았지만
잘 자라주고 좋은 남편
만나서 예쁘게 가정 이
루며 살아가는 모습 정
말 고맙고 대견하구나!

우리 지후를 선물 받아 동시에 세 자매가 할머니가 되었고 나름 젊은 할머니 셋이 지후 하나를 보고 신나게 유모차에 태우고 낙엽 진 거리를 걸어 다니며 박장대소하던 모습도 감히 우리가 꿈꾸지 못한 일이 이루어진 거지.

사랑하는 소영아 항상 너를 응원하고 우리 지후 잘 자라길 기도할게.
좋은 책 많이 읽어주고 지후에게 가장 안전한 쉼터가 되어주렴.
주님께서 우리 소영이에게 아이를 양육하고 바르게 훈육할 수 있는 지혜와 용기를 주시길 기도할게. 너희 가정을 축복해

2023. 3. 22. 소영이를 사랑하는 이모가

⑬ 나의 산책길 친구들

따뜻한 햇살 맞이하러 친구들과 매일 산책을 갑니다.
나의 산책길을 친구들과 걷습니다.
5세 친구들은 제 손을 잡으려고 애교 섞인 실랑이를 합니다. 산책길에 만나는 어르신들께 인사도 하고 산책 나온 동물에게도 손을 흔들어 줍니다. 길가에 늘어선 묘목과 꽃나무를 보니 반갑습니다.

아저씨들이 길가에 묘목을 심고 계셔서 친구들과 힘차게 인사합니다. 모래 놀이를 하며 고운 모래를 채에 걸러보니 삐뚤 삐뚤 작은 돌들이 걸러집니다. 내 안의 버르장머리를 보는 듯합니다. 모래 속에 숨어 있을 때는 안 보였는데 채에 거르니 모두 나타납니다. 모양도 색도 제각각입니다.

산책하며 5세 남자 아이의 말이 참 곱습니다.

"구름이 많아도 좋은 날이고 구름이 없어도 좋은 날이에요."

저를 보면 "좋아, 좋아서 어떻게 할지 모르겠어."라며 안기는 친구지요.

어떤 친구는 입을 내밀며 매일 뽀뽀하고 싶다고 하더니 마침내 오늘 제 볼에 뽀뽀를 합니다. 이런 귀요미들의 재롱을 보고 느낄 수 있어 감사한 오늘입니다.

하티 수련을 하며 나쁜 습관을 고쳐갑니다. 남편과 함께 고쳐나가니 더욱 좋습니다.

남편과 아침을 맞이하고 퇴근 후에는 오늘의 선물을 준비합니다.

남편의 열중하는 모습에 자꾸 볼 뽀뽀를 하게 됩니다.

참 쉽습니다. 쉽다고 선택합니다.

오늘은 내 생애 최고의 선물입니다.

나는 나의 남은 생을 기쁨으로 맞이합니다.

14 아플 만도 하지

이틀 전 퇴근 무렵부터 목이 찢어질 듯 아파 소리 내기 힘들고 눈도 까끌까끌한 이물감이 나타났습니다. 말을 많이 해서 그런가? 우는 아이, 장난하는 아이, 떼쓰는 아이, 말 잘하는 아이들과 계속되는 상호작용을 하느라 목을 많이 사용했고, 이런 저런 원인이 있겠지요. 일단 소리 내는 것을 줄이고 퇴근 후에는 소리를 멈추고 소금물로 가글을 하고 눈 세척도 합니다. 이틀 지나고 나니 증상이 점차 사그라듭니다. 목 사용을 줄이고 음성도 낮춥니다. 출근 버스를 기다리던 중 받은 전화가 옵니다. 5세 교사가 코로나 확진으로 결근하여 저에게 5세반 보육을 부탁합니다.

원 상황에 맞추어 출근 시간을 1시간 당겨 10시간 근무하고 있고 대신 쉬는 시간에 쉬고 있는데 이런 변수가 있을 때는 더 일찍 출근하고 쉬는 시간도 없지요.

5세 반에서 함께 생활하고 식사도 함께했는데 초기증상만 나타났다 사라져서 '나의 면역력이 강화되었구나' 생각하니 뿌듯하고 감사합니다. 담임선생님과 함께 보던 아이들을 혼자 돌봐야 하니 선생님의 마음을 헤아리게 되고 선생님의 어두웠던 얼굴빛과 마음의 무게가 떠올라 짠한 마음입니다.

남자 여자아이 비율이 8:2 행동도 목소리도 어찌나 활기찬지 점심 시간엔 이미 얼굴도 붓고 기가 빠져나가 머리가 지끈거립니다. 아플 만도 하지, 3세 반을 맡다가 5세 반을 맡게 된 선생님의 힘듦이 헤아려집니다. 교사들이 모두 퇴근한 후, 연장반 아이들이 모두 하원 할 때까지 근무해야 하기에 중간에 잠시 쉬어야 달릴 힘이 생기는데, 몸도 눈도 무거움을 느낍니다. 퇴근 후 5세 선생님께 안부 전화를 합니다.

몸은 어떤지? 고생했다고, 애썼다고, 토닥여주고, 격려해 줍니다.
선생님도 고맙다고, 잘 부탁한다고, 앓고 나가면 바통 터치 받아 쉬라고 합니다.

퇴근 무렵 아들에게 문자가 왔네요.
"오늘 저녁에 스테이크 해드릴게요. 와인도 한 잔 해용."
아들이 준비한 스테이크와 와인 아이스크림 쿠키

코스요리를 맛보는 오늘 저녁 진지

하루의 피로를 풀며 남편과 일과를 나누고 앞으로 5세 선생님을 더

진심으로 도와주겠다고 고백합니다.

건강해야 신명 나게 일할 힘이 납니다.

평범한 오늘. 건강한 오늘. 일할 수 있어 감사한 오늘입니다.

---

15 오! 통합 비전

한 주간 열심히 달려온 나에게 토닥이며 지난밤에 축하주를 마시고

기분 좋은 잠을 자고 깨어납니다. 남편에게 인사를 하고 김치냉장

고 안에 보관해 두었던 홍가리비와 낙지를 꺼내 씻고 찌고 데쳐 가

리비 연포탕을 준비합니다.

주말 연휴 여행을 가는 엄마는 가족을 위해 무엇이라도 해주고 싶

은 마음입니다.

꼭 필요한 준비물을 가방에 챙기며 올라오는 마음은 '여행 참 쉽구나'

어디로 갈지? 무엇을 할지? 계획하지 않아도 되는 영혼의 자유 여행

나의 삶의 원천 살림 마을 여행입니다. 동행하는 도반님들과 나눌

오방색 김밥과 음료를 준비합니다.

행복님 뷰티님과 떠나는 10차원 여행 출발!!

살림 마을에 도착하여 눈에 들어온 첫 장면은 우리 새털구름님 묘목 심느라 삽질하는 모습이네요. 어떤지 물으니 힘들다고 하십니다. 30년 전 돌풍 장로님께서 심은 메타쉐콰이어에 관한 사연을 들려드리고 오늘 새털구름님이 심은 나무가 잘 자라 2, 30년 후 얼마나 멋지게 살림 마을을 빛나게 해줄지 도반님들의 안식처가 되어줄지 이야기 나눕니다. 새털구름님 감사합니다. 레버린스를 돌며 세 번째 눈 수술을 받을 남편이 떠오릅니다. 영의 눈 육의 눈이 밝아지길 기도합니다. 가족 친지 조카 스님들 도반님들 떠올리며 기도합니다.

자유로운 나. 감사하는 나. 살아가는 나. 연애하는 나.

감사의 행진이 시작됩니다.

---

16 거거거 중지 행행행 리각

[거거거 중지 행행행 리각 去去去中知 行行行裏覺]

50시간. 알차게 꽉 차게 영 지 육의 양식을 받아먹었습니다. 얼마나 풍성하고 화려하게 준비하셨는지 감탄 감탄이었지요. 이렇게 잘 먹었으니 살이 많이 오르겠구나!

풍성하고 화려한 오방색의 오색 찬란한 음식의 향연이었지요.

맛도 일품이요.

색과 영양의 어울림도 으뜸이었지요. 렇게 잘 먹었으니 적정 체중은 상위권을 넘나들겠지요. 떨리는 가슴 안고 체중계에 올라섭니다. "아 깜짝이야!"

수련 들어가기 전보다 낮은 숫자가 보이네요. 건강한 먹거리를 한 접시 가득 먹었는데도 포만감이 아닌 편안함을 느꼈던 장인의 음식들. 수련을 마치고 가장 좋았던 Top 3중에 당당히 진지라고 체크했지요.

채움과 비움의 조화로운 음식들 감사합니다. 식사마다 비타민을 먹어야 음식의 영양이 몸에 흡수된다는 말씀에 그동안 잊고 먹지 않던 비타민을 끼니마다 먹습니다.

씹는 게 귀찮아서 사 놓아도 잘 안 먹고 떡 만들 때 듬뿍 넣었던 다양한 종류의 견과류도 주문하여 먹습니다. 무얼 먹을까? 무얼 마실까 염려하지 마세요?

살림 캠퍼스 들소리 홀로 와보세요. 진지를 배웁니다.

사람 되는 걸음을 배웁니다.

배우니 참 좋은 세상 나는 언제나 배우는 사람

아! 숨채이오!!

뒤뚱거리며
여섯 걸음

01 결혼기념일

사랑하는 나의 남편, 나의 아들, 나의 딸은 나를 나 되어가게 해 준 고마운 선물.

29년 전 결혼식 날을 알렸습니다. 거짓말하지 말라며 안 속는다며 웃음으로 넘겨버리려 했던 친구와 지인들. 그럴 만도 하지요. 결혼식이 만우절이라니 미리 거짓말 하나 했겠죠. 나의 결혼기념일은 4월 1일입니다. 내 생애 가장 행복한 날을 꼽으라면 1순위는 결혼식 날이지요. 앞으로 다가올 눈물 콧물 다 뺄 결혼 생활은 상상도 못 한 나의 결혼식과 신혼여행은 내 생애 가장 달콤한 시간이었으니까요.

내가 주인공이었고 나만 바라보고 꿀 떨어지는 눈을 가진 하나뿐인 내 편이 있었으니까요. 결혼 생활 동안은 남의 편이라 생각해서 서운하기도 밉기도 했던 남편이 오늘 내 편이 되어갑니다. 큰 목소리에 나보다 더 큰 눈을 더 크게 뜨고 무섭게 휘몰아치던 남편은 이제 다소곳하다 못해 너무 작아졌습니다. 키도 눈도 목소리도 마음마저도 작아집니다. 내가 늙어가는 것보다 내 편이 늙어가는 모습이 내 마음을 더욱 아프게 합니다. 요즘은 남편 얼굴을 보면 울컥하고 눈물이 납니다. 들키지 않으려고 꾹 눌러 넣습니다. 남편의 모습에서 아버님의 모습이 보이면 더욱 슬퍼집니다.

오늘 양 선생님께서 방문하셨는데 남편에게 뇌졸증 전조 증상이 나
타났다고 하시며 처치와 처방을 해주고 가십니다. 2주 동안 처방해
주신 약 잘 드시고 다시 확인하기로 합니다. 미안함 서글픔이 올라
옵니다. 하티 입학을 하며 선언했던 나의 버르장머리 고치기는 남편

에게 짜증 내지 않기였지요. 그 약속 때문인지, 내 결심 때문인지, 요즘은 남편에게 짜증 대신 뽀뽀 웃음 얼싸안음을 더 하게 됩니다. 열심히 하티 수련을 받으며 배우려고 하는 남편의 모습이 사랑스럽습니다.

나와 아들 딸을 위해 배경이 되어주고 안개꽃이 되어준다는 남편은 나와 아이들이 전경이 되어 장미꽃보다 더 밝고 환하고 예쁘게 피어나길 간절히 바랍니다. 너무나 잘 알지요. 그 마음, 그 사랑을요. 남편에게 받은 사랑이 너무나 큰 것을 우리는 너무나 잘 압니다. 받은 사랑이 커서 미안함도 고마움도 큽니다.
내 편이 되어준 바람의 노래님 고맙고 사랑합니다.

02 거경궁리 하티 첫 모임

거경궁리 하티 모임을 준비합니다. 첫 모임이니 맛난 간식을 만듭니다. 명절이나 생일에 만들어 먹는 약밥과 강정을 만들고 제철 과일과 홍초 차를 준비합니다.
아침 일찍 출발해야 하니 자정이 넘도록 떡을 만들고 새우 강정을 만들어 잘 굳어지게 합니다. 사랑하는 스승님 산파님 하티님들을 만나 뵐 생각에 몸보다 마음이 앞섭니다. 눈이 눈이조로 만난 우리 하티님들을 만나러 남편과 인천으로 출발.

행복님 엣지님 반짝반짝님과 길가에서 모닝 얼싸안기를 합니다. 한 차로 함께 여행하니 이보다 더 좋을 수 없습니다. 우리의 엣지님은 노란셔츠에 빨간 나비넥타이로 사회자 향기 폴폴 날리시며 멋지게 진행하십니다.

반짝반짝님의 강의를 들으며 부모님을, 남편을, 아들을, 반짝반짝님을 만납니다.

청춘님의 이야기가 있는 음악을 들으며 잊었던 할머니를 만나고 가족사진 노래에 흠뻑 젖습니다. 하티님들의 얼싸안기 스승님의 위로의 말씀에 가슴 가슴마다 촉촉히 젖어 눈물범벅 땀범벅으로 하나 됩니다. 시방 느낌을 소리내어 알리며 춤으로 표현합니다. 역시 무도장은 ALP 도장이 최고입니다. 신명나게 춤추고 환호하고 아드레날린이 팡팡 터집니다. 엔돌핀이 분출합니다. 흐르는 땀과 후끈 달아오른 체온으로 손과 손 마주하고 얼싸안습니다.

저녁 진지를 하며 생일축하 결혼 축하 노래를 합니다.
스승님의 입 폭죽이 하티들에게 웃음 폭죽을 선물하십니다.
산파님들 안내에 따라 "예" 하고 "혀" 하며 하티 첫 모임이 이렇게 잘 되어갑니다.
아 이렇게 하는 거구나! 오늘도 배웁니다.
나의 다짐을 외치고 다시 만날 날을 기약하며 길을 나섭니다.
아! 숨채이오.

---

03 정리 정돈

하티 수련 첫 모임을 하고 자정 가까이 돌아온 나에게 산수유는 무슨 큰일이라도 난 듯 내 손을 잡아당기며 수선을 피웁니다. 숨을 돌리며 마주한 나의 눈은 냉장고 앞입니다. 냉동실과 냉장실을 활짝 열어젖히고 오늘 유통기한 지난 음식 다 버리고 정리했다며 일과를 풀어냅니다. 미안함 민망함 고마움 대견함이 올라옵니다.

잘했어요. 고마워요. 대단해요. 칭찬 세례를 부어줍니다.

한 달 전에는 퇴사한 선배가 남기고 간 책상 정리 정돈을 했는데 버릴 물건이 많이 나왔다며 쓸데없는 물건은 모두 버려야 한다며 우리 집도 물건 책 옷 다 버려야 한다고 시끌벅적 온 집안을 들었다 놓았지요. 소품실에 근무하면서 정리 정돈을 더 잘하게 된 것 같아 내심 흐뭇한 마음이 들기도 합니다.

회사 소품실 정리한 사진을 가족 방에 올리며 칭찬받은 이야기며, 정리해 놓으니 물건 찾기가 수월해져서 다들 좋아한다며 기쁨을 나누기도 했지요.

이제 우리 집 차례가 되었나 봅니다. 추억이 깃든 물건, 정감이 가는 물건을 버리지 않는 습관에 늘어가는 물품들을 보면서 이 대로는 안 된다는 생각이 올라옵니다. 내가 소유욕이 많은가? 사람도 물건도 쉽게 버리지 않는 나의 습관을 고쳐야겠습니다. 옷장을 몇 번을 열어보며 버릴 옷을 꺼냅니다. 다 꺼내고 필요한 옷만 넣어야 한다는데 눈에 걸리는 옷만 골라도 무게가 꽤 나가네요. 남편과 저만 끌어안고 있지 구름과 산수유는 비움을 잘합니다. 내놓은 쓸만한 옷은 남편과 내가 골라서 다시 입는데 그러다 보니 더 쌓이는 옷들.

시작합니다. 정리 정돈. 오늘부터 합니다.

---

04 널브러지다

쉬라는 신호를 주는 고마운 몸입니다. 아파도 할 일이 있으면 쉴 수 없이 달려야 하는데 국가에서 법적으로 쉼을 주십니다. 그것도 7일이나...

나의 공백을 채워줄 동료 교사들에게 미안함도 올라오고 저녁에 가족들 앞에서 기침을 연신 해댔는데 죄책감도 올라옵니다. 지난주에는 혹시 몰라서 모임 가기 전날까지 두 번이나 자가 키트로 검사했을 때는 모두 음성이어서 집에 양 선생님도 초대하고 모임에도 다녀 왔는데, 어제는 낮잠 시간에 좀 자려 해도 잠이 안 오고 몸이 으슬으슬 춥고 기침과 오한이 와서 저녁 무렵에는 앉았다 누웠다 하며 근무를 마쳤지요.

코로나로 휴직이었던 5세반 담임 역할을 하며 연장반 근무까지 하다 보니 한 주간이 힘겨웠지요. 일을 마치고 동료 교사들의 안부 전화에 고마움도 미안함도 전합니다. 우리 아기들과 볼 비비고 안아주고 이불 덮고 재워주고 함께 했는데...

작년 3월 코로나에 걸렸을 때는 휴직 중이어서 가족에게만 전염시키지 않으려고 단단히 격려하고 지냈지요. 그때도 코로나 덕분에 냉전 중이었던 딸과 한 방 한 침대에 격리되어 지내느라 다시 친해지는 계기가 되어서 실보다 득이 더 많았지요. 이번에도 코로나로 선물을 받습니다. 강의 자료를 하루에 마무리했으니까요. 마지막 날까지 수정하여 최종본을 준비하겠지만, 맘이 후련합니다.

누워서 앓으나 앉아서 아프나 아픈 건 마찬가지니 먹어가며 원고 쓰고 앨범 뒤적이며 사진 자료 찾으며 방 안에서 꽉 찬 하루를 보냅니다. 가족들 없는 사이에 숟가락 젓가락 모두 소독하고, 병원에서 돌아오며 사 온 굴로 굴국도 한 솥 끓여 놓고 방 안에서 한 대접 받습니다. 머리가 어지러워 이제 누워야겠습니다.

다음 주에 영화 촬영 있는 아들의 걱정 어린 음성이 고스란히 전해집니다. 아들은 아직 코로나에 걸리지 않은 건강인입니다.

가족들이 코로나 걸릴 때마다 식사를 준비해서 방 앞에 마련해 주고 자신의 몸도 잘 건사합니다. 이번에도 잘 넘어가기를

---

05 무엇이 있느냐 물으시는 주님

점점 작아지는 남편을 볼 때마다 작아져 있어서 새삼 놀랍니다. 내 눈이 이상한가 싶어 눈을 비비고 다시 봅니다. 철없이 마냥 순수한 아내와 개구쟁이 아들 말괄량이 딸에게 온 기운과 정성을 다 주어

저리 작아졌을까요? 가장으로 남편으로 아빠로 살아내느라 얼마나 힘들었으면 자신의 진액을 다 짜주어 점점 오그라드는 남자.

가정을 잘 이끌어달라는 아내의 요구에 어떻게 하는 게 잘하는 건지 몰라 묵묵히 입 다물고 지내다 솟구치는 화를 활화산 폭발하듯 치솟아 내고는 더 한 후회와 미안함으로 뒷수습하느라 발을 동동 구르던 남자. 그는 자신의 발걸음 행동 어눌한 말에 얼마나 답답했을까요?

좋은 일 기쁜 일이 생기면 뒤로 물러나 축하해주고 어려운 일 힘든 일이 생기면 모두 자기 책임인 듯 애통하며 자책하는 남자.

제대로 가르쳐야 한다. 버릇을 고쳐야 한다는 아내와 아들의 말도 안 듣고 아픈 딸이 그저 애처로워 감싸 돌기만 하고 손에서 내려놓지 않고 벌벌 떨며 키웠는데, 그 딸이 떠나갑니다. 딸이 독립한다니 남편의 가슴이 미어집니다.

어떻게 키운 딸인데, 추억 속 사진마다 딸을 안고 잡고 떠받들고 있는 남편.

기센 어머니와 여동생. 기운 센 딸. 기가 세진 않아도 무서운 아내.

이 가엾고 불쌍한 남자 마음 편히 행복하게 해주겠다고 결심하고 맺은 언약.

힘들어 쓰러져도 손잡고 가려 합니다. 그 안에서 행복 기쁨 만족을 찾지 않고 내 안에서 찾아서 나누겠습니다. 할 때까지 될 때까지 찾고 찾아서 나누겠습니다.

무엇이 있느냐 물으시는 주님. 보리 떡 다섯 개와 물고기 두 마리가 있습니다.

---

06 책이 귀했던 어린 시절

어릴 적 우리 집에는 책이 귀했지요. 학교에 입학하여 처음으로 받은 책.

새 학기마다 무상으로 주시는 선물 교과서. 그 책이 너무 좋고 고마워서 보자기에 곱게 싸서 끙끙거리며 들고 와서 읽고 또 읽었지요.

교회에서 두 번째 받은 책 성경전서. 글씨도 작고 읽어내려가기도 어려웠던 성경을 소리 내어 읽으며 그리도 좋아했던 나의 유년 시절. 우리 집에는 책이 귀했습니다. 하루 벌어 하루 먹고사는 집에 무슨 책을..

참고서 전과라는 게 있다는 것도 친구 집에 놀러 가서 보고 깜짝 놀랐지요. 교과서만으로 공부하는 나와는 질적으로 다르고 환경도 다르더군요. 성경을 읽으면 쓸데없는 거 본다고 혼나기도 많이 하여 교회당이나 학교에서 읽었지요. 결혼하면 내 집에서 마음 편히 성경책 읽는 것이 꿈이기도 했던 학창시절.

두 번째 나에게 책 선물을 하신 분은 살림 마을에 가라고 하신 교회

전도사님.

제목도 기억 안 나는 상. 하로 된 책이었는데 그동안 접해보지 않았던 무언가 깊은 뜻이 담겨 있는 인문학 철학책이었지요. 몇 번을 반복해서 읽었었지요.

세 번째 책 선물은 첫 데이트 때 교보문고에서 남편이 사준 두 권의 책. 해외 선교의 꿈이 있던 저를 위해 선교와 비전, 결혼에 관한 책을 건네며 읽고 독후감을 써서 달라고 하여 당황스러웠던 책 선물.

책에 맺힌 한이 많아서인지 첫아기를 낳고 산후 조리하며 제일 먼저 선물한 것은 책 전집과 지능개발을 위한 교구들이었지요. 그 당시에 200만원 가량을 주고 할부로 통 크게 샀지요. 그 후로도 아이들 교육에 필요한 책이나 물건은 돈 생각 안 하고 많이도 샀습니다. 공부방을 할 때도 방과 작은 거실 전체가 도서관처럼 책이 많았지요. 공부방에 오는 아이들도 책을 보느라 집에 안 가고 저녁까지 머물다 가곤 했지요. 그런데 책보다 TV를 더 좋아하는 우리 아들은 연예인이 꿈입니다.

저는 모르겠습니다. 제가 원하는 방향과 다른 길로 달려가는 아이들을 제가 모르니 가르쳐주지도 못합니다. 어릴 적엔 무엇이든 저에게 물었던 아이들.

그 많은 질문에 대답하고 답을 찾느라 가슴에 구멍이 생긴 저에게 성인이 된 아이들은 더 이상 묻지 않습니다. 작아지고 구멍 난 내

가슴에 바람이 붑니다.

07 기억이 사라지는 날

언젠가 그날이 오겠지요. 어쩌면 현재의 기억에도 수많은 오류가 있을 수 있습니다. 내가 기억하고 싶은 것만 남기고 싹 지워버리고 사니까요. 좋은 기억을 많이 남기고 있는 사람은 현재가 행복할 테고, 안 좋은 기억을 많이 가지고 있는 사람은 불행할 테니, 저는 안 좋은 기억은 비우고 좋은 기억은 가득 채우려고 합니다. 옛 앨범 속 사진을 보고 새삼 놀랍니다. 내 아팠던 기억과는 달리 모두 웃고 있고 행복해 보입니다. 그런데 웃고 있는 사진 속 모습을 보노라면 그때로 돌아가 그 시절의 감정이 고스란히 느껴집니다.

내가 많이 사랑했구나! 남편을 아이들을. 내가 사랑하다 사랑하다 내 올무에 들어가 나도 그들도 힘들게 했구나! 행복하게 살고 싶어했구나!

때론 아니 지금도 우리는 잊고 있습니다.

나의 부모가 나의 자녀가 나의 가족이 나를 얼마나 사랑했고 얼마나 사랑하는지를요.

나를 사랑하는 그들의 아우성을 잘 못 보고 잘 못 들을 수 있습니다. 다시 눈을 뜨고 봅니다. 다시 귀를 열고 듣습니다. 다시 입을 열어 말합니다.

사랑한다고 사랑하고 있다고 사랑이었다고

---

⑧ 자택 격리를 마치고 첫 출근

몸도 마음도 무거워 못 가겠다는 마음과 가야 한다는 마음이 충돌합니다. 정신 차리고 나가야 합니다. 일할 곳이 있어서 얼마나 감사한지요. 흐느적거리는 몸을 일으켜 허리를 곧추세우고 발걸음을 시작합니다. 선생님들을 찾아다니며 인사합니다.

고생했다. 몸은 어떠냐. 살이 더 빠져 보인다. 많이 힘들어 보인다. 따뜻한 선생님들의 말에 눈물이 왈칵 쏟아집니다.

"어제 전화 드리려 했는데 못 해서 미안해요." 말에 울음이 터져버립니다.

울었다 하면 멈추지 않는 나는 정말 못 말립니다. 나도 울고 선생님도 울고...

아이들이 있다는 생각에 얼른 마음 줄을 붙잡고 교실을 나와 일상생활을 합니다.

위로의 말들 얼싸안아주시는 마음들 용기 주시는 말들에 고맙습니다.

선생님들을 위해 카페에서 음료를 주문합니다. 달달하고 시원한 취향대로 고른 음료로 고마운 마음 따뜻한 마음을 전합니다. 모두에게 진심으로 고맙습니다.

 행복이란

나에게 행복은 사랑하는 사람들과의 만남.
함께 마시는 숨, 함께 나누는 이야기, 함께 먹는 음식, 함께 치료받아 병 나음을 받는 일.
우리 집 주치의 양준혁 선생님을 모시고 하티 24기 눈이 눈이조가 뭉쳤습니다.
산수유의 이사 집 정리를 하는 중에 집 앞에 도착한 양 선생님께 집 비번을 알려드립니다.
허물없이 만나고 언제 연락해도 반가이 대하는 참 좋은 사이.
함께 하면 병도 낫고 기분도 좋아집니다.

바리바리 사 오신 음식들에 몇 가지 음식을 더하니 상차림이 쉬워졌네요. 6인 식탁이 가득 찹니다. 양 선생님의 치료를 받으며 감탄하는 하티님들은 감동의 마음도 나누고 감사의 마음도 나눕니다.
나눌 수 있어서 행복한 오늘 선물입니다.
사람이 온다는 것은 실로 어마어마한 일입니다.

행복한 걸음 해주신 분들 덕분에 크게 웃고 즐거운 만찬 나누었습
니다.

⑩ 추억 한 보따리

어린이집 앞산에 조성하고 있는 공원.

3월부터 오름길에 심어놓았던 꽃나무에 꽃이 피고 순이 나옵니다.

반가운 마음에 가던 길 멈춰 한참을 바라봅니다. 자세히 보니 어릴

적 집 앞 공원에 피어나던 어린 순이 생각납니다.

눈보라 맞고 추위를 견디며 죽은 듯 살아 던 화살나무에서 순이 올

라오면 친정어머니는 봄 처녀 나물 캐듯 신이 나서서 화살나무 순

을 따곤 하셨지요. 사람들은 이게 뭔지 모른다며 순을 따시던 모습

이 떠오릅니다. 지나가시는 어르신께 여쭈어보니 나무 이름을 알려주셔서 그때 그 순이구나 알아차립니다. 나뭇가지는 삶아 먹으면 항암에 좋고 갓 나온 순은 데쳐 먹으면 맛있다고 하십니다.

고인이 되신 1001호 언니도 새순이 올라오는 계절이 되면 저에게 "산에 가자." 하시고 산등성이를 오르며 내리며 이것저것 따서 "먹어봐 향기 맡아봐." 하며 손에 주셨죠. 집에 돌아와서는 따온 봄나물과 새순을 씻고 데쳐서 금세 향기 나는 나물 반찬을 만들어 보리밥에 넣고 비벼 먹던 추억이 떠오릅니다.

추억이 많다는 건 추억의 세월을 먹었다는 게 아닐까요? 먹고 먹은 세월만큼이나 받은 사랑도 많아서 아픈 기억보다 좋은 추억이 소복소복 쌓여 때가 되면 '나 여기 있어' 하며 고개를 드나 봅니다.

아침 산책하며 길가에 늘어진 호박 모종만 보고도 어릴 적 호박잎 풍성한 담길을 지나던 추억과 호박잎 쪄서 된장찌개에 적셔 먹던 추억.

호박꽃에 꿀벌이 날아들면 나를 물지나 않을까 조심스레 들여다보았던 추억.

아기 호박이 올라오면 그 모습이 너무 귀여워 쯘하게 눈 키스하고 지나던 추억.

호박에 관한 추억만 해도 한 보따리입니다.

함박웃음 가득 품고 벌에게도 사람에게도 영양분 듬뿍 주는 고마운 호박꽃.

저는 호박을 호박꽃을 사랑합니다.

꽃향기 만발한 오늘 잊지 않고 피어 나의 10대 추억을 살아나게 해주신 라일락 꽃향기에게도 고맙습니다. 문세 오빠의 노래가 들리는 듯합니다.

⑪ 어머니의 터진 손등

살이 터져 울퉁불퉁 비대해진 나무를 봅니다.

어머니의 터진 손등 굵어진 마디를 보는 듯하여 마음이 아파옵니다.

자식에게 진액을 다 빼고 빼주어 마디 마디가 갈라져 있으니 얼마나 아프고 따가울까요.

질병으로 아픔으로 여러 번의 수술로 단단해진 딸의 상처 난 가슴에 어미의 마음은 더 아파옵니다. 어미의 생을 다 내어주고 자녀의 생을 늘릴수 만 있다면 그리되길 어미는 기도하고 기도합니다.

비 내린 후 내가 만난 풍경은

싱그러움 가득한 찬란함인데 비 온 뒤 만난 풍경이 폐허이고 부서짐인 분들이 떠올라 마음이 아픕니다.

그럼에도 불구하고 벚꽃이 떨어진 자리에 진분홍 꽃받침과 연초록 어린잎의 어울림이 알음다운 오늘입니다.

하늘의 눈물이 선사해준 맑은 산속 풍경과 나무들 사이로 내리쬐는 눈부신 햇살이

희뿌연 가림막으로 시야가 희미해진 내 동공을 정화해줍니다. 시원함을 느낍니다.

고맙습니다. 삶의 신비여. 자연의 찬란함이여. 소생하는 삶이여.

---

12 저는 복이 많습니다

코로나에 이어 콧물 목 열감기로 몸에서 신호가 옵니다.

긴급! 긴급! 진화가 필요하다는 사이렌.

오전에 병원에 가서 약을 처방받아 먹고 글씨 학교로 향합니다.

한 달 만의 걸음이 감기로 어지러워 빙글빙글 갈피를 못 잡습니다.

길 찾기를 검색하고 방향을 잡습니다. 역시 글씨 학교의 기운은 남다릅니다.

이산 선생님의 가르침을 받고 자리 잡아가는 글씨 크기와 뛰어 쓰기 호흡에 맞추어 붓의 나아감이 부드럽고 차분해집니다. 오늘 선

물도 두둑이 받습니다. 몸의 증상을 알아차리고 양 선생님께 긴급 호출합니다. 동네 식당 소풍을 하며 우리에게 맞는 음식을 추천해 주십니다. 저에게는 해물 순두부찌개를 남편과 선생님은 소고기 야채 키토 김밥을 아들에게는 삼겹살 정식을 배불리 아주 잘 먹었습니다.

감기가 뚝 떨어지는 느낌입니다.

치료 후에 이런저런 이야기를 하십니다. 초신성 이야기와 음악 이야기, 진공관을 통해 아날로그방식의 음악을 들으면 전해지는 음파가 다르다며 추천해 주십니다.

스승님 말씀과 일맥상통하는 부분이 많아서 아주 즐겁게 듣습니다. 선생님은 환자들 치료해 주시고 힘드실 텐데 어떻게 푸시는지 여쭈어보니 환자의 아픔이 자신에게도 전해져서 환자를 말끔히 치료해 주면 본인도 몸이 가뿐한데 덜 치료해 주면 피곤하고 독이 쌓인다며 그래서 더 잘 치료하려고 집중하신답니다.

잘 치료하면 본인 몸도 좋아진다고 하시면서 귀가한 후에 샤워하고 몸에 필요한 음식을 드시면 몸에 쌓인 독소가 빠져나가고 좋다고 하십니다.

우리가 하나로 연결되어 있음을 양 선생님 말씀을 통해 다시금 배웁니다.

좋은 스승이 있다는 건 복 중의 복이지요.

조양 스승님 이산 선생님 양준혁 선생님은 좋은 스승이시지요.

는 정말 복이 많은 사람입니다.

13 아들과 걷는 길

냉탕 온탕을 오가며 미소 짓고 명상하는 곳.

두런두런 이야기와 웃음소리. 소곤소곤 울리는 소리소리들.

30여 분 엣지욕으로 정화되는 몸을 만납니다. 숨을 정지하고 얼굴을 냉탕에 침수하고 60초 후에 얼굴을 들어 숨을 마십니다. 조식은 간단히 달걀 묻힌 식빵 사이에 오이 골드키위 견과류 케찹 마요네즈를 넣어 샌드위치를 만들어 식사합니다.

아들과 나들이를 합니다. 배려 가득한 아들은 안국역 북촌 거리가 예쁘다며 엄마 손을 잡고 안내합니다. 정독도서관에서 책도 보고 물레방아 소리 들으며 명상도 하고 구내식당에서 식사도 하고 인사동에서 미술 전시회 관람도 합니다.

진로를 바꾸기 위해 일단 정지하는 아들.

올라오는 생각들도 잠시 멈추고 엄마와 나들이 하는 아들. 그냥 평온합니다.

무엇이든 할 수 있고 너는 잘 될 거라고 마음 편히 가지라고

엄마도 마음 편하다고 아들에게 나에게 말하며 아들과 걷는 길

행복은 내 안에 있습니다.

14 대단한 울음

3월 지나고 4월 중순이 되도록 적응 기간을 보내는 아기가 있습니다. 손사래 치며 비명으로 애타게 울부짖는 아기를 보는 것은 마음이 아픕니다.

대단한 울음을 만납니다. 지치지도 않고 고음이 떨어지지도 않고 몇 시간이고 상관없이 엄마를 애타게 부르짖는 울음. 잠도 안 자고 웁니다.

다행히 엄마가 직장에 다니지 않는 상황이어서 두세 시간 적응하고

있지만, 우는 아기를 달래도 보고 먹을 것을 주기도 하고 아기들이 좋아하는 영상을 보여주기도 하고 별별 방법을 써도 소용없이 웁니다. 엄마가 와야 멈춥니다.

한 아기의 울음이 반 전체 분위기를 어수선하게 하니 1대1 보육이 필요해서 지난주부터 제가 맡아 봅니다. 그 아기가 오늘 울음을 그쳤습니다. 지난주 금요일에 귀가 아플 정도로 우는 아기를 달래려 하지 않고 그저 보면서 마음으로 함께 했지요.

얼마나 힘들까? 얼마나 두려울까? 엄마가 얼마나 보고 싶을까? 공감하며 아기를 지그시 보았지요. 어느 순간 아기가 울음을 멈추었고 내 마음이 전달되었는지 내게 안기더니 잠이 들었지요. 두 달 만에 일어난 일에 잠든 아기가 깰까 봐 그대로 멈추었지요.

지나가는 교사마다 놀란 표정으로 조용히 미소지으며 "자요?"

그렇게 한 시간을 잔 아기가 주말을 지내고 왔는데도 저를 기억해 주고 교실에 들어가니 저에게 다가옵니다. 울던 울음을 서서히 멈추고 놀잇감을 만집니다. 미역국에 밥을 말아서 몇 번 권하니 입을 벌려 밥을 받아먹습니다. 조심스럽게 한술 더 떠주니 입을 더 크게 벌려서 먹습니다. 어찌나 예쁘던지 흐름을 놓치지 않으려 초긴장을 합니다. 그렇게 몇 번을 더 먹더니 입을 안 벌립니다. 조금만 더 먹었으면 하며 아이를 바라봅니다. 그런데 스스로 몸이 내려가는 듯하다 눈을 감습니다.

내 발목을 베고 잠이 듭니다. 이런 자세로 잠이 들다니 워낙 예민한 아기라 자세를 조금이라도 움직이면 울 거 같아 그 자세로 조심히 후다닥 식사를 마치고 아기를 옮기려 하자 깨어나 내 눈을 봅니다. 맑고 까만 커다란 눈동자. 혼혈아들의 커다랗고 진한 눈동자.

오늘 선물입니다. 두 달간 울던 아기가 웃으며 놀았고 생애 처음으로 미끄럼틀을 탔고 꽃을 보고 만지고 식사를 하고 내 다리를 베고 잠을 잤습니다.
원장님도 신기한 듯 보시며 "장족의 발전이네 끝은 있구나." 하십니다.
자고 나서도 나를 기억해 주는 아기가 고마운 오늘입니다.

15 제자리

제자리에 있다는 것이 얼마나 고마운지 신발이 신발장에 있어서 고맙습니다.
청소도구가 도구함에 있어서 고맙습니다. 수건이 수건함에 있어서 고맙습니다.
수저가 수저통에 있어서 고맙습니다. 사시사철 갈아입을 옷이 옷장에 있어서 고맙습니다. 조리도구와 그릇이 싱크대 안에 있어서 고맙습니다.

비누가 비누통에 있어서 고맙습니다. 생필품이 각자의 수납장에 있어서 고맙습니다. 냉동식품이 냉동실에 있고 냉장식품이 냉장실에 있고 김치가 김치냉장고에 있어서 고맙습니다.

산에 나무가 있고 곤충이 있고 새와 동물이 있어서 고맙습니다.

지구에 기체 액체 고체 그 외 유기체와 무생물이 있어서 고맙습니다.

무거운 물건을 배달해 주시는 분들께 고맙습니다.

환자가 머물며 치료받을 수 있는 병원이 있어서 고맙습니다.

학생이 배울 학교가 있어서 고맙습니다.

아기와 아이를 맡길 보육 기관이 있어서 고맙습니다.

노인을 돌봐줄 보호기관이 있어서 고맙습니다.

그 외 연구실 소방서 경찰서 수련원 여행지가 있어서 고맙습니다.

내가 자는 동안에도 쉼 없이 운영되고 돌아가는 우주에 속한 모든 것과 수고하시는 분들에게 고맙습니다.

우주의 모든 기운을 품고 지금 여기에 나타난 나에게 고맙습니다.

장기들이 몸 안에 있고 필요에 따라 흡입하고 배출해주는 몸에게 고맙습니다

덕분에 오늘도 지구별 여행 잘하고 있습니다.

16 나에게 엄마라는 이름은

엄마를 생각하면 따뜻하고 포근하고 그냥 좋다는 분들
힘들 때면 달려가 안기고 싶다는 분들
엄마 생각하면 눈물만 난다는 분들
저에게는 부러움이고 다른 나라 이야기입니다.
저에게 엄마라는 이름은 아픔 아쉬움 그리움입니다.
저에게 엄마는 세상에서 제일 어려운 이름 어려운 역할 가장 힘든
사명
잘하고 싶었고 가장 애를 썼지만, 아직도 경험해야 할 신비로 가득
찬 것입니다.

저의 엄마는 3살 터울 남동생과 아빠만 바라보는 분이었죠. 아빠와
동생에게 화가 나는 일이 생기면 그 화가 제게 왔고 잘못이 없어도
혼이 나는 일이 많았고 좋은 것 맛있는 것 좋은 곳은 남동생에게만
주어진 혜택이었죠. 제가 받은 차별을 주지 않으려고 아들 딸에게
공평히 대하려고 노력했는데 부족했던 것 같습니다.
아들이 두 살 되던 해에 독립심을 길러주려고 예쁜 침대에 눕혀 용
기를 넣어주고 기도와 자장가를 불러주며 혼자 잠을 자게 했고 자
고 일어난 아들에게 폭풍 칭찬을 해주었는데 딸은 초등학교에 들어

갈 때까지도 곁에 두고 잠을 잤지요.

악몽을 꾸고 자다 깨서 안방으로 오는 일이 많고 이불을 차고 자는 딸을 자다가도 일어나서 확인하며 잘 자는 모습을 확인하고 다시 잠자리에 들었지요. 차별이 아닌 개별성을 따라 양육하려고 했는데 딸에게 지나치게 마음을 쏟고 안절부절못한 것 같아 이제라도 훌훌 떨쳐놓으려 합니다.

저에게 엄마는 아픔 아쉬움 그리움 미안함 먹먹함입니다.

나를 이곳에 나타나게 해주신 어머니는 감사함이고

나를 선택해서 이곳에 나타나 준 아들 딸은 고마움입니다.

뒤뚱거리며
일곱 걸음

01 사랑하는 나의 5월을 맞이합니다

나의 발걸음을 멈추게 하는 아름다운 대자연의 손짓 내음 싱그러움에 안깁니다.

가다 멈추고 가다 멈추어 살랑이는 나뭇잎에 손 맞춤하고 피어나는 꽃송이에 미소 맞춤하고 떨어진 꽃잎에 고마웠다고 인사하고 발걸음을 옮깁니다.

나뭇잎 사이로 비추는 햇살에 경배드리고 손등 터진 자태대로 우뚝 버티어 늠름하신 어머니 나무님에게 눈빛 찡긋 인사하고 개나리꽃 떨구고 초록 잎으로 맞이하는 잎사귀에 손가락 스치며 인사합니다.

이렇게 아름다운 풍경을 볼 수 있음에 고맙습니다. 왼발 오른발 신선한 공기 노래하는 새소리에 고맙습니다.

바위틈 사이로 피어나는 꽃처럼 어여쁜 초록 잎에 시선이 머물러 바위 위로 올라봅니다. 열매 맺기 위해 노랗게 고개 내미는 산딸기 꽃 보며 입가에 없던 보조개가 생깁니다. 며칠 지나 보면 활짝 웃고 있겠죠.

산책길 그늘이 되어주는 휘어진 벚나무에 고맙습니다.

살랑이며 소리 내는 봄바람에 찰랑찰랑 흐르는 개울물에 귀가 시원해집니다.

지금, 여기서
행복할 것

쉼 없이 변화하며 그 길 나의 길 가는 자연에 감사하는 오늘입니다.

오! 하는 감격으로 늘! 사는 지금에 고맙습니다.

죽어도 살아도 여한 없는 생에 고맙습니다.

02 배짱이 언니

저에게는 배짱이 언니가 있습니다. 어디서 나온 배짱인지.

"노세 노세 젊어서 노세." 를 외치는 큰언니는 언제나 내가 우선이고 자신을 가장 사랑합니다. 좋은 건 항상 자신이 먼저 먹어보고 입어보고 사용하는 언니는 선 체험 후 나눔의 선두주자. 자식보다 남편보다 내가 우선인 언니. 그런 언니에게 우선순위가 생겼지요.

첫 손자 지후입니다. 근엄하신 형부도 웃는 얼굴로 변합니다. 어색해서 얼굴 사진을 잘 안 찍는 언니도 웃음꽃이 피었지요. 손자의 탄생으로 인상파 부부의 얼굴이 호박꽃처럼 환해졌고 잘 웃습니다. 그런 형부와 언니를 보는 것이 참 즐겁고 행복합니다.

이틀 전에 만나서 놀고도 또 보고 싶은지 "쉬는 날인데 뭐 하니?" 만나자며 연락이 옵니다. 배짱이 큰 언니는 여행이 본업이고 취미가 카페 투어입니다.

가족 여행, 친구 여행, 자매 여행 등 삶을 여행으로 채우는 언니.

그런 언니가 신기하고 말대로 생각대로 유쾌하게 사는 삶을 선택한 언니를 웃으며 봅니다. 언니 덕분에 저도 여행하며 바람도 쐽니다. 언니가 원하는 취향에 맞추고 길치인 언니의 가이드가 되기도 하면서요. 걸을 수 있고 다닐 수 있을 때 많이 다녀야 한다며 오늘도 여행 계획을 세우는 언니.

그런 언니가 있어서 고맙습니다.

03 사랑하는 나의 아들 딸에게

사랑하는 아들 영민아! 사랑하는 딸 예진아!

너는 아름답고 사랑스러운 아이야. 네가 너답게 사는 게 좋아.

네가 너다운 한 무엇을 하든지 우리는 너희를 사랑한단다.

자신이 원하는 게 뭔지 계속 물어보고 너답게 살아라.

그 길이 비록 낯설고 고난이 따르고 모험이더라도

"행복으로 가는 길 나 되어가는 길"이라는 확신이 있다면 그 길을 가렴.

엄마는 그런 너희를 항상 응원하고 지지하고 사랑한단다.

홀로 가는 여행 떠나는 아들, 딸을 향한 엄마의 마음을 전합니다.

10년을 한길만 가던 아들이 새로운 길을 갑니다. 응원하고 믿어주는 마음을 전하고 싶었지요. 처음 해보는 것, 낯설지만 발걸음 내딛는 아들에게 용기 내라고 잘하고 있다고 격려합니다. 낯선 사람들과 만나며 새롭게 경험하는 아들은 먹는 것이나 가는 곳이나 보는 영상을 가족에게 자주 보냅니다. 다음에 가족과 같이 가겠다고 마

음먹고 약속하는 거지요. 그렇게 저희를 그 장소에 데려가 주는 착한 아들은 오늘 경험한 여행 이야기도 아주 재밌게 합니다.

마침 아들이 도착한 날은 연휴 마지막 날 이어서 여행자들이 떠나고 아들과 손님 한 분만 숙소에 있어서 숙소 주인과 이야기도 많이 하고 대접도 더 잘 받고 서핑강습도 1대1로 받고 특급서비스를 받았다네요. 동생도 같이 가면 좋아할 거라며 다음 여행을 기약합니다.

가족을 사랑하고 마음에 품고 다니며 가는 곳마다 소식을 알려주는 고마운 아들 덕분에 바다 위 파도를 타고 서핑을 즐기며 떠오르는 일출 보며 명상에 잠겨봅니다.

04 멈춤

목소리가 멈추었습니다. 목의 비명과 갈라지고 찢어지는 통증을 모른 채 한 결과입니다. 내과 약이 듣지 않아 이비인후과에 가서 목구멍 검사를 하니 염증으로 전체가 부어있어서 항생제 주사와 링거를 맞습니다. 혈관을 잘 못 찾아 다시 바늘을 찌르는 간호사는 아프죠? 멍이 들겠다며 죄송하다고 합니다. 괜찮다며 손 신호를 보냅니다. 지난주부터 잠을 못 잘 정도로 목이 아프고 기침과 가래가 많았는데 이제야 알아차리고 치료를 받게 했네요.

목에게 미안함이 올라옵니다. 목에서 소리를 울려주지 않으니 손짓 몸짓으로 하다가 손뼉을 치며 신호를 보냅니다. 나 좀 보라고요.

소리 내어 인사를 못 하니 등원 지도를 할 수 없고 아이들에게 말을 못 하니 손으로 하트도 보내고 위험한 행동은 안 된다고 엑스 표시도 하고 눈을 크게 뜨기도 하고 눈웃음을 보내기도 합니다.

말로 할 때 보다 아이들이 집중하고 차분하게 놀이합니다.

흥분할 조짐을 보이는 아이에게는 웃으며 다가가 안아주고 사랑한다는 하트 표시를 보낸 후 마음을 전하니 화를 부리려다 애교를 부립니다.

유아들은 그나마 가능했는데 영아들에게는 몸이 3배는 움직여야 합니다.

통증 없이 침을 부드럽게 삼켰을 때의 고마움을 당연한 것처럼 잊고 있었네요.

모든 것이 고마움이고 은혜임을 다시 느끼며 미안함과 고마움이 하나 되어 온몸을 감쌉니다. 그 아픈 목구멍에 음식을 보내는 것도 미안합니다. 살리려고 보냅니다.

소금물로 목 가글도 하고요. 목의 염증(혹)이 가라앉을 때까지 침묵입니다.

고마운 인생입니다.

조석으로 진지 챙겨주시는 남편의 따뜻한 배려에 고맙습니다.

퇴근 길에 고기를 사 온 아들은 엄마를 위한 수육을 두 냄비 가득 만듭니다.

요즘 들어 7시간 주무시고 잘 드시라고 걱정하는 소리가 많은 아들에게도 미안함과 고마움이 올라옵니다. 아들의 수육은 제가 한 것보다 훨씬 맛이 좋습니다.

고맙습니다. 삶의 신비여. 아픔으로 발견한 고마움이여.

05 글씨 학교 10주년

수련 스텝을 앞두고 다시 걸린 독감으로 목소리가 나오지 않으니 마음이 가는 곳에 몸이 따르지 않는 상태입니다. 가방을 싸놓고 풀지 않은 채 다음 수련을 기약합니다. 침묵으로 내려가는 글씨 세상. 선생님 글씨를 따라 써 내려갑니다.

아하! 오늘 할 일! 오늘 갈 곳이 떠올랐지요.

버스에 오르고 내릴 때도 지하철을 타고 내릴 때도 저 먼저 배려합니다.

아들은 아빠를 닮았지요. 두 남자와 동행하면 지갑을 들지 않아도 편안합니다.

글씨 선생님의 제자 100인이 써 내려간 글씨 세상으로의 초대입니다. 글씨 학교 10주년 제자들이 스승의 글씨를 배우고 쓰고 담아 작품전시회가 열립니다.

전시장에 들어서면서 선생님을 찾습니다. 선생님께 다가가 인사를 드리니 내 시선을 다른 곳으로 돌려주십니다. 글연지님 이었지요. 처음 만납니다. 서로 얼싸안습니다. 두 손 잡고 담소를 나눕니다. 서로의 머릿결을 알아보고 스스로 자른 이야기를 하며 웃습니다. 이렇게 우리는 참 좋은 시간 공간에서 인간으로 만납니다. 글연지님의 작품 감상도 하고 설명도 듣습니다. 이산 선생님을 생각하는 마음이 보입니다.

스승이 없이 홀로 걸어오신 그 길에 제자가 나타나니 배우신 길을 열어주신 선생님 이야기꽃 피웁니다. 초기 제자들은 교재가 없어서 선생님께서 불러주시는 대로 글씨를 썼다는 이야기.

나만 알고 있던 맛집이 어느새 소문이 나서 사람들이 너무 많아졌다는 글씨 학교 1호 커플의 입담에 웃고 스승의 은혜 노래를 부르며 눈물짓고...

글씨 학교 새내기인 저는 그냥 보이는 대로 들리는 대로 느껴봅니다.

앞으로 주어진 시간은 선생님께 배우고 닮고 써 내려가고픈 마음입니다.

선생님의 글씨 숲에서 그 걸음에 동행하고 싶습니다. 수많은 제자 중에 가장 작은 제자는 큰 나무 제자 숲속에서 웃으시는 선생님께 눈인사하고 조용히 숲길을 걸어 나옵니다. 남편과 다른 전시회 관람도 하고 쇼핑도 하며 인사동 골목을 거닙니다.

오늘은 내 생애 최고의 날입니다.

지나간 시간을 돌릴 수 있고 다가올 시간을 맞이할 수 있는 건 오늘뿐입니다.

06 내 생애 처음 맞이하는 스승의 날

스승은 자기를 이긴 사람입니다.

자기와의 싸움에서 이기신 스승님의 홀로 가신 길 외로운 길 앓고

앓아서 알게 되신 길.

그 길 끝에서 발견하신 신비를 제자에게 비춰 주시는 스승님

태어난 자리에서 싹 트고 꽃 피우고 가지가 굵어지고 열매 맺고

나그네의 그늘 되어 아낌없이 내어주고 그 자리에서 향기 나는 나무처럼

그 영광을 다 쏟아 내어주시고 그 자리에서 오신 곳으로 사라지실 스승님

스승님과 함께 웃고 울고 춤추고 강의를 듣는 지금 너무도 소중한 이 순간을 만끽합니다. 사랑합니다. 스승님.

---

07 5월 그 초대에 입 맞추러

반소매를 입고 걸어도 시원한 오늘 바람에 살갗을 내 비춰도 딱 좋은 오늘

나의 걸음의 시작이 되어준 장미길을 찾아 나섭니다.

5월의 장미 그 초대에 입 맞추러.

기지개 피어오르는 꽃봉오리 사이사이로 만개한 장미가 내 눈에 첫 키스를 하네요.

"나 여기 있어 기다리고 있어 어서 와."

눈은 장미를 보고 있는데 코에는 엄마께서 끓여주시던 고등어찌개의 비릿함이 느껴지네요. 새벽기도를 마치고 오신 엄마는 손 빠르게 아침 식사를 만들어 주셨지요.

엄마 연세가 내 나이
될 즈음에 교회 문화
가 깊이 내려앉은 우
리 가정.

가장 화려했던 그 시
절에는 하루 세끼마다
된장 육류 생선을 좋
아하시는 아빠를 위한
된장국, 돼지고기 찌
개, 생선조림 등 고기
와 생선이 빠지지 않
았고 채식을 좋아하는
엄마를 위한 채소 반

찬도 푸짐한 상차림에 빠지지 않았지요. 그중에 저는 미역무침과
호박전 무침을 가장 좋아했지요. 손도 빠르고 양도 푸짐해서 무시
로 찾아오는 손님에게도 손수 지은 상차림으로 대접하셨던 엄마.

그 음식에 대한 향수가 아직도 나의 코끝에 남아 이른 아침에는 따
뜻한 국물이 점심에는 시원한 콩국수나 냉면이 저녁상에는 얼큰한
찌개나 볶음 조림이 떠오릅니다. 내 나이와 같은 시절을 사실 때 엄
마 모습이지요. 그런데 나는 그 체력 그 정성을 못 따라가는지 간소

화 최소화되어 편안함에 익숙한 걸음을 하고 있네요. 엄마에 대한 고마움 죄송함을 두고 받은 사랑으로 자녀에게 잘하고 싶은 마음 고이 간직하며 오늘 길을 걷습니다.

그 사랑 받아먹고 잘살고 있습니다. 덕분에 지구별 여행 잘하고 있어요.

이 화려한 계절 화사한 꽃님들 벗 삼아 걸으며 꽃과 풀 자연을 좋아하시던 엄마 닮아 저도 그들이 참 좋아요.

08 네가 감꽃이구나

오늘은 연차를 사용하여 여유롭기로 선택합니다.

약속을 잡지 않았기에 급할 것도 나를 재촉하는 것도 없어요.

여유를 부릴 여유 빨리 걷지 않아도 되는 오늘은 휴가

산책길에 만난 꽃

길가에 떨어진 노란꽃

위를 올려다보니 작년 가을에 감이 열렸던 친구네요.

아하! 감 꽃이구나. 반갑다 친구야.

처음 보는 감꽃이 소중해서 길을 오가며 만나는 친구들에게 소개합니다.

벌과 나비가 되어 감꽃을 이곳저곳에 데리고 다니며 나무 꽃 친구
에게 소개하는 여유를 부립니다.

손바닥에 살포시 올려놓고 집까지 무사히 도착하여 목말랐을 꽃에
게 물도 줍니다.

첫 손주 지후의 첫 돌에 입을 옷을 선택합니다. 하늘하늘한 치맛단
에 망사치마 안의 속단이 짧아 눈에 거슬립니다. 무릎 아래까지 가

려줬으면 좋겠는데... 이리저리 구상하다가 속단을 대체할 비슷한 계열의 속치마 원단을 발견합니다. 허리둘레에 맞춰 단추를 달고 단추 구멍을 만들어 입으니 무릎 아래까지 가려주어 마음이 편해집니다. 별것도 아닌 것을 해 놓고 혼자 흐뭇합니다.

리폼으로 아쉬웠던 옷이 완성됩니다. 젊을 때는 무릎 위까지 다리를 내보여도 괜찮았는데 중년이 되니 치마 길이를 아래로 아래로 내려야 편안합니다. 간혹 기장이 불편할 때는 롱부츠나 레깅스의 도움을 받지요. 나의 휴가를 기다렸다는 듯이 쌓여있는 집안일을 후루루하고 장을 보고 엣지욕을 다녀오니 퇴근 시간이 되었네요.

순간순간 시방 느낌 느끼며 미소 짓고 시장에서 채소 거리 옥수수 콩 국물 사면서 별거 아닌 일에 예쁘게 웃고 속으로 '아 재밌고 신난다'를 외칩니다.

09 사랑이어라

세 자매를 통해 이루어진 대가족은 큰언니에게 손자가 생기면서 호칭이 상향조절되어 할아버지 할머니 이모 삼촌이 되었습니다.

9개월 만에 엄마 자궁에서 나온 손자를 위해 얼마나 마음 모아 기도했는지 손자로 인해 꽃피우며 향기로워진 큰언니와 형부를 보며 얼마나 흐뭇한지 큰 조카와 조카사위가 얼마나 대견하고 고마웠는

지 손자를 함께 먹이고 재우고 어르고 만지며 우리는 함께 웃고 환희를 느끼며 한마음이 되었지요. 첫돌을 맞이한 조카손자 지후는 건강히 잘 자라주어 고맙고 뭉클함과 기쁨이 교차합니다.

가족은 거울입니다. 대가족으로 모일 때 비추어지는 거울이 있습니다.

부족함이 있어도 마음에 들지 않는 부분이 있어도 맞는 말보다 따뜻한 말이 오고 갈 때 가족애는 향기 나고 꽃 피우고 열매가 풍성해집니다. 자녀를 함께 키우고 손자도 함께 키웁니다. 부모가 미처 가르치지 않은 부분은 이모 이모부를 통해 배웁니다. 그렇게 가르침도 배움도 고민도 마음도 함께 나누며 우리는 자랍니다.

대가족으로 모일 때 형제가 많은 가족은 더 빛이 납니다. 자녀를 낳고 양육하는 과정을 공유하며 우리는 커지고 자랍니다.

배우자는 배우는 관계라는 말에 큰 형부가 감동하며 마음을 나눕니다.

스승님의 가르침이 우리 가족을 넘어서 우리 가문에 흐르고 꽃 피우기를 소망합니다. 우리는 오늘도 배우고 관계하고 사랑하며 자라갑니다.

⑩ 세월의 이름들

우리 하나로 모여 지금 여기에 있습니다.

바람 흙 물 공기 숨으로 새기는 사람들 '석지랑'

다섯 작가들의 마음 담아 손으로 새겨진 세월의 이름들

304개의 돌에 새기고 종이에 새겨진 글씨들

가슴에 새기고 기억에 새긴 이름과 사연들 앞에 멈추어 들여다봅니다.

엄마의 마음에 새겨진 아빠의 마음에 새겨진

친구와 형제와 제자의 마음에 새겨진 이름들

구조를 위해 꿈을 내려놓으신 누군가의 아버지 어머니 자녀 친구의
이름

그 꿈은 가족의 기억 속에 남아 나에게 전해집니다. 미안합니다.

1년 반 시간 속에 그들의 이야기를 기억하며 돌을 고르고 자연 빛을
찾아낸 사람들. 돌에 새긴 이름 안에 제 각 각의 모양 색 빛 꿈 이야
기가 있습니다.

사유하며 가만히 멈추어 봅니다. 돌 하나를 골라 나의 예명도 새겨

봄니다.

차분한 마음 안고 명동성당을 나와 동행해 준 남편에게 커피 한 잔 대접합니다.

이렇게 오늘 이름을 만나고 명동 거리를 만나고 나를 만납니다.

⑪ 엄마를 단속하는 아들

"아빠한테 부드럽게 잘하세요. 고기 많이 드시고, 우유 다 드세요."
지방 촬영을 하러 2박 3일 떠나는 아들이 저에게 당부하는 소리입니다.

아빠에게 눈빛도 말도 행동도 잘하라고요. 엄마를 단속하는 건지 아빠를 단속하는 건지 알쏭달쏭하지만 가정의 평화와 안전을 위한 아들의 세심함을 넘은 잔소리지요.

우리 집 아들은 아빠와 엄마 사이에 꿀이 떨어져야 안심이 되나 봅니다.

사실 예전 모습은 꿀도 떨어지고 혀도 꼬부라졌지요. "여봉~~~"
갱년기가 오면서 꿀 부족 현상이 생겼나 봅니다. 그러고 보니 예전에는 해마다 토종꿀을 6병씩 주문해서 먹곤 했는데... 여러모로 꿀이 바닥이네요.

먹는 꿀도 사랑 꿀도 부족했나 봅니다. 아들도 딸도 아빠를 애지중

지합니다.

저를 애지중지하는 남편이 있으니 아들 딸의 아빠 사랑이 서운하지 않습니다

사장에서 직원이 되고 근로자에서 노동자가 된 아빠에 대한 사랑과 감사와 존경심을 그렇게 마음으로 표현하는 아들과 딸에게 고마울 뿐이지요.

길 떠나며 다시 당부 전화하는 아들에게 걱정하지 말고 잘 다녀오라고 합니다.

중간중간 전화로 점검하고 다녀와서 아빠 표정 보고 검사할 테니 잘해야 합니다.

그런 세심함 자상함 배려심은 누굴 닮았을까요?

부산에 도착해 모래 놀이하는 아들이 보낸 사진과 영상은 나를 웃게 합니다.

---

12 세 자매

부모님이 제게 준 가장 큰 재산 '세 자매'

작은 언니의 추천으로 보았던 영화 '세 자매'에 비친 우리 모습은 닮은 듯 다른 삶의 모습이고 닮은 듯 다른 걸음의 아픔 상처들이 있습니다. 어떤 모습이든 어떤 걸음이든 우리는 서로 위로하고 아껴주고 손잡습니다. 내가 아플 때 내밀었던 그 손을 언니가 외로울 때 잡아주고 내가 힘들 때 떨구었던 어깨를 언니들이 잡아 일으켜 주었듯이 언니들이 익어가는 뒷모습 보며 그 어깨를 기댈 수 있게 그 짐을 나누어지려 합니다.

막내라고 어리다고 여리다고 그저 안쓰럽게만 바라보는 나의 언니들.

대견하다고 예쁘다고 곱다고 칭찬으로 선물로 만날 때마다 나보다 가득가득 챙겨주는 고마운 언니들. 늘 미안하고 고맙고 아랫배까지 따뜻함이 가득해집니다.

언니들과 나란히 우산 쓰고 걷는 명동 거리 명동성당 명동 커피 명동의 낭만.

청년 시절 연극배우로 활동던 작은 언니 덕분에 가난했던 그 시절에 공연예술문화에 눈을 뜨게 되었고 언니의 공연과 그 외 예술공연을 풍요롭게 누렸지요.

남편을 만나게 된 것도 언니의 연극 대본에서 시작되었지요.

만나면 서로 사겠다는 합니다. 연극 티켓 예매는 인터넷으로 하니 손 빠른 내가 합니다. "역시 젊은 사람이 똑똑해." 작은 언니의 칭찬입니다. 마음 씀씀이가 크고 엄마 손만큼이나 넉넉한 해서 좋은 건 먼저 써보고 바리바리 싸주며 생각지도 못한 부분까지 세심하게 배려해주고 섬겨 주는 고마운 언니들입니다. 언니들과 걷는 길이 고마운 오늘입니다.

우리 오늘처럼 환하게 웃으며 곱게 알음답게 걸어요.

⑬ 삶이 나에게 준 가장 큰 선물

삶이 나에게 준 가장 큰 선물은 가족입니다. 2박 3일 휴일을 맞아 딸이 찾아옵니다. 2박 3일 집 떠난 아들의 자리를 채우는 딸은 마이크를 켜고 흥을 발산합니다.

아빠를 노래하게 하고 야밤에 뮤지컬 여주인공이 되어 애타게 노래합니다.

밤새 딸의 고음이 집안의 정적을 깹니다. 나의 단잠도 깨웁니다.

딸이 남기고 간 침대에서 자고 딸의 책상에서 독서하고 일기 쓰는 아빠를 위해 딸은 침대 서랍장에 아빠의 옷을 정리합니다. 독립해서 살면서 정리 정돈(살림)을 잘하게 되었다며 옷 정리하는 방법을 소개합니다. 요리도 잘하고 냉장고에 음식도 가득하답니다. 잘 먹고 잘 지낸다니 흐뭇합니다. 엄마보다 더 잘난 딸. 더 잘할 딸.

점점 작아지는 나보다 점점 커지는 딸을 바라보는 기쁨이 큽니다.

왔다 갈 때마다 몇 개의 가방 가득 물건을 챙깁니다. 양손 가득 짐을 옮겨주고 딸의 자취방을 나옵니다. 머리가 바닥에 닿도록 감사 인사를 하는 딸에게 잘살라고 두 손 흔들며 함박웃음 건네고 나옵니다. 딸이 떠난 집 안에 고요가 가득합니다.

뒤뚱거리며
여덟 걸음

01 꽃들은 계절이 궁금해 핀다지요

3월부터 시작한 부모참여 수업을 위한 씨앗 심기.

메밀씨 강낭콩씨 콩나물씨 감자씨 고추씨 상추씨 등 등

씨앗이 잘 자라도록 모종이 잘 자라도록 아이들과 교사들이 정성과 천연비료를 주었지요. 꽃들은 계절이 궁금해 핀다지요.

씨앗을 잘 심고 물 햇빛 바람 비료 정성 사랑을 주고도 노심초사하며 기다렸지요.

싹이 날 때 반가움. 줄기가 자라고 잎이 무성해지고 꽃이 피고 꽃이 핀 자리에 열매가 올라오며 수확의 기쁨까지 관찰하며 신기하고 대견하고 고맙고 어찌나 알음답던지 보고 또 보았지요.

아기와 어린이집 정원을 거닐어 봅니다. 아기가 고추를 탐색하더니 손을 내밀어 잎을 따서 입에 가져가 보네요. 깜짝 놀라 빼내었는데 별맛이 없는지 무덤덤하게 뱉어냅니다. 식사량이 왕성한 아기는 밥 국 반찬에 김치까지 편식하지 않고 잘 먹는지라 아주 우량아지요. 유모차를 꽃 가까이에 대어주니 꽃도 만져보고 잎도 따봅니다.

아기와 자연 놀이하는 곁에서 잡초를 뽑으시는 원장님은 꽃을 좋아하셔서, 원장님 덕분에 저의 직장은 꽃과 과일 수로 아주 아름답습니다. 원에서 잡초 뽑고 나무 자르고 정원 가꾸는 일을 잘하시고 좋

아하시는 원장님은 쉬는 시간에 외출하는 저를 보시면 곱게 웃으시며 "풀 뽑을 때가 가장 마음이 편해요." 하십니다. 좋은 산책길도 안내해 주시고 거기에 가보라고 하십니다. 고마운 원장님.

70이 훌쩍 넘으신 원장님의 인자하신 미소는 항상 저에게 귀감이 됩니다.

아기에게 신발을 신기고 무릎 보호대도 해주고 걸어봅니다.

성큼성큼 걷다가 넘어지는 아기 손과 무릎의 흙을 털고 다시 걷습니다.

오늘도 바람이 햇빛이 대자연이 참 고맙습니다.

봄 여름 가을 겨울철마다 피는 여러 종류의 꽃과 식물을 만나는 선물을 누립니다.

3주 만에 찾아가는 글씨 학교. 그리웠고 배우고 싶고 더 잘하고 싶
은데 마음이 붕 떠서 글씨가 써지지 않아 선생님께 말씀드리니
"이럴 땐 이런 글씨를 써야지요" 하시며 사뿐히 내려앉은 붓글씨
"내 영혼아 늘 평안하여라"
내 글씨 보고 소심해진 가슴이 선생님 글씨 보며 숨을 쉽니다.
잘 웃지 않는 남편을 웃게 해 줄 글씨를 부탁드립니다. "웃자 웃자
웃자"
글씨를 보면 안 웃을 수가 없네요. 글씨에 이야기가 있습니다. 감정
이 있습니다.
매일 글씨를 보며 웃기를 바라는 소망이 담긴 글 참 웃깁니다.
선생님 글 길 따라 걸어봅니다.

오늘은 북극성님과 양 선생님이 만납니다. 사람 살리는 일을 하러
지구별에 보내어진 사람이 있습니다. 그 일을 할 때 신나고 살아 있
음을 느낍니다.
아주 행복합니다. 제게 비친 두 분의 모습입니다. 양 선생님은 아픈

사람을 치료하고 회복되면 본인의 몸도 좋아진다고 하십니다.

북극성님은 수련생 중에서 가장 마음이 아픈 사람을 찾아가고 그를 위해서 기운을 모두 씁니다. 그때가 제일 신난다고 합니다. 어떻게든 무엇으로든 도와주려고 합니다. 그 사랑을 받은 제 눈에 비친 닮은 점입니다.

그러니 서로를 알아봅니다. 대화가 끊이지 않고 잘 맞습니다.

하나님 작품들이 하나님 사람들을 찾아 살리는 일을 합니다. 이런 만남을 바라보는 기쁨을 누립니다. 궁전레스토랑에 오신 걸 환영합니다.

정성껏 차린 음식 보시며 아까워서 어떻게 먹냐며 칭찬해주시네요.

이렇게 만날 사람은 만나게 됩니다. 좋은 만남이 오늘 나를 웃게 합니다.

고맙습니다. 덕분에 감히 꿈꾸지 않은 오늘을 경험합니다.

03 덕수궁 하티 소풍

스승님 산파님 하티님들과 함께 하는 여행

역사를 만나고 나를 만나고 배움이 있는 하티 여행

근대화가 나에게 오기까지 선조들의 발걸음 위를 걸어보았습니다.

역사 속의 그가 되어보고 아파
하고 뭉클하고 외롭고 만감이
교차하는 여행
힘이 없으면 나라도 회사도 가
정도 바로 설 수 없다는 것을
삶의 핵심은 독립이라는 것을
건강한 체력 위에 가족 우애
자본이 서고
지식 자본이 들어오고 경제 자
본, 문화 자본이 들어와야 한

다는 것을 배웁니다.

체력 지력 심력을 길러 원만한 삶이 되어야 한다는 것을 그래서 배워야 한다는 교훈을 받습니다. 역사의 토대 위에 내가 서 있습니다.

가르침 주신 스승님 고맙습니다. 사랑합니다.

하티수련의 꽃 하티 소풍 우리 하티님들과 함께 하니 더욱 행복합니다.

다음 소풍이 매일 매일 기다려질 것 같습니다.

신비한 삶 경험할수록 깊어지는 삶 고맙습니다.

 아빠와 딸

제가 임신을 하면 남편이 한결같이 하던 말 "아빠 닮지 말고 엄마만 다 닮아라."

그래서 그런지 우리 아이들은 엄마를 많이 닮았습니다.

어쩌면 엄마보다 더 우상향 되어 나온 딸은 기운 센 천하장사입니다.

어릴 때부터 자기보다 몇 살이라도 어린아이를 보면 안아주고 싶어서 달려들었다 힘이 달려 놓쳐버리고 너무 미안해서 어쩔 줄 몰라 했던 딸.

장성한 후에는 아빠 엄마 오빠를 업어주겠다고 귀찮을 정도로 달려

듣니다.

딸의 애걸에 몸을 맡기면 자기 몸을 낮추어 아빠를 엄마를 오빠를 업어주고 몇 걸음을 걷다가 내려놓고 신나 하는 딸.

왜 그렇게 업어주려고 하는지 모르겠지만 아빠는 그런 딸의 행동이 싫지 않은 모양입니다.

"여보 자기야!" 하며 아빠에게 찐한 애정 표현을 하는 딸.

오늘은 아빠 볼에 뽀뽀를 마구 하더니 엄마에게도 아빠와 뽀뽀 하라고 성화합니다. 딸의 재촉에 남편에게 뽀뽀를 하고 나니 "하하하" 웃으며 "아빠 기분 좋죠? 나 덕분에 뽀뽀했죠!" 하네요. 아빠 사이 애정 선을 지켜주는 딸. 그런 딸이 있어 오늘은 함께 웃습니다.

05 죽음 명상을 하며

죽음을 경험했던 기억이 납니다. 첫 경험은 아기를 낳을 때입니다. 출산의 고통은 죽음을 연상하게 할 만큼 짜릿했고 고통이 멈추면 아니 고통이 멈추지 않으면 내가 고통을 이겨내지 못하면 이대로 죽겠구나 싶었지요.

몸부림치는 나와는 전혀 상관없다는 듯이 정오의 햇살은 눈부시게 찬란했고 따스했습니다. 우주의 심포니로 더없이 황홀한 그 자체였지요.

고통은 내 몸을 더욱 조여왔고 내 몸 안에서만 진동을 주었고 꾸벅꾸벅 졸고 계시는 친정엄마와 서울에서 급히 달려와 일을 처리하느라 통화를 하고 있는 남편은 다른 세상에 있는 것 같았지요. 시차 간격을 두고 나타났다 사라지는 간호사 역시 내 고통은 알지 못했고 나는 죽더라도 아기는 살려야 한다는 일념으로 온 정신과 힘을 집중했습니다.

이대로 죽으면 안 된다. 아기는 살려야 한다는 마음으로 온기를 쏟아내었습니다.

두 번째 죽음 경험은 자궁 적출 수술을 하기 위해 하얀 면사포에 싸여 수술실로 옮겨지기 전 홀로 나를 지켜보는 아들과 생전 마지막이 될 수도 있는 인사를 나누었습니다. 엄마의 아들로 태어나줘서 정말 고맙고 사랑했다고 너로 인해 정말 행복했다고 인사를 나누었고 엄마가 죽으면 이모가 제일 슬퍼할 이모에게 엄마는 편안히 좋은 곳으로 갔으니 너무 슬퍼하지 말라고 말했지요.
정말 고마웠고 언니가 내 언니여서 너무 행복했다고...

홀로 남겨질 아빠와 힘들어할 여동생과 사이좋게 지내 달라고, 성경을 곁에 두고 항상 읽으라고, 행복 하라고, 이대로 깨어나지 않으면 엄마는 하나님 품 안에서 안식하는 것이니 너희도 평안하라고 했던 기억이 납니다. 이런 유언들을 남기며 장례식에 관련한 증서들을 알려주고 사랑한다는 인사를 나누었습니다.

오늘 내가 죽는다면 이런 유언을 하겠습니다.
"참 고마웠고 감사한 생이었다. 모든 순간이 하나님 은혜였다.
나는 부활이요 생명이다. 다 이루었다."
오늘 살아 있는 것은 어제의 내가 죽었기 때문입니다. 죽음과 삶은 연결되어 있습니다.

지구별에 육체를 입고 사는 오늘 마음껏 사랑하고 마음껏 행복한 선택을 하고 마음껏

기뻐하며 삶을 향유하겠습니다. 오늘을 주셔서 감사합니다.

감자가 썩어 싹이 나오고 줄기가 자라면서 썩은 감자에서 감자알이 나오네요.

죽음 후에 피어나는 생명의 씨앗, 생명이 이어지고 있음을 봅니다.

자연의 경이로움과 생명의 신비에 묵념하는 오늘입니다.

---

06 내가 맨발 걷기를 좋아하는 것은

흙에 피부가 닿을 때 대지와 내가 하나 됨을 음미합니다. 땅이 나를 끌어당기는 건지 내가 땅속으로 기어들어 가는 건지 알 수 없는 편안함이 느껴집니다.

흙의 기운이 올라오고 흙내음 안으로 들어갑니다. 촉촉함도 거칠함도 나와 닮았습니다.

생명을 자라게 합니다. 내 안에서 자라는 생명이 흙의 기운을 받습니다.

빗방울 한두 방울이 살갗에 닿는 느낌을 느껴봅니다.

풀 내음이 더 짙어집니다.

고요한 중에 새소리가 멀리서 들려오고 살랑이는 바람결에 꽃잎 떨

군 아카시아 잎이 바람길 내어주며 이리저리 춤추는 곳에서 나와 대지의 입맞춤이 계속됩니다.

이대로 멈추지 말고 영원하기를 왼발 오른발 들숨 날숨이 장단 맞추어

대지와 나의 사랑 장난을 연주합니다. 오늘도 사랑이어라.

멀리서 총소리가 들려오고 놀란 새의 울음소리가 더 가까이 다가옵니다.

오늘도 행복이어라. 애니의 음악이 촉촉함을 선물하네요.

---

07 '아침 햇살 장례축제에 대하여'를 읽고

우는 사람은 주변에 있지 못하게 하라셨는데 벌써 눈물이 납니다.
어쩌면 이리 소상히 장례를 준비하시는지요. 지구별 사명을 끝내시
고 돌아가실 스승님은 오신 곳 하늘 아버지 품에 안기실 때 정말 아
름답게 죽음을 경험하고 느끼기 원하십니다. 깨어 그날과 시를 알
고 정해서 맞이하기 원하시는 스승님.

스승님께서 30대 젊은 날에 지으신 집. 그중에서도 나의 20대 내가
알에서 깨어나고 내 자궁에서 태어난 살림의 집 '기쁨의 방'에서
지구방문 마지막 날을 보내고 싶다고 하십니다.

 평소 즐겨 들으시던 베토벤의 [전원]과 [합창], 슈베르트의 [아르페
지오 소나타], 쇼팽의 피아노곡, 야니의 [인 마이 타임], 미샤 마이
스키 첼로곡, 블루의 [고린도전서 13장 사랑], [모두가 사랑이에요]
즐겨 부르시던 찬송들을 들으시며 그날을 맞이하고 싶으시고 우는
사람은 주변에 있지 못하게 하고 기쁨과 평화로움이 가득한 분위기
를 만들어 달라고 부탁하십니다.

마지막으로 고마웠고 사랑했고 다 이루었다고 모두가 하나님의 은
혜였다고 전하시며 지구별 환송식을 경축수련보다 더 환한 축제로

만들어 달라고 당부하시네요.

내가 앉았고 제자들이 앉아서 수련받았던 그 관 안에 누이시길 원하시는 스승님.

혹시 기념하고자 하는 이에게 생일이나 지구별 떠난 날보다 1994년 3월 24일 오후 4시를 기억하고 기념해 주길 당부하시며 지구별 사시는 동안 잘 사용하신 육체를 벗고 하늘로 가시는 날에 다시는 죽음이 없고 슬픔도 울부짖음도 고통도 없는 하늘로 돌아가시는 날에 울부짖음이 아닌 기쁨으로 춤과 노래로 엄숙하고 환한 축제가 되도록 하겠습니다.

여기 있지만, 여기 아닌데 있고 그래서 여기 없지만, 항상 여기 있는 사람 나는 그런 사람입니다.

스승님 가르침 본받아 오늘도 정진하겠습니다.

---

08 망고 속에 비친 어린 시절

내가 어릴 적에 우리 집에는 말하지 않아도 느껴지는 암묵적인 질서가 있었습니다.

맛있는 것 좋은 것은 아버지와 남동생이 먼저이고 다음에 딸의 서열에 따라 주어지고 마지막에 어머니의 차지가 되셨지요. 그때의 습관이 나에게도 자리매김이 되었는지 특별한 음식이나 귀한 것은 남편과 아이들에게 권하고 양보하게 되었지요.

그런 엄마의 모습이 안타까웠는지 아들은 무엇이든 가족 모두에게

공동 분배를 하고 남편은 아내와 아이들에게 먼저 권하는 암묵적인 질서가 생겼습니다.

망고를 선물로 받았습니다. 저는 가족에게 양보하느라 먹지 않았는데 어느 날 보니 껍질이 누르스름해졌네요. 안 되겠다 싶어 하나를 반으로 잘라서 먹어봅니다. 달콤한 향과 맛이 입안 가득 퍼지며 몸이 행복해집니다.

노오란 빛깔을 망고의 결을 잘 보고 먹습니다. 음미하며 통째로 먹습니다

망고 하나를 온전히 통째로 먹어보기는 처음입니다.

어릴 적 어머니는 바나나 한 개를 사서 남동생에게만 주셨지요.

그때부터 내 인식 속에 '좋은 건 내 차지가 안되는구나' 생각했지요.

큰 언니의 물건이 작은 언니에게 물려 지고 그다음에 내가 사용하는 질서가 몸에 배어 양보하고 기다리던 나는 이제 나를 먼저 챙겨줍니다.

나를 알아차리고 내 마음을 알아차리고 보살펴 주는 내가 참 좋습니다.

나를 존중하고 살피며 오늘을 살겠습니다.

09 유전된 습관

우리 집에는 3대째 전해져 오는 습관이 있다는 것을 알아차립니다. 성실하신 친정아버지는 6일은 열심히 일하시고 주말 오후에는 사교댄스를 즐기셨지요. 젊은 시절에는 태권도 사범을 하실 정도로 운동을 좋아하셨고, 약주를 드시고 오시는 날이면 잠자고 있던 저희 4남매를 깨워 나란히 세우시고 태권도 시범을 보이시며 따라 하게 하셔서 초등학교에 들어가기 전부터 팔과 다리를 쭉쭉 뻗으며 태권도를 힘차게 외쳐댔던 추억이 있습니다.

새벽마다 일어나셔서 스트레칭과 체조 청소를 매일 하셨는데 중년에 배우신 사교댄스에 소질이 있으셔서 어느 정도 실력이 되신 후에는 사교장에서 입장료를 받지 않고 입장하실 정도로 실력이 출중하셨지요. 저도 아버지에게 춤을 배우고 싶어서 가르쳐 달라고 했지만, 주부가 배우면 못 쓴 다시며 안 가르쳐 주셨지요.

아버지는 춤을 추고 오시면 땀에 젖은 옷을 항상 손으로 빨아서 건조대에 널어 말리셨지요. 땀에 젖은 옷을 쌓아두는 걸 싫어하기도 하셨고 춤추실 때 입는 옷을 아껴서 그러신 것 같기도 합니다.

아버지의 모습을 닮아 저도 땀에 젖은 옷을 쌓아두는 걸 안 좋아해서 손으로 빨래를 하는데 아들도 일을 마치고 오면 하얀 와이셔츠를 꼭 손빨래합니다. 물기가 있는 채로 화장실에 걸어두면 다리미질을 하지 않아도 구김살이 생기지 않아 일석이조입니다.

어쩜 이리 닮았는지 아들이 손빨래하는 부지런함을 보며 아버지 모습이 떠오르는 오늘입니다. 우리의 모습을 보고 남편도 땀에 젖은 옷을 손빨래하네요. 하루의 땀과 애씀을 씻어내며 몸과 화해하고 몸을 감싸주었던 옷에 감사하며 깨끗하게 정돈하는 아름다운 저녁을 맞이합니다.

스승님을 만나 감히 꿈꾸지 않은 삶을 살아가고 지난 추억도 아름답게 생각나는 오늘입니다. 신비롭지 않은 것이 없습니다. 아! 숨채이오

---

10 메밀 싹

맑은 물이 떨어집니다.
대지를 적시고 바다를 적시고 강물을 적시고 바위를 적시고 나무를 적시고
꽃과 잎 사이를 적시고 꽃 사이 얼굴 내민 열매를 적십니다.
아기와 촉촉해진 세상을 만납니다.
어머나! 메밀 씨앗!

고운 흙 이불 덮어 놓은 메밀 씨에 물 주고 간 뒤에 햇살 바람 다녀간 후에 피어난 새싹. 그 새싹이 자라 줄기 되고 가녀린 줄기 서로 기대어 자라더니

맑은 물 머금은 꽃 떨쳐내고 기지개 펴낸 메밀 씨앗이 인사하네요.

생전 처음 보는 메밀 씨앗에게 인사합니다.

반갑게 눈 맞춤하고 손 내밀어 추수합니다.

아기의 손에서 노닐다가 껍질 벗고 나와 여리여리 하얀 속내를 보여줍니다.

속에 열이 많은 나에게 시원함을 선물해 준 메밀국수 메밀전병

네가 있어서 나를 살게 했구나.

메밀이 나에게 오기까지 관찰하고 살펴주고 기다렸지요. 고마움과 설레임으로요.

속살을 입에 넣고 음미하며 생명의 고귀함에 감사하는 오늘입니다.

뒤뚱거리며
아홉 걸음

① 53년 걸어온 삶

그 삶에서 그냥 멈추었으면 하는 순간들이 적지 않았습니다.
이대로 멈추고 싶다...
그때 받은 선물이 있습니다.
다시 시작하는 끝의 시작에서 때로는 모든 것이 멈추었으면
나만 멈추면 될까? 멈추려 해도 멈추지 않는 삶
그 삶이 나를 살게 하고 그 삶이 있어 내가 있습니다.

일어나는 일 나타나는 현상에 그저 그런가! 하며
침묵할 수 있는지? 나에게 묻습니다.
나는 말하지 않는 것으로 말하고 있고 말함으로 침묵하고 있습니다.
끝나지 않을 것 같은 삶이 끝나는 날
더 이상 말의 소용 돌이에서 자유로워지는 날
그 끝에 내가 있습니다.
다시 시작하는 끝의 시작에 있습니다.

눈을 감은 채 그대로 끝이었으면 좋겠다 싶을 때
그때 받은 선물 그 끝을 떠올리며 음률에 마음을 내려놓았습니다.

언제일지 모를 그 끝에 다녀온 듯이 마음이 고요해지는 것을 느꼈고

눈이 열릴 때 나는 지금 여기에 있음을 느꼈습니다.

고요히 평안히 차분히 잠잠해지는 나를 만납니다.

소개해드릴 곡은 [정밀아 님의 별]입니다.

별이 될 우리들의 끝...

02 이 문제의 좋은 점은 무엇인가?

고민할 거리가 사라졌습니다. 남편이 있어 감사합니다.

사람의 소중함, 관계의 소중함, 함께 나눈 시간의 소중함을 알아차

리고 감사합니다.

알곡은 모아 곳간 안에 쭉정이는 골라 바깥에 버립니다.

좋은 생각은 남기고 부정적인 생각은 흘려보냅니다.

일상이 더 소중하고 감사합니다.

나를 사랑해 주는 남편에게 감사

밝고 맑은 딸에게 감사

긍정 에너지 듬뿍 가진 아들에게 감사

잘 키워주신 부모님께 감사

우애 좋은 언니들에게 감사

항상 걱정해 주시고 든든한 웃어른 되어주는 형부에게 감사

잘 살아주고 각자 일에 최선을 다하는 조카들에게 감사

안부 물어주고 언제나 좋은 만남 이루는 친구들에게 감사

늘 나를 편안히 맞이해 주고 쉼을 주는 집에 감사

격려와 갈 길을 제시해주시는 스승님께 감사

이렇게 어울려 감사하며 살아가는 것이 삶이었네요.

이 모든 것을 깨어나 지켜보고 알아차리고 관망하는 나에게 감사합니다.

---

03 내 어릴 적 함께 뛰놀던 친구들

나일론 양말이 타들어 가는 줄도 모르고 꽁꽁 언 발을 난로에 녹이며 옹기종기 모여 이야기꽃 피우던 나의 옛 친구들.

그 시절 교회당은 우리들의 놀이터였고 친구들이 있었기에 매일이 크리스마스였지요. 만나면 무엇이 그리 좋은지 까르르 웃느라 배꼽을 잡고 비 내리는 날에는 비를 맞으며 웃고 눈 내리는 날에는 눈을 맞으며 웃었던 우리.

40년 세월 동안 한 번도 싸운 적 없이 의초롭게 우정을 이어왔던 우리.

오늘의 만남도 웃느라 시간 가는 줄 모릅니다.

자녀 키우는 이야기

집 안 청소하는 이야기

노후 계획 이야기

건강 관리 이야기

앞으로도 좋은 만남 이어가자는 이야기 속에 오늘도 웃느라 눈물을 훔쳤습니다.

가장으로 엄마로 직장인으로 군인으로 사업가로 살아가는 친구들이 자랑스럽고 고맙습니다.

친구는 선물입니다. 친구들이 있어 감사한 오늘입니다.

04 나의 외갓집

충북 괴산시 칠성면 사평리는 기억 속 나의 외갓집입니다.

방학이 되려면 한 달이나 남았는데 아이들 방학이 언제인지 물어보시던 친정어머니의 물음은 어쩌면 외할머니를 닮으신 것이겠지요.

제가 말이 트이기 전부터 어머니의 손을 잡은 사 남매는 방학이면 외갓집에 갔었죠. 짐가방에 올망졸망 아이들을 데리고 버스를 세 번 갈아타고 향했던 친정 나들이.

어머니에게는 그것이 유일한 외박이셨고 하룻밤 주무시면 우리를 외갓집에 남겨둔 채 집으로 돌아가셨지요.

아버지 식사를 챙겨드려야 했으니 하룻밤 외박도 어머니에게 쉬운 일이 아니었지요.

아버지와 외갓집에 방문한 기억이 없는 걸 보면 아버지는 결혼 초에 다니시고 외할아버지께서 돌아가신 후에는 처가에 가지 않으셨던 것 같습니다. 처가에 가시면 외할머니께서 상다리가 부러지도록 음식을 그득하게 차려주셔서 무얼 먹어야 할지 모를 정도 셨다고 하셨지요. 외할머니 손맛을 닮아 친정어머니 역시 솜씨도 좋으시고 손도 크셨지요. 옥수수 이야기를 하려다 멀리도 다녀왔네요.

나의 외갓집 마당에는 포도나무 복숭아 옥수수 앵두나무 등 과수가 많았고 조금 걸어 밭에 가면 수박 참외 등 먹을거리가 많았기에 우리 사 남매뿐 아니라 외삼촌 이모의 자녀들까지 외사촌들은 외갓집에서 여름방학을 한 달 이상 꽉 채워 보내곤 했지요.

올망졸망 손주들을 위해 외할머니께서는 잠시 앉을 새도 없이 음식과 간식을 해주셨는데 항상 반찬 올릴 틈이 없을 정도로 상 가득 음식들이 올려져 있었습니다.

그중에서 제일 기억에 남는 음식은 달밤에 쪄주신 옥수수.

대청마루에 둘러앉아 하하 호호 이야기꽃 피우며 즐겨 먹던 옥수수에 대한 추억에 저는 지금도 옥수수를 좋아하지요. 그것도 외할머니 고장에서 수확하고 판매하는 대학 찰옥수수를 해마다 주문하여 먹습니다.

퇴근하자마자 도착한 옥수수를 보고 화색이 돕니다. 껍질을 모두 벗기고 큰 솥에 40여 개 옥수수를 모두 찝니다. 시간 불 조절을 하며 익어가는 향과 열기를 맡으며 신이 납니다.

저절로 입가에 미소가 지어지고 주방과 거실을 오가며 1시간을 기다립니다.

뜨끈뜨끈 옥수수 향내 맡으며 저녁으로 서너 개를 먹습니다.

너무 많이 먹는 거 아니냐며 배탈이 날까 봐 걱정하는 남편에게 나는 옥수수를 많이 먹어도 잘 소화된다고 안심시키고 마저 먹습니다.

옥수수를 보내주신 판매자님께 감사 글도 보내고 외할아버지 외할머니 외갓집에 대한 감사와 그리움도 함께 먹습니다.

어릴 때는 외갓집을 너무 사랑해서 꿈속에서도 자주 다녀오곤 했지요.

저도 언젠가는 외할머니가 되고 우리 집은 외갓집이 되겠지요.

나는 우리 손주들에게 어떤 할머니가 될까 생각하면 정신이 번쩍 들고

오늘 하루도 정말 잘 살아야겠다고 마음을 다지게 됩니다.

오늘날 일용할 양식을 주신 분들에게 감사하며 수고와 사랑으로

나를 나 되게 도와주신 조상님께 감사드리는 오늘입니다.

---

05 포도나무 넝쿨을 보며

내 어릴 적 외할아버지댁 앞마당에는 포도나무 넝쿨이 있었지요. 8월 방학이 되면 흩어져 살던 손주들을 맞이하시려고 정성스레 기르신 포도나무 옥수수 참외 등 손주들 입에 넣어주시려고 갖가지 열매를 잘 영글도록 키워 놓으시던 외할아버지.

세 번째 갈아탄 마지막 버스가 덜커덩거리는 비포장길을 한참을 달리고 달려 도착한 시골길 그 길을 따라 흙먼지 뒤집어쓰면서 걷고 걸어야 시야에 나타나던 외할머니댁.

초록빛 물결 찰랑거리는 논이 펼쳐진 길가에 초록빛 철재 대문이 보이면 땅 위를 붕붕 날 정도로 뛰어 들어가 할머니 댁 마당 안에 몸을 던져 넣었지요.

"음머 음머" 우는 소의 인사도 수줍게 웃으며 착하고 착한 얼굴로 반겨주는 외삼촌의 모습도 장군처럼 늠름하시고 인자하신 외할아버지 모습도 부엌에서 음식준비로 분주하시다가 손주의 소리에 급히 달려 나와 맞이해 주시던 외할머니 모습도 모두 그리움에 춤을 춥니다.

오늘 아침 맨발 걷기를 하고 돌아오던 길에 마주한 풍경에 외갓집 포도나무 넝쿨이 떠올라 어르신들께 양해를 구하고 사진을 찍습니다. 할아버지는 사다리를 타고 올라가셔서 포도나무를 돌보시고 할머니는 아래에서 할아버지가 잘하시는지 보시는 풍경이었지요.

출근 준비하러 가야 하는 저의 발길은 이미 멈추었고 할머니와 포도나무 손질하시는 사연을 듣습니다. 관상용으로도 예쁘기도 하고 먹기도 하는데 새들이 쪼아 땅에 떨어뜨리니 대문 바닥에 개미가 꼬여서 그물망으로 포도나무 전체를 씌우고 계신다고 하시네요. 애쓰시는 그 모습을 보면서 '우리 외할아버지도 저렇게 애쓰시면서 포도 열매를 지켜주셨구나' 생각하니 뭉클하고 외할아버지께 그리움과 감사가 밀려왔습니다. 외할아버지께서 돌아가신 후에는 포도나무에 열매가 달리지 않았지요.

그냥 열리는 열매는 없습니다. 사랑과 정성 돌봄으로 열립니다. 벌레도 잡아주어야 하고 새에게도 지켜주어 손주들에게 먹이셨던 것을 이제야 깨닫습니다.

그 큰 사랑을 먹고 입고 오늘 제가 삽니다.

감사합니다. 외할아버지 외할머니.

---

06 중복

그동안 휴가는 약속을 잡아 놓고 일정에 맞추어 움직이기 위해 사용했다면 오늘 휴가는 말 그대로 휴가입니다. 직장에 다니지 않았다면 아마 오늘 같은 일상을 보내겠지요. 어젯밤 아들, 딸과 늦게까지 노느라 잠이 부족하기도 했고 오늘은 휴가를 만끽하기로 선택합니다. 아침 산책을 하고 돌아오던 길에 마주한 트럭 위 참외 한 봉지. 한 봉지만 팔고 나면 길을 떠나려고 채비하시는 과일 트럭 사장님이 나를 부릅니다. 멈춰선 나에게 5천 원에 참외 한봉지 건네주시며

"오늘 복 받을 거예요. 꼭 복권 사세요." 하십니다.

다 팔았으니 시골에 가서 다른 과일을 사 오신다면서 다음에 또 보자고 하시네요.

오늘 처음 뵈었는데 단골 대하듯 하십니다.

서로 인사하고 헤어지며 '복권을 사야 하나?' 옅은 미소 지으며 집으로 향합니다.

가족이 모두 나가고 본격적인 집안일을 합니다.

중복을 찐하게 느끼며 찬물 샤워를 네 번이나 합니다.

열 가득한 몸과 화해를 하며 찬물의 고마움을 느낍니다.

남편을 위한 삼계탕 아이들과 나를 위한 전복죽 연포탕을 요리합니다.

이열치열이라 했던가요? 열기와 치열한 연애를 하는 오늘

가스 불도 활활!

태양열도 활활!

내 몸도 활활!

나와 가족의 몸보신을 위해 휴가를 사용하는 오늘은 중복입니다.

복의 한 가운데 날이지요.

복 받기 딱 좋은 오늘 가족의 퇴근을 기다리며 주방의 한가운데 서 있습니다.

 07 지하철은 글씨 세계로 안내하는 완행열차

글씨 학교까지 가는 여정.

집에서 5분 도보 마을버스 타고 원당역 3호선에서 지하철 타고 연신내에서 6호선으로 환승 합정역에서 내려 도보 10분. 지하철은 글씨 세계로 안내하는 완행열차.

시를 음미하기에 적당한 소음과 쾌적한 실내온도를 제공하는 곳, 나의 독서실.

시 세 편 음미하니 벌써 도착합니다. 수업 시작하려면 한 시간 남았지요.

오늘 하얀 화선지를 채울 글씨는 '꽃의 결심'을 써봅니다.

쓸 때마다 글씨 내용도 글씨체도 변합니다. 아무래도 마음에 들지 않습니다.

선생님의 지도가 필요할 즈음 선생님께서 들어오십니다.

선생님께 응급처치를 받고 초심으로 돌아가 붓을 잡습니다.

1. 구성(한 글자, 단어, 문장)

2. 필압 / 기울기

3. 정자 / 흘려쓰기

4. 느낌

5. 쓰임새

저는 현재 구성(한 글자, 단어) 단계인데 시 한 편을 쓰려고 했던 것이지요.

뒤뚱거리는 걸음으로 높이뛰기를 시도했던 것 같네요. 다시 한 걸음씩 천천히 걷습니다. 선생님의 글씨는 숨이 있고 가볍고 부드럽고 포근하고 자신감이 있습니다.

오늘도 초심자의 길을 걷습니다.

⑧ 신비를 만납니다

몸이 기억하고 깨우는 휴일 아침. 밤새 비가 내렸는지 아들은 창문을 모두 닫아두어 빗소리 한 번을 못 듣고 깊이 잠이 들었네요. 벌떡 일어나 활짝 웃고 젖어도 괜찮은 옷을 챙겨 입고 나섭니다. 흙

묻은 발을 닦아줄 물 대야와 발수건 현관 앞에 준비하고요. 돌풍이 온다는 일기예보가 있었지만 비교적 차분히 비가 내립니다.

비 내리는 날이면 오이도 진흙 길이 학교 운동장에 펼쳐집니다.

오이도 갯벌, 영종도 갯벌을 닮은 진흙 길을 연출해 주신 비님

내리는 빗줄기는 하나인데 땅의 촉감 질감 재질에 따라 물을 흡수하고 보존하는 형태가 다름을 알아차립니다. 단단한 땅은 물에 영향을 받지 않는 듯이 맑은 윗물을 보존하고 있는데 부드러운 흙은 물과 뒤엉켜 흙탕물이 되어있고 모래와 고운 흙이 적당히 조화로운 땅은 밟은 자국만큼 빗물을 담아냅니다. 마치 마음 길 같습니다.

세찬 바람 불어도 흙탕물이 흘러가도록 고요히 받을 양만 받고 흘려보내는 맑은 마음 길

연하고 부드러워 비바람과 뒤엉켜 본질을 알 수 없게 뒤엉켜버린 흙탕 마음 길

비바람과 관계없이 본질과 형태를 유지하고 그대로 흘려보내는 단단한 마음 길

물과 흙이 범벅이 되어 흙 묻은 발을 닦아주는 고마운 마음 길

빗소리는 더 세차게 우산을 두드리고 이내 흐르고 흘러 다시 내 발을 씻겨줍니다.

오늘 할 수 있는 일을 행복하게 합니다.

오늘은 내 인생 처음 만나는 날이고 마지막 날이니까요.

경배하고 경축합니다.

아! 오늘이여.

 09 아들과 데이트

깊이 잠을 잡니다.

초과 분량 잠을 자면 꿈의 세계에서 허우적대느라 잠에 취해서 노곤한데 오늘은 기억나는 꿈도 없고 개운하게 일어납니다. 휴일에는 엄마에게 데이트를 신청하는 아들은 강남에 가자고 합니다. 아들과의 데이트는 언제나 좋았던지라 아들의 코스에 동행합니다. 피부 관리 잘하는 아들의 첫걸음은 피부과 치료, 둘째 걸음은 라면 맛집에서의 식사 데이트, 셋째 걸음은 한강 공원을 가로질러 여의도까지 자전거 타고 달리기입니다. 아들의 계획대로 그 걸음에 발맞추

며 새로운 경험을 해봅니다.

유난히 청명한 하늘에 몽글몽글 구름이 참 예쁜 날. 아들은 구름에
감탄하며 렌즈에 담아봅니다. 그 모습이 예뻐서 나는 아들과 하늘
을 번갈아 바라봅니다.
저 구름을 보라며 감성에 젖는 아들은 여행 온 것 같다며 좋아합니다.
신난 아들에게 '나의 감성은 너' 라고 미소로 속삭입니다.

아들이 자전거를 타러 간 사이 초록 잔디 정원이 나를 반겨줍니다.

비둘기 떼의 한가로운 휴식을 방해하지 않으려 사뿐히 걸어봅니다.

아들이 나에게 선물한 이 공간 이 시간은 감히 기대하지 않은 오늘입니다.

마음껏 사유하며 마음껏 사색하며 쉬는 오늘은 여름휴가입니다.

---

⑩ 잘 흘러가기를

오늘 피었다 지는 꽃이어도 오늘 살고 죽는 하루살이여도

오늘은 생의 전부 오늘만 선택할 수 있고 오늘 할 수 있는 일을 합니다.

생각이 말이 되고 말이 행동이 되고 행동이 삶이 되고

삶이 감사가 되어 오늘을 만들어 나아갑니다.

함께 할 때 행복한 기운 나눌 수 있는 사람 공간 시간을 선택할 자유

어차피 한 번뿐인 오늘인데 낭비하고 싶지 않아서 나는 행복을 선택합니다.

나를 웃게 하는 사람을 만나 나의 작은 손길이 닿아 힘을 얻고 자라나는 사람

나를 보며 웃는 사람 살 소망을 얻는 사람에게 다가갑니다.

그런 곳에 작은 마음을 더합니다.

처음 기부를 시작했던 곳은 밀알 복지 재단을 시작으로 굿네이버스, 국경 없는 의사회, 유니세프로 한 걸음씩 나아가 봅니다. 학창 시절에 처음 찾아갔던 영아원에서 돌보는 아기들을 보았지요. 그 아기들을 돌보고 살려내는 손길들을 보았고, 그날부터 품어왔던 봉사와 섬김. 내가 할 수 있는 것부터 하자.

내 아이들 잘 기르고 내 아이들의 친구들 잘 섬기고 내 가족들 성도들과 우애 있게 지내자. 지구 반대편 아이들의 신음과 고통이 늘 마음 아팠는데 어느 날 내 마음이 그곳까지 전달되었지요. 조금이라도 하자. 하면서 늘려가자. 할 수 있는 대로 해보자. 나를 걷게 한 손길을 떠올리며 그 은혜를 누리고 흘려보내는 오늘.

필요한 곳에 흘러가기를. 작은 손길이어도. 작은 도움이어도 살포시 보태드립니다

⑪ 여름 김치

여기저기 비 소식을 들으면서도 우리 동네는 잔잔히 내리고 지나간 줄 알았는데 산등성이 아래 즐비하게 떨어진 아기 밤송이들과 영글지 못한 채 떨어진 도토리 가족들을 보니 이곳에도 태풍이 지나갔구나를 알아차립니다. 그런 중에도 생명부지하고 나무에 매달려 있는 밤송이와 도토리에게 찬미를 보내는 오늘입니다.

거센 비바람에도 생명의 끈을 놓지 않고 견디고 버티어 살아남은 것에 대한 인사이지요. 우리 인생과 다르지 않음을 느낍니다.

3일 차 휴가인 오늘은 2년마다 정기검진을 받으라는 국가의 특명을 받잡고 예약을 하였지요. 예약자가 많음에도 불구하고 운 좋게 잡은 시간이 10시 30분.

물 한 모금 먹지 않고 기다려야 하니 정신을 바짝 차려야 합니다.

걸으며 명상하고 사색하고 돌아오는 길에 시장을 둘러보던 중 떠오른 생각

'여름 김치를 담아야겠구나'

예전 같으면 겨울 김장김치를 하고 여름 내내 먹을 봄 김장김치와 시절마다 나오는 갖가지 김치를 했는데. 봄 김장을 안 했으니 숙성된 김치만 먹었고 그 또한 맛이 있지만, 휴가 맞이 김치를 담아야겠

습니다. 김치는 배추 절이는 시간이 절반이니 건강검진 가기 전에 손 빠르게 배추 손질을 하고 소금물에 절여야 오늘 안에 끝이 납니다. 오늘은 특별히 수면 마취를 하고 내시경검사를 할 예정이어서 서둘러 배추를 손질합니다.

위내시경을 할 때마다 비 마취하고 검사를 하며 비위가 약해 힘들 었지요

의사 선생님께도 죄송하고 저 역시 고통스러워 오늘은 처음으로 마취약 도움을 받습니다. 수술할 때 마취했던 경험은 있지만, 건강검진을 위해 수면용 마취를 하니 아프지 않고 건강히 일상 생활하는 것에 대한 감사가 올라옵니다.

분명히 누워있는 나를 느끼고 정신 차리고 있었는데 끝났다며 일어나라고 합니다.

수면 마취 주사의 위대함에 놀라며 다른 침대로 이동합니다.
이런 거구나 늘 새롭게 배우고 경험합니다.

집에 돌아와 내시경 하는 동안에 숨 죽은 배추를 위아래로 뒤집어
놓고 양념을 만듭니다. 간단히 손쉽게 한다 해도 들어갈 건 들어가
야 제맛이 납니다. 기억의 흐름에 따라 손과 발이 시중듭니다. 김치
를 만들 때마다 함께 했던 분들이 동행합니다. 어릴 적 엄마를 도와
김치 하던 장면부터 작년 김장할 때 추억까지 소환합니다. 지금은
혼자이지만 추억 속의 그들이 함께합니다.
오늘 첫 끼는 오후 3시가 되어 먹습니다. 갓 담은 김치와 달걀 프라
이 2개 갓 지은 따뜻한 밥이면 충분합니다. 꿀맛입니다.
오늘도 나를 위해 신나는 여름휴가를 보냅니다.

12 포항에서 만난 달

글씨 학교를 향한 걸음에 조치원 사는 둘째 언니를 향한 걸음에 더
하여 포항에 사는 글연지님을 만나러 갑니다. 글씨 수업에 필요한
화선지 붓 먹물 그리고 언니를 위한 햇김치 그리고 여행에 필요한
물건을 가방 가득 담습니다.
이산글씨 학교 문을 여는 즐거움.

열쇠로 문을 열고 들어가 불을 밝히고 실내를 쾌적 온도로 설정합니다.

배울 수 있음에 감사

선생님의 글씨를 직관할 수 있음에 감사

선생님의 해학과 위트로 풀어내는 글과 글씨 철학에 감사

선생님 글씨에 감탄하고 내 글씨에 갸우뚱하면서 올라오는 감정을 글씨로 표현합니다. 붓을 세워 가늘게도 써보고 붓을 눕혀 최대한 큰 글씨도 표현합니다.

둘째 언니 가족의 포항 나들이에 초대되어 신나는 여름휴가를 보냅니다.

반갑게 맞이해 주시는 글연지님은 잠깐 만나자는 내 말에 옴팡 만나자고 화답합니다. 고마운 사람 고마운 인연 아이처럼 소꿉친구처럼 신발 가방 벗어 던지고 걷는 길. 계곡물에 발 담그고 도란도란

이야기 나누다가 눈시울 붉어지면 다시 꾹꾹 눌러 담고 맑은 눈동
자 속에 빠져듭니다.

돌아오는 길에 마주한 달 서울에서 보았던 달 조치원에서 보았던 달
포항에서 본 달 그달 아래 우리 살아갑니다.
나의 사랑하는 그들이 저 달 보며 살아갑니다.
우리 하나 되어 살아갑니다.

질투쟁이 율이

나의 손을 잡고 첫 발을 떼던 율이가 이제 바깥 놀이터를 활보하고 계단을 오르고 미끄럼을 탈 정도로 자랐지요. 내 손만 잡으면 어디든지 갈 수 있다고 믿는지 시도 때도 없이 손을 잡아끄는 사랑둥이 율이는 요즘 질투쟁이가 되어 다른 아기를 안지 못하게 합니다.

적응기를 보내는 세린이는 3개월 동안의 울음을 끝내고 저에게 애착을 보이며 놀이도 식사도 낮잠도 자게 되었는데 세린이나 다른 친구들이 제게 다가오는 걸 보면 당장에 다가와 손으로 아이들을 밀어내고 내 무릎과 품에 안기며 주인행세를 하지요. 엄마 아빠 하면서요.

양말과 신발을 신어야 밖에 나간다는 것을 인지해서 양말을 신기라는 행동을 자주 보내고 양말을 신는 흉내를 냅니다. 거의 필사적이지요.

너무 사랑스럽고 귀여워서 웃음만 나오지요.

감기로 아파도 아기들의 미끄럼틀이 되어주고 그네가 되어주고 비행기도 되어줍니다. 선생님에게 양말을 신겨주려 애쓰는 우리 사랑스러운 아기들의 놀이에 감기로 혼수상태여도 웃음이 멈추지 않습니다. 아기들과 주렁주렁 열린 고추 가지 상추를 수확합니다. 가지가 실하게 열렸네요. 율이에게 가지를 따서 주니 신기한 듯 한참을 탐색합니다. 가지를 손에 꼭 잡고 놓지 않네요. 강아지풀로 얼굴을 스쳐주니 간지러운 듯 몸서리치는 모습이 너무 귀엽네요. 퇴직을 얼마 남기지 않은 요즘 율이와 헤어질 생각만 해도 가슴이 아프지만, 오늘은 율이와 행복한 놀이를 합니다.

지금을 삽니다. 나의 웃음 보따리 사랑 보따리.

---

02 나를 가슴 뛰게 하는 사람을 만나

나의 눈동자 속에서 춤추는 사람을 만나
나의 이야기에 눈물짓는 사람을 만나

그냥 바라만 봐도 좋은 사람을 만나

아무 말 하지 않고 함께 있는 것만으로도 좋은 사람을 만나

오직 나만 바라봐주는 사람을 만나

그도 나와 같은 마음임을 느끼며

그의 호흡이 되어주고

그의 바람이 되어주고

그의 걸음이 되어주길

그의 살 소망이 되어주길

그 곁에서 바라보며 잘하고 있다고

따뜻한 눈길 보내는 사람 되기를

오늘도 그런 사람 되기를 바라봅니다

따뜻했던 여정에 동행해 주신 나의 사랑하는 언니 형부 조카에게

감사합니다.

03 오 나의 친정 살림 마을

지난여름 나의 첫사랑 뽐 633. 올해 여름에 만난 나의 첫사랑 테오

리아.

스승님을 사랑하는 건지 수련을 사랑하는 건지 모르겠습니다.

내 몸 마음 챙기라고 만들어 주신 뽐 633으로 새살에 새 피를 공급

받아 살아온 여름 가을 겨울 봄 다시 여름으로 이렇게 한 해를 삶과

연애하며 살았네요.

뽐 633으로 죽음에서 생명으로 지옥에서 천국으로

막힘에서 뚫림으로 이혼위기에서 신혼으로 새 삶을 맞이했다면

테오리아는 저에게 피어나라 활짝 피어나라 나의 꽃을 피워라.

내가 너를 도와줄게

내가 너와 항상 함께 있어

겁먹지 마라

주저앉지 마라

두려워 마라

너는 잘할 수 있어

해! 해! 해! 너 하고 싶은 거 다 해!

활짝 웃으며 거울 속의 내가 나에게 말합니다.

스승님께서 베풀어주신 진수성찬 어울림이 예술입니다.

산파님 도반님들과 어울려 예술의 꽃이 피어납니다.

예술의 전당입니다.

울음 꽃. 웃음꽃. 기쁨 꽃. 사랑 꽃. 위로 꽃. 춤 꽃.

믿고 찾는 ALP. 춤 땀 눈물 열기로 뒤범벅되어 넘어져도 다시 일어나고 미끄러져도 다시 일어섭니다.

하나 되어 우리 가운데 사랑으로 계십니다.

고맙습니다. 충만한 사랑 안고 살아가겠습니다.

나의 꽃 활짝 피우며 꽃길 걷겠습니다.

아 숨채이오!

---

 04 나의 낭만에 대하여

국민학생 시절에 선생님께서 떠오르는 대로 글쓰기를 하라고 하셨지요.

나는 잠시 눈을 감고 창밖을 바라보다가 떠오르는 대로 글을 쓰고 마무리하여 선생님께 드렸는데 선생님께서 제 글을 보시고 "수정이는 낭만을 아주 좋아하는구나. 그런데 낭만이라는 말이 너무 많이 들어갔네. 낭만을 줄이고 다시 써보렴."

제 글을 받아서 읽어보니 정말 그렇더군요. 글의 내용은 기억에서 사라졌지만 어릴적부터 감성이 충만하여 혼자 사색하고 자연에서 사유하고 동식물과 마음을 주고받는 아이였지요.

중학생 시절에는 좋아하는 오빠의 이름을 소리 내어 불러보는 것도 부끄러워서 교정에 피어난 패랭이꽃으로 이름을 꾸며보고 너무 좋아서 책갈피에 꽂아 두었다가 누가 볼까 봐 버렸던 추억이 있습니다. 고등학생 시절에는 점심시간이면 학교 잔디밭에 누워 교정 가득 울려 퍼지는 음악에 심취하였고 친구와 누가 더 작은 은행잎을 발견하는지 내기를 하기도 했지요. 새끼손톱만 한 노오란 은행잎을 발견하면 금덩이라도 찾은 듯 신나서 친구에게 내밀었던 나의 낭만.

금빛 물결 출렁이는 황금빛 잔디에 누워있다가 문득 떠오른 생각을 친구에게 말하니 그 친구도 같은 생각이라며 잔디를 태워보기로 했지요. 조금 태우고 끄려 했는데 선배들이 물을 뿌린 후에 마무리되었지요. 작은 호기심에서 시작된 일이었는데 교장실에 불려 가서 교장 선생님과 면담을 하기도 했지요. 얼마나 긴장하고 무서웠던지 난생처음 취조받는 기분이었죠.
우리의 성적과 부모님 직업을 확인하셨고 다행히 함께 모의한 친구가 우리 반 반장이었고 아버지 직업이 군인이셔서 교장 선생님도 사춘기 소녀들의 순수한 호기심으로 여기시고 인자하게 훈화로 마무리되었지요. 다시는 그런 위험한 장난은 하지 않겠다고 약속하고요. 우리에게는 그 또한 낭만이었지요.
어쩌면 아주 위험한...
그 일 후에 저를 아주 예뻐하시고 잘 대해주셨던 담임선생님께서 인사도 없이 전근 가셨고 저 때문에 그러신 것 같아 아직도 죄송한 마음이 남아 있습니다.

부디 선생님께서 이루고자 하시는 삶을 사시기를 늘 기도하는 마음입니다.

빗길을 걸으며 나의 학창 시절 낭만을 추억할 수 있어 감사한 오늘입니다.

05 계곡에 발 담그고

"계곡에 가서 놀면서 추석 여행 계획을 세우자" 는 큰 형부의 제안에 세 자매 부부가 집결합니다. 계곡에 가기 전에 서산 해미읍성을 둘러봅니다.

촉촉한 이슬 담은 잔디를 맨발로 언니와 걷습니다. 발바닥이 얇아서 실내에서도 슬리퍼를 신어야만 하는 언니에게는 맨발 걷기는 도전이고 첫 경험입니다.

생로병사의 비밀을 본 둘째 언니가 큰언니를 부추깁니다.

세 자매가 처음으로 맨발로 걷습니다. 건강하게 행복하게 살기로 다짐해 봅니다.

한옥 대청마루에 앉아봅니다. 참 포근하고 좋습니다. 안채와 사랑채를 이어놓은 커다란 거미집에 탄성이 나오기도 하고 200년 세월

을 아름다운 자태와 울창한
기개로 품위를 뽐내는 회화
나무에 눈길 발길을 멈추게
도 됩니다.

나의 마음을 울린 나무는 천
주교도를 고문하는 데 사용
했다는 아픔을 담은 나무

그 오랜 세월을 살아내며 외과수술도 받고 그 자태를 보존하고 있
었지요.

태어난 자리에서 역사와 함께 묵묵히 삶을 살아내신 고목에 숙연해
지는 마음이 올라옵니다. 300년 세월을 말해주듯 대수술을 받고 여
전히 푸른 빛으로 살아 있음을 증명하고 있었지요. 나는 나의 살아
있음을 무엇으로 증명하고 있는지 물어봅니다.

오늘의 목적지 황락 계곡에 세 자매가 발을 담가 봅니다. 형부와 언니들은 계곡에 풍덩 몸을 담근 채 아이가 되어 물장구도 치고 서로의 칭찬도 합니다.

큰언니는 큰 형부의 칭찬 거리를 늘어놓으며 80점을 준다고 하니 둘째 언니도 그에 뒤질세라 둘째 형부가 자신에게 얼마나 안성맞춤인지를 자랑하며 90점을 준다고 합니다. 언니들의 남편 자랑 칭찬 릴레이에 형부들께 고마움이 올라옵니다.

나는 남편에게 어떤 칭찬을 하는지 얼마나 점수를 주는지도 생각해 봅니다.

늦여름 계곡물에 발을 담그고 추석 보름달을 떠올려 봅니다.

함께 나누는 마음이 세월 따라 깊어지는 세 자매 세 자매와 동서들의 만남이 감사한 오늘입니다.

 칭찬으로 싹트는 가족애

언니들은 이런저런 이야기를 잘합니다.

시댁 식구들이나 직장 상사 동료 친정 식구들 포함해서 관계하는 모든 사람의 칭찬도 싫은 점도 모두 편하게 툭 터놓고 말합니다. 언니들의 입담과 기세에 눌려 듣는 것이 편해지기도 했고 언니들처럼 속 편하게 주저리주저리 말할 수 없어서 언니들이 말을 그냥 들으

면서 공감도 했다가 웃기도 하면서 대화에 참여하였는데 언니들의
남편 칭찬 릴레이를 들으며 칭찬에 익숙지 않은 나를 봅니다.

어디 한 번 속 시원하게 칭찬해 보자. 그래서 오늘은 칭찬을 해보려
합니다.

20대 저는 칭찬을 잘하였고 칭찬을 잘한다고 칭찬도 받았었는데 언
제부터인지 칭찬에 인색해진 자신을 봅니다.

지금 시작합니다. 칭찬 릴레이

나의 남편 친애하는 바람의 노래(안진호)님은 다른 사람의 말을 잘
듣습니다. 재미있는 이야기든 지루한 이야기든 다 듣습니다. 특별
히 호응하지도 맞장구를 치지도 않고 끝까지 듣습니다.

음식을 잘 먹습니다. 맛이 있다거나 없다 하지 않고 배부르다 배고
프다 말하지 않고 끝까지 잘 먹습니다.

침착합니다. 서두르는 법이 없고 과속을 하지 않습니다. 급한 것도
없고 재촉하는 일도 없습니다. 아프다 힘들다 하는 사람의 말에 본
인도 아픈 듯 잘 들어줍니다.

아픈 사람 마음에 상처를 주지 않습니다. 타박하지 않습니다. 싫은
것도 좋은 것도 없는 듯 나무라지 않습니다. 가족이 행복하면 좋고
아파하면 같이 아파할 뿐 자기를 주장하지 않습니다.

큰언니의 말을 인용하면 모자와 안경이 잘 어울리고 옷차림도 좋고
잘생기고 수염도 잘 어울립니다. 작은 언니 말을 인용하면 참 착한

사람입니다.

아내나 자녀뿐 아니라 부모님 동서들 처형들의 말을 잘 들어주고 오라면 오고 가라면 갑니다. 부탁을 잘 들어줍니다. 잠을 잘 자고 배변도 잘 봅니다. 씻기도 잘하고 집안일도 잘 도와줍니다.

아내와 아이들이 하는 일에 적극적으로 도와줍니다. 가족을 사랑하는 팔불출입니다. 아내를 예쁘게 꾸며주는 것을 좋아하고 아내의 쇼핑 시간 내내 전혀 지루해하지 않고 함께 골라줍니다.
쌀이 떨어지기 전에 쌀을 사 놓고 가전제품이 고장 나기 전에 전자제품을 바꾸어놓습니다. 집에 필요한 물건 사는 것을 좋아합니다 저축하고 미래를 계획하는 것보다 현재 오늘을 충실하게 삽니다. 내일에 대한 염려나 준비를 하지 않습니다.

아내가 무언가 일을 하고 있을 때 밥을 달라거나 그 일을 방해하지 않습니다.
아내나 아이들이 가고 싶고 사고 싶은 것을 해주려고 노력합니다.
아내가 해주는 요리를 말없이 무엇이든 잘 먹습니다.
안 해줘도 말이 없습니다.
술 취하지 않습니다. 마음이 따뜻합니다.
가족과 함께 하는 것이 제일 행복한 사람입니다. 칭찬해보니 제 남편이 최고네요

100점에 100점을 더 줍니다. 할 수 없는 것을 보며 부족하다 하지 않고 할 수 있는 것을 보며 넘친다고 생각하니 좋은 점도 칭찬할 점도 많습니다.

그동안 고마움을 표현하지 못해 미안한 마음이 드네요. 고맙습니다.

---

07 사랑하는 나의 집밥

24기 하이 아티스트 수련을 통해 받은 선물 중 하나는 우리 하티님들이지요.

전국구에 널리 나타나 향기를 발하고 계신 하티님들. 모두 찾아가서 뵙고 싶은 마음입니다. 오는 발걸음이 닿은 곳은 나의 집밥 엣지님을 만나러 갑니다.

일요일은 휴무이고 토요일은 3시까지 운영하셔서 남편과 방문할 날을 찾다 보니 오늘에 이르렀네요. 나의 집밥을 운영하시며 새로운 길을 걷고 계신 우리 엣지님과 데이트하고 싶은 마음 굴뚝이나 바쁜 일과를 보내시는 걸 알기에 김밥을 주문해 놓고 이런저런 이야기를 나눕니다.

예쁘고 부지런하고 명철하고 지혜롭고 감성도 풍부하고 음식도 잘하고 팔방미인 엣지님을 한가로운 시간에 찾아가 독점을 했지요.

받으신 달란트가 워낙 많으셔서 어떤 옷을 입혀놔도 찰떡같이 소화해 내시네요. 저라면 못한다고 손사래 쳤을 일을 우리 엣지님 백조처럼 우아하게 척척 해내십니다. 사랑하고 존경합니다.

인심도 후하셔라 주문한 김밥 위에 밑반찬까지 꾹꾹 눌러 담아주시네요.

몸살이 나야 쉬는데 몸살이 안 난다는 엣지님의 여유로움과 씩씩함에 웃습니다.

넉넉히 샀으니 큰언니에게도 저녁 하지 말고 기다리라고 연락하고 달려갑니다.

입맛 까다로운 큰언니와 큰 형부도 만족하네요.

다음엔 어디로 갈까나?

가고 싶은 곳도 갈 곳도 많아서 행복한 오늘입니다.

하티는 선물입니다.

---

08 물 만난 그녀

내 속의 아이는 지금도 속삭입니다.

나이는 상관이 없는 듯 언제든 동심으로 돌아갑니다.

퇴직을 얼마 남기지 않은 요즘 하루하루가 소중하고 새롭습니다.

아기들도 선생님들도 원의 정원과 놀이터도 다시 못 볼 듯 더 애정을
가지고 만납니다. 아이들과 산책하고 그네 타고 밤송이로 공놀이도
하고 떨어진 도토리도 만져보고 더 많이 웃고 더 많이 사랑합니다.

공원 중앙 분수대에서 뿜어져 나오는 물줄기에 마음이 앞장섭니다.

성큼성큼 발걸음을 옮깁니다. 준비한 여벌 옷도 없으면서 아이처럼
분수대 물줄기 사이를 달려봅니다. 아이들도 망설임 없이 물줄기를
몸으로 만납니다.

햇살은 쨍쨍 물 만난 아이들은 흠뻑, 머리부터 발끝까지 통째로 젖
습니다.

서로 홀랑 젖은 모습을 보며 깔깔깔 웃습니다.

실컷 놀고 나니 점심시간이네요. 머리부터 발까지 물줄기 뚝뚝 떨

어뜨리며 양손 마주 잡고 원으로 복귀합니다. 점심이 꿀맛입니다.

아이들 젖은 옷은 여름 햇살 아래 바짝 말리고 내 젖은 옷은 아기들 낮잠 자는 사이에 공원을 거닐며 햇살과 바람이 말려줍니다.

하루 하루가 귀하고 소중합니다. 내일은 없고 오늘만 있습니다.

고맙습니다. 오늘이여!

❿ 남편 딸과 데이트

예진이를 데리고 집 앞으로 갈 테니 준비하고 나오라는 남편의 음성입니다.

독립 6개월 만에 외롭다며 집에 오고 싶다고 아빠와 오빠에게 마음을 전하는 딸은 자상하고 무엇이든 받아주는 아빠에게 어리광과 속내를 다 드러내다가, 이성적이고 도도한(딸 표현을 빌리자면) 엄마에

게 고민 상담하고 응석을 부리다가 다시 아빠에게 쪼르르 달려가
안깁니다. 딸 부탁이면 언제든지 가슴을 여는 아빠와 도도한 엄마
그리고 애교쟁이 딸이 만나 식사를 하고 노래방에서 노래를 부르고
달짝지근한 영화를 봅니다. 여러 퀴즈를 내며 아빠와 엄마에게 웃
음을 주네요.

나를 사랑하지 않는 돈 많은 남(여)자와 돈 없이 나만 사랑하는 남
(여)자 중 선택하랍니다. 남편과 동시에 돈 많은 남(여)자를 선택합니
다. 이럴 땐 마음이 통하는 걸 보면 웃음이 나옵니다. 가족을 만나
이렇게 시간을 보내고 나면 충전이 되어 자신의 독채로 사라지는
딸을 봅니다. 남편과 손을 잡고 집으로 돌아옵니다.

산책하며 선선한 바람과 여러 디자인으로 집을 지은 거미집을 봅니
다. 거미도 제각각 성격대로 성향대로 듬성듬성 집을 짓기도 하고
치밀하고 꼼꼼하게 집을 짓기도 하네요. 공원을 걸으며 거미집을
발견할 때마다 발걸음을 멈추고 집구경을 합니다.
꽃구경 거미집 구경을 하면서 딸의 물음이 떠오르네요.
다시 생각해 보니 돈 없어도 나만 사랑해 주는 남자를 선택했네요.
그 남자는 지금도 자신의 호주머니를 열어 나를 위해 무엇이든 해
주려고 하는 나의 열성 팬이지요. 다시 생을 산다 해도 어쩌면 나는
다시 남편을 선택하고 더 거룩한 사랑을 하려고 애를 쓰다 생을 마
감하지 않을까 싶습니다. 이런 생각을 하며 나의 존재를 기억하고

현상을 알아차립니다. 남편은 오늘도 나를 위해 아침 식사를 준비
합니다. 그를 더 사랑하기로 선택합니다. 하티 수련을 통해 스승님
께서 가르쳐 주신 말씀과 딸의 물음을 회상하며 가족에게 감사하는
오늘입니다.

가을이 오는 소식에 반갑게 발걸음을 옮깁니다.

글씨 학교에 처음 가던 날. 선생님께서 보내주신 약도를 보며 길을 찾아 내려가던 중 이 길이 맞는가 싶어 좌우를 살펴보았지요.

내 뒤를 걸어오시는 분. 나는 첫눈에 나의 선생님을 알아보았지요.

"안녕하세요? 이산 선생님이시죠?"

멈춘 발걸음에 놀라신 표정으로 나를 보시고

"아! 예 안녕하세요? 어떻게 알아보셨어요?"

그렇게 선생님과 첫 만남이 이루어졌고 글씨 학교 초행길을 선생님과 헤매지 않고 갈 수 있었지요. 선생님이 있다는 건 정말이지 얼마나 감사한 일인지요.

선생님께서 나에게 물으십니다. "왜 글씨를 배우려고 하세요?"

물음은 언제나 생각지도 못 한때에 불쑥 나에게 옵니다

"선물하고 싶어서요. 가족이나 지인에게요 저에게도요."

"초등시절 아이들을 서예 교실에 데리고 다니며 잘 쓰는지 보기만 했지 제가 써보진 않았거든요. 이제 제가 써보고 싶어서요."

이렇게 선생님과 면담을 하고 시작한 글씨 걸음.

두 계절이 지나고 드디어 사랑하는 지인에게 첫 글씨 선물을 하였지요.

미숙한 걸음이어도 마음은 듬뿍 이었던 나의 첫 글씨.

부끄럽고 미안하고 오그라드는 마음을 한구석에 밀어놓고 "용기와 진심"을 담아서 드렸지요. 그런데 그 후로 글씨를 선물해 달라는 요청이 연달아 들어오네요.

가족 간 사랑이 싹트는 글씨를 부탁하는 언니

축구선수가 꿈인 아들에게 힘이 되는 글씨를 부탁하는 동료 교사

새롭게 출발하며 이사하는 방에 두고 보면서 힘을 얻고 싶다는 하티 동기

글씨는 사랑을 안고 이곳저곳에 나타납니다. 글씨가 희망과 용기와 사랑을 전해주네요. 내 마음에 힘이 되고 기쁨 되고 희망이 되는 글씨가 누군가에게도 그러하기를 바라며 진심을 담아 글씨를 써봅니다.

3살 아기의 바이올린연주에 자신의 소리를 낮추어 아기가 마지막까지 완주하게 도와주는 오케스트라 관현악단이 펼치는 음악회를 감상합니다. 아름답고 찬란한 하모니가 오늘도 온 우주에 흘러넘칩니다.

내 글씨 또한 그리되기를...

나를 살리고 이웃을 살리는 글 놀이가 되기를 오늘도 바라봅니다.

⑪ 언니의 마음이 열린 날

미워할 만큼 미워한 것인지

아플 만큼 아팠던 것인지

곪을 만큼 곪아 새 살이 나온 것인지

그 서러움 가득한 자리가 비워져 공간이 생긴 것인지

10년 이상 부모님을 뵙지 않았던 작은 언니가 마음을 열었습니다.

얼마나 아팠는지 알기에 언니의 상처에 새살이 나오기를 기다렸던 우리.

언니의 마음 문이 열리니 온 가족이 한자리에 모여 식사를 합니다.
아직 부모님과 눈 맞춤하기에 어려움이 있지만, 묵묵히 그 자리에 지켜 준 언니.
10여 년 세월 무색하게 수백 번 들었던 장인의 이야기를 처음 듣듯이 껄껄 웃으며 호응해 주는 형부는 얼마나 착한 사람들인지 나는 압니다.
그 착한 사람들이 얼마나 아팠으면 그 긴 세월을 그리 보냈는지도..

세 자매 가족의 친정 나들이에 막내 이모도 발걸음 주셨네요.
착하고 예쁘고 고상한 우리 막내 이모. 저는 어릴 때부터 막내 이모가 좋았습니다.
나의 동경의 대상이었던 부드러운 마음을 가진 이모가 우리 집에 올 때를 기다렸고 가장 좋았지요. 아들이 첫 조카 지후를 보며 꿀이 뚝뚝 떨어지고 사랑하는 것처럼 이모는 큰언니의 첫 조카들인 우리 세 자매를 그중에서도 막내인 나를 그리도 예뻐해 주셨지요.
조카들이 모두 잠이 든 시간에 도착한 이모는 잠을 곤히 자는 조카들이 깰까 봐 조심스럽게 지켜보시며 "어쩜 이리 조용히 잠을 자나" 하시며 잠자는 모습도 예쁘다고 부드러운 음성으로 내 머리를 쓰다듬어 주시던 기억이 납니다.
이모는 편지로만 1년간 교제를 하던 이모부를 만나 결혼에 성공하시고 사랑만 하시며 사셨지요. 이모부가 젊은 나이에 떠나셨지만,

그 사랑을 여전히 간직하고
사시는 나의 천사 이모.

엄마에게 드릴 선물과 세 조
카에게 줄 선물을 바리바리
챙겨 들고 나타나신 이모는
아침에 직접 구운 쿠키와 수
제비누를 세 조카에게 주시

고 큰언니인 엄마에게는 꽃 원피스를 입혀주시네요. 엄마가 좋아하
는 과일과 옷을 기억하고 준비해 오신 이모.

여든이 훌쩍 넘으신 나의 엄마는 아기자기 귀여운 꽃무늬 원피스를
입으셨네요.

그 모습이 귀엽기도 하고 울컥울컥 아프기도 합니다.

서로의 아픔을 아는 우리는 가족입니다. 우리 중 누구도 그 아픔을
건드리지 않았고 아픔 속의 아픔을 어루만져주었지요. 아픈 자리에

꽃이 피어나기를 바라기에. 엄마와 이모가 나란히 입으신 꽃 원피스가 사랑스럽고 고마운 오늘입니다.

---

12 허당 궁전

터벅터벅.

발걸음 소리가 들리면 3층에서 근무하시는 시니어 여사님은 제가 올라오는 듯하여 마음이 설레다가도 짠하게 아프시다며 전화로 마음을 전하시네요. 퇴직한 저를 그리워하신다는 소식과 아이들 소식을 전하시며 조만간 꼭 만나자고 하십니다.

그곳에 계신 분들의 평안을 바라며 안부를 나눕니다.

휴직을 한 달 남긴 시간 동안 고민하고 내린 결단이었죠. 마음도 몸도 애를 썼는지 혀뿌리가 아파하네요. 쓰리고 따가워 가만히 있어도 화끈거리고 무엇이 닿으면 더 아리고 갑상선 저하에 몸이 힘들어서 나오는 증상이라니 잘 먹고 잘 자고 잘 쉬려고 합니다. 시간이 지나면 좋아지려니 기다리다 보니 한 달이 지났지만 얼얼한 혀를 알아차릴 수 있어서 감사하기도 합니다.

매일 장을 보고 요리를 하고 집안일을 합니다. 일할 때는 일해서 좋고 쉴 때는 쉬어서 좋습니다. 아들이 냉장고 문을 열더니 엄마가 집에 있으니 냉장고가 꽉 찼다고 하네요. 사실 제가 제일 좋아하고 잘하는 일은 장보고 요리하는 일이었는데, 몸을 아끼며 일을 하다 보니 한 가지 일에 집중하였지요. 넘치는 것은 부족한 것보다 못하니 냉장고 사정을 봐주면서 요리해야겠습니다.

독립한 딸에게 저녁은 먹었는지 물으니 파스타를 해서 먹는다기에 기다리라 해놓고 딸을 위해 냉장고 문을 엽니다. 배고플 딸을 생각하며 급히 반찬을 챙겨 담고 남편은 딸의 집까지 배달합니다. 얼마 후 딸에게 문자와 전화가 옵니다.
울먹이는 목소리로 감동을 전하네요. 집에만 있었더라면 늘 먹던 음식인데 독립해서 살다 보니 보리밥도 된장국도 김치도 감사했던 모양입니다.

엄마가 정성껏 만든 음식이니 하나도 버리지 말고 다 먹으라고 하니 "이걸 왜 버려요. 얼마나 맛있는데요. 감사합니다." 울컥하는 딸이 고맙고 눈물겹네요. 점심을 먹으며 낙지 젓갈은 못 보낸 걸 알아차리고 아차 싶어 딸에게 문자를 보냅니다. 다음에 꼭 가져가라고요. 같이 있어도 떨어져 있어도 마지막까지 놓지 못하는 건 오직 자식이라는 말에 공감 100배입니다.
휴직하면서도 할 일이 너무 많아서 감사한 오늘
홀로 점심을 먹으며 남편에게 감사함이 올라오고 아들, 딸에게 고

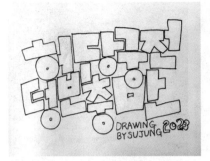

마음이 올라와 문자를 보냅니다. 점심 맛있게 먹으라고 서로 인사를 나눕니다. 허당 궁전. 텅 빈 충만. 가족 사랑. 고마운 인생. 삶은 신비.

13 궁전의 아비투스

나에게는 목적이 없다.

가다 보니 길이 되었고 배워보니 알게 되었다.

만나서 좋은 사람

나와 통하는 사람들과 어울려 기쁨을 나누고 누리며 살 것이다.

나에겐 꿈이 없다.

있다면 기쁘게 즐겁게 삶을 향유하며 오늘을 사는 것이다.

나는 나이가 들어도 늙지 않을 것이다.

호기심 가득 찬 아이처럼 세상을 바라볼 것이다.

까르르 웃는 천진한 미소를 간직할 것이고

감정이 복받쳐 오르는 순간 눈가에 눈물이 가득 고이는 감수성도
간직할 것이다.

함께 웃고 함께 우는 이들 가운데 있을 것이다.
그도 나와 같은 마음이라면 더욱 그리할 것이다.

14 나에게 숲길은 숨길입니다

나는 숨을 쉬러 숲으로 향합니다.
숨을 알아차리고 걸음을 알아차리고 때로는 멈추어 홀로 서 있습니다.

누군가 비질해 놓은 반질반질한 흙길 매끈한 흙길 위로
길게 누운 나무의 뼈마디가 드러납니다.

사람의 발길이 많이 다닌
길은 딱딱합니다.
나무의 걸음이 많이 다닌
길은 폭신합니다.
딱딱한 길이 피곤할 때면
나무의 폭신한 길로 들어
가 잠시 쉬어봅니다.
그 숲에는 사람도 나무도
숨을 쉽니다.

나무는 그곳에 있습니다.
숨도 쉬게 해주고 지압도
해주고 그늘도 되어주고

그 길 위에서 나 되어가는 나무
묵묵히 서 계신 나무에 존경심을 보냅니다.

그의 숨이 나에게 와 나의 숨이 됩니다.
오늘도 나의 숨길이 되어준 고마운 숲길에 합장하고 내려옵니다.

글씨 씨앗 던져주시고 꽃가루 뿌려주신 사랑하는 나의 벗님들

"가고 가고 가는 중에 알게 되고 행하고 행하고 행함 속에서 스스로 깨우칩니다."

2022년 11월부터 오늘의 일상을 감사로 적어 내려가던 글 걸음에 도반님들의 다양한 색의 응원 꽃들이 한 송이 한 송이 모아 꽃길이 되었지요.

그 길 따라 걷다 보니 여기까지 다다랐습니다.

나의 생에 빛이 되어주신 조양 스승님.

글씨 걸음에 빛 되어주신 이산 스승님.

글씨 책 선물로 보내주시고 글씨 씨앗 던져주신 어여쁜 글연지님.

매일의 글 걸음을 옮길 수 있도록 응원과 지지의 꽃가루 뿌려주신 사랑하는 나의 벗님들.

사랑하는 나의 가족 바람의 노래님 산수유님 구름님 언니들과 이모

님께 감사드립니다. 그리고 글 걸음에 씨앗 되어주신 오늘의 주인
공님께 감사드립니다.

두 달여간 서점에 들러서 여러 책을 만나던 중에 내 마음을 사로잡
은 책 한 권을 만났습니다. 이렇게 나오면 좋겠다는 마음에 출판사
에 문의를 하게 되었고 전화를 받으신 편집이사님께서 원고를 보내
달라고 하셨지요.
제 글은 그렇게 이사님을 통해 프로방스 출판사 조현수 회장님께
전해졌지요.
제 글을 읽으신 회장님께서 재밌게 잘 썼고 누가 봐도 감동을 일으
키고 힐링이 되는 글이라며 글쓰기에 달란트가 있다고 칭찬을 해주
셨지요.
원당까지 직접 찾아와 주셔서 열매 맺게 해주신 조현수 회장님 감
사합니다. 뒤뚱거리며 한 걸음 한 걸음 걷다 보니 이런 만남이 열리
었네요.

이 책이 가족 간의 화해, 친구와의 우정, 잃어버린 나와의 만남을
하며 상대의 마음이 되어보는 따뜻한 울림이 되시길 소망합니다.
삶의 변곡점에서 힘들어하는 독자들에게 감동과 힐링이 되는 여정
되시길 기도하며
오늘도 살아 있어 감사하고 사랑할 수 있어 감사합니다.

People
are
Love

자녀에게 배웁니다.
가슴 뛰는 일을 하겠다고 선포하는 딸을
응원하는 오늘입니다.
감사가 감사를 낳는 오늘입니다.